中國語言文字研究輯刊

八　編

許　鋟　輝　主編

第 9 冊

漢語共同語語法概論（上）

朱　英　貴　著

花木蘭文化出版社

國家圖書館出版品預行編目資料

漢語共同語語法概論（上）／朱英貴 著 -- 初版 -- 新北市：
花木蘭文化出版社，2015〔民 104〕
序 12+ 目 4+166 面；21×29.7 公分
（中國語言文字研究輯刊 八編；第 9 冊）
ISBN 978-986-322-980-3（精裝）
1. 漢語語法
802.08   103026716

ISBN-978-986-322-980-3

9 789863 229803

中國語言文字研究輯刊
八 編　　第九 冊　　　　　ISBN：978-986-322-980-3

漢語共同語語法概論（上）

作　　者　朱英貴
主　　編　許錟輝
總 編 輯　杜潔祥
副總編輯　楊嘉樂
編　　輯　許郁翎
出　　版　花木蘭文化出版社
社　　長　高小娟
聯絡地址　235 新北市中和區中安街七二號十三樓
　　　　　電話：02-2923-1455／傳眞：02-2923-1452
網　　址　http://www.huamulan.tw 信箱 hml810518@gmail.com
印　　刷　普羅文化出版廣告事業
初　　版　2015 年 3 月
定　　價　八編 17 冊（精裝）　台幣 42,000 元

漢語共同語語法概論（上）

朱英貴　著

作者簡介

　　朱英貴，男，成都大學文學與新聞傳播學院教授。1949 年生於遼寧鐵嶺。1966 年高中一年級時因爆發「文革」而中斷學業 12 年，1978 年恢復高考之後，始入讀西南師範大學漢語言文學專業。1982 年於西師畢業後，一直在高等學校任教，1998 年評爲成都市優秀教師，2008 年獲成都大學首屆教學名師榮譽稱號。多年致力於漢語語言學、文字學及中國傳統文化學的教學與研究工作，曾先後主講過現代漢語、古代漢語、語言學概論、文字學、漢字文化、對聯藝術、口才藝術等課程。獨自撰著出版有《漢語語法散論》（香港新天出版社 2002 年版）、《謙辭敬辭辭典》（四川辭書出版社 2005 年版）、《漢字形義與器物文化》（人民出版社 2009 年版）等著作。曾經參編《中國古代文化知識詞典》（江西教育出版社 1991 年版）、《同義詞詞典》（四川人民出版社 1994 年版）、《現代漢語規範用法大詞典》（北京學苑出版社 1997 年版）、《學生易誤詞語辨析詞典》（四川人民出社 2000 年版）等多部語文工具書，發表論文 30 餘篇。

提　要

　　本書所稱的漢語不分古今，以現當代漢語共同語語法爲主體研究對象，兼涉古代文言語法與今不同之處，尤其重視現存語法論著重視不夠的一些語法現象。本書所稱的語法不局限於詞法與句法，認爲漢語中只要是有法可依的語言現象即可以稱之爲語法。因此本書所涉及的內容包括漢語語法的各級構成單位、構詞方法、詞類劃分、詞性確認、短語結構、短語功能、句型句式以及文言詞法、文言句法，甚至音節結構、義節構成等。

　　本書的主體內容共有八章 62 節，內含引論一章、本論六章、餘論一章。在引論部分，主要論及漢語共同語的語言狀貌和語言成分；在本論部分，前四章從語法結構和語法功能兩個側面分別論及現代漢語的單詞、短語和句子，後兩章從詞法和句法兩個角度論及漢語文言的特殊語法規律；在餘論部分，主要論及漢語的書面載體和音義結構。本書或可作爲漢語學習者的入門讀本，或可作爲漢語研究者的辯駁對象，或可作爲漢語愛好者的思考伴侶，或可作爲漢語教育者的教學參考。

自　序

　　《漢語共同語語法概論》一書文稿初成，爲讀者閱讀之便，不妨自言自語一些有言在先的話，自言自語爲「自」，有言在先爲「序」，是爲「自序」。謹此表達如下三層意思：一是本書的內容，二是本書的特點，三是本書的意義。說來話長，且容在下慢慢道來：

（一）

　　讀者從本書的題名「漢語共同語語法概論」可以預知，本書的內容大致在如下幾個範疇：

　　其一，以古今漢語語法爲關注目標。

　　本書所指的漢語語法不分古今，以口語與書面語統一的現當代漢語語法爲主體關注目標，兼涉古代漢語之書面文言語法中的與今不同之處。數十年來，中國大陸高等學校的漢語言文學專業課程多以歷史時代來劃斷，例如：現代文學、古代文學、現代漢語、古代漢語等科目的設立。愚以爲，對於中文學科來說，人爲地劃斷古代與現代，這是不盡科學的一種課程區分。其實，文學課程應該按文學體裁來劃分，區分爲詩歌、散文、小說、劇本等不同科目；語言學課程也應該按語言要素來劃分，區分爲語音學、詞彙學、語法學、語義學、修辭學、文字學等不同的科目。所有這些課程都不應該以「古代」或「現代」的名義來割斷它們的歷史沿革，只有這樣，學習者才能眞正掌握漢語言文學的來

龍去脈。本書即在這種認識的支配下，關注的是從古到今的「漢語語法」，也就是說，本書以古今貫通的漢語語法爲關注目標，力求用通俗的闡釋來詮釋古今漢語語法的自身特性。

其二，以共同語語法爲研究對象。

漢語本質上是「華語」，它數千年來爲居於不同地域的中華民族成員所使用，由於歷史上多次的民族大融合，國內有很多民族沒有或者放棄了自己的語言，他們都使用漢語進行社會交際。由於漢語的來源十分龐雜以及使用者分佈地域十分廣泛，致使漢語擁有眾多的千差萬別的方言，本書不涉及漢語的各種方言，只涉及現當代被稱爲「普通話」或「國語」的漢語共同語和自古以來被稱爲「文言」的漢語書面共同語。因此，相對於漢語的各種方言語法來說，本書的研究範疇實際上是一種「狹義的漢語語法」。

目前通行的漢語語法學著作大多只研究詞、短語、句子的構造法和使用法，甚至連高等學校的許多漢語教材都將「構詞法」排斥在語法之外，而將其列入「詞彙」一章。大凡語法學都是以客觀存在的語法現象爲研究對象，所闡述的道理都是研究者的主觀認識，本書所認定的客觀存在的語法現象與眾略有不同，其主觀認識所涵蓋的「語法」範疇也比較寬泛。本書所論不僅包括單詞、短語、句子的構造法和使用法，還包括被稱爲「聲韻調拼合法」的音節構造法和被稱爲「漢字造字法」的義節構造法，以及漢字的書寫法、標點的使用法等等，當然這後幾種「語法」不是本書的重點，只在「餘論」一章中加以簡要論述。在本書看來，漢語中只要是有法可依的語言現象就都可以稱之爲語法，語法不僅包含用詞造句的語法，還應該包含語音的語法「音節構造法」和語義的語法「義節構造法」。因此，相對於傳統的漢語共同語語法來說，本書的研究範疇實際上又是一種「廣義的漢語語法」。

其三，以概論形式爲表述手段。

本書以「概論」的形式表述成文：因爲「概」，故不面面俱到；因爲「論」，故不單是羅列語言現象。

首先它有別於一般的語法教材，並非細密分章設節，包攬無餘；而是或深入闡釋，或點到爲止，此所謂「概」。書中所探討的問題是多方面的，涉及到語法的各級構成單位、構詞方法、詞類劃分、詞性確認、短語結構、短語功能、

句型句式以及文言詞法、文言句法,甚至音節結構、義節構成等。但總體看來,本書的側重點是以現代漢語的語句構造法爲主,並輔以文言詞法與句法方面跟現代的明顯不同之處。

其次它也不同於高深的學術論文或學位論文,除特別需要時外,一般不與諸家學派的觀點爭鳴。全書以「論」行文,但力求通俗易懂,以客觀語言事實爲據,但不刻意關注出處,一切均以讀者能夠接受的語言事實爲度。既有歷史性的討論,也有斷代性的分析,既有動態的觀察,也有靜態的描寫,對於一些較爲專業的道理也盡量用淺近明白的語言來闡述。對於一些文言例句,盡量給出現代漢語對譯,以滿足更多讀者的閱讀需求。

(二)

本書雖非理論創新之作,但在諸多細節上亦不乏與眾不同的特點,這些特點主要表現在:

其一,關注視野不拘一格。

如上文所述,本書所指的「語法」內涵比較寬泛,它實際上是一種「狹義的漢語語法」(共同語語法)之中的「廣義的漢語語法」(多視角的語法)。本書對語法的核心概念、語言的多層構造、語言的各級語法成分、單詞與語素的關係、單詞與漢字的關係、體詞謂詞加詞的分野、短語的結構分類與功能分類、複雜短語的結構分析與辯難、「復指」與「同位」的辨析、各類句子成分的構成、句子的結構分類與功能分類、文言成分詞的活用、文言助詞「之、者、所」的本質屬性、文言的判斷句、被動句、變式句、省略句、漢語的音節結構與義節構成、漢字的構形、書寫與標點的功用等等都有所涉及。

本書內容共有八章,內含「引論」一章、「本論」六章、「餘論」一章。在「引論」部分,主要論及漢語共同語的語言狀貌和語言成分;在「本論」部分,前四章從語法結構和語法功能兩個側面分別論及現代漢語的單詞、短語和句子,後兩章從詞法和句法兩個角度論及漢語文言的特殊語法規律;在「餘論」部分,主要論及漢語的書面載體和音義結構。總計八章共含 62 節基本內容,各自的關注視野不拘一格,尤其重視現存的語法論著重視不夠的一些語法現象,盡量表達一些超出「詞本位」視角的新認識。

例如:對漢語擬聲詞本質屬性的認識。擬聲詞屬於實詞在語法學界固已

達成共識，但它是獨立的一個類別還是應劃歸形容詞，一直都有分歧。本書在前人研究的基礎上，根據擬聲詞有摹擬聲音的詞彙意義和能獨立成句、獨立充當各種句法成分的特點，先將其與虛詞劃分開，再從擬聲詞的詞彙意義是描摹性的而非概括性的，將其與形容詞相分離，從而明確地提出，擬聲詞是摹擬人、物體、事件等發出的音響的一類獨立而又特殊的成分詞，並將其歸入「外圍成分詞」一類。擬聲詞跟其他成分詞的本質區別就在於：其他成分詞的詞義都是概括性的，而擬聲詞的詞義是描摹性的，它只描摹聲音的狀貌而不概括聲音的意義，我們現有的語法理論通常認為詞義都具有概括性，然而擬聲詞是個例外。

再例如：對常被人們混為一談的「復指短語」和「同位短語」的認識。本書對傳統語法所謂「復指短語又叫同位短語」的說法提出質疑，認為「復指短語」是針對前項與後項指稱同一個對象這一語義內涵而言，而「同位短語」是針對前項與後項能作同一種語法成分這一語法功能而言，它們本不是同一標準範疇的概念。那些只同位而不復指的語言單位，那些只復指而不同位的語言現象，都不宜看作復指短語，只有既復指又同位的語言單位才是真正的復指短語。

又例如：對漢語多層級的複雜短語的語法分析。本書十分重視漢語語法的結構分析，並以複雜短語為突破口，選用數十個典型實例作多層級的語法結構分析，並在每一例分析圖示之後都加以解說，以求讀者既能理解又能運用層次分析法來掌握漢語語法結構的精髓。在對複雜短語進行層次分析之前，用兩節的篇幅詳加闡述分類的依據和舉例證實各類短語的內部成員，又在對複雜短語進行層次分析之後，再追加一節的內容來專門「辯難」，以利於突破重點與難點。

又例如：本書的文言語法部分併非面面俱到。詞法部分主要突出名詞、動詞、形容詞這三類核心成分詞的活用和「之」、「者」、「所」這三個結構助詞的語法功用；句法部分主要突出判斷句、被動句、變式句和省略句這些與現代漢語有明顯區別的句法現象。本書認為，作為一個現代讀者，如果你不是為了專門研究古代漢語，那麼精通了上面這些文言詞法與文言句法，閱讀一般性的文言作品就沒有大的障礙了，這就是一般讀者掌握所謂「文言閱讀」的捷徑。因此，本書在闡釋這些文言語法的時候往往都詳加舉例，不厭其煩，並附以通俗譯文，以利於更多的讀者能夠直接領會其意。

其二，分類設目與眾不同。

本書在大的層面，單詞、短語、句子等各級語法單位，都從結構與功能兩個側面加以論析，即單詞的結構、單詞的功能，短語的結構、短語的功能，句子的結構、句子的功能……；在小的層面，對各級語法單位的結構類型與功能類型都進行了多層級的細分，以使各類語言事實各歸其類，各占其位。

例如：對漢語構詞法的詳細解析。從大的層面看，有獨立完形法、語序組合法、簡稱縮略法三種基本方法，而由獨立完形法、語序組合法、簡稱縮略法構成的詞可以分別稱為單純詞、合成詞和簡縮詞，這就是漢語單詞的構成方式的三種基本形態；從小的層面看，獨立完形法中只有一個單獨語素，無須再進行語法細分，語序組合法又可分為「複合法」、「綴合法」和「疊合法」三種二級結構方式，簡稱縮略法又可分為「簡稱法」和「縮略法」兩種二級結構方式。而「複合法」、「綴合法」、「疊合法」、「簡稱法」、「縮略法」的內部又各有不同類型的結構形態，比如常說的「聯合式」、「偏正式」、「動賓式」、「主謂式」等合成詞，而在「聯合式」、「偏正式」等合成詞的內部，還可以繼續細分，那又是更小層面的語法結構方式了。

再例如：對漢語單詞的功能分類。對於漢語的詞類劃分，從大的層面看，本書放棄傳統的「實詞」與「虛詞」的區分，對漢語單詞的功能屬性作出「成分詞」與「關係詞」兩大類別的新的二分，可以使人一目了然地看清楚漢語詞類的語法功能本質，從而擺脫實詞、虛詞概念的糾纏，專注於對詞的語法功能的研究；在第二個層面上我們又將「成分詞」分為核心成分詞（名詞、動詞、形容詞）、外圍成分詞（代詞、數詞、擬聲詞）、輔助成分詞（區別詞、副詞、趨向詞）三個子目，將「關係詞」分為依附關係詞（量詞、方位詞、比況詞）、聯結關係詞（介詞、連詞、助詞）、情態關係詞（動態詞、語氣詞、應歎詞）三個子目，使各類單詞的語法功能各有歸屬；而在九類成分詞與九類關係詞內部則又有更加細緻的功能分類。

又例如：對漢語短語的功能分類。本書採取層層剝筍的方式對漢語的二十幾種結構類型的短語加以功能區分：第一個層面區分為「自由短語」和「固定短語」；第二個層面將自由短語再區分為「能夠獨立成句的短語」和「不能獨立成句的短語」；第三個層面將能夠獨立成句的短語再區分為「能夠獨立構成單句的短語」、「能夠獨立構成複句的短語」和「能夠獨立構成緊縮句的短語」；第四

個層面將能夠獨立構成單句的短語再區分為「能夠獨立構成主謂句的短語」和「能夠獨立構成非主謂句的短語」；第五個層面將能夠獨立構成非主謂句的短語再區分為「體詞性短語」和「謂詞性短語」。這樣就使漢語短語的功能各有歸屬，理清了傳統語法只分為「名詞性短語」、「動詞性短語」、「形容詞性短語」的混沌局面。

由於漢語是缺少形態變化的語言，加之過去的研究者大多固守「詞本位」的劃分標準，導致在一次劃分中會出現雙重乃至多重標準，這就使劃分出來的結果不能盡如人意，甚至左右乖離，前後矛盾。在語法單位分類的問題上，本書盡量堅持在同一次劃分中使用單一標準，使其對內具有普遍性、對外具有排他性，盡量避免「失入」或「失出」的毛病。這樣分出來的類，也許會更加符合客觀存在的漢語語言法則。

其三，概念稱謂偶有創設。

為了表述作者某些創新思維的結果，本書難免借鑒一些不常用的術語或者使用一些自行創設的稱謂，並且對其加以理論闡述，諸如：獨立完形法、成分詞、關係詞、核心成分詞、外圍成分詞、輔助成分詞、依附關係詞、聯結關係詞、情態關係詞、確認動詞、引導動詞、絕賓動詞、容賓動詞、自賓動詞、系數詞、位數詞、系位合詞、數量合詞、計量詞、強調助詞、表數助詞、加詞、複合型短語、附加型短語、簡縮型短語、系位短語、指量短語、疑量短語、形量短語、方量短語、動介短語、複句形式短語、強調句、隱含句、句法關係非主謂句、非句法關係非主謂句、義節、義素……

書中有很多語法類別是作者經過仔細考察之後，從新的角度、按新的標準劃分出來的，相應地也就要借鑒或者建立起一些新的概念，提出一些新的術語。這些新概念有些是前人提出過但未能被普遍使用的，例如「加詞」、「計量詞」、「強調句」等，有些是本書自行創設的，例如「成分詞」、「關係詞」、「動介短語」等，所有這些新概念或新術語，都由作者在相關的章節中予以重新界定和闡釋，提請讀者細加識別。

其四，理論詮釋力求自圓其說。

語法應該是一個自成體系的語言結構網絡，為了較為嚴謹地展示本書的網狀語法體系的特定內涵，在諸多論題中，一方面，力求闡述前後照應，力避自

相矛盾，另一方面，除了 40 幅專門分析複雜短語的圖示之外，還特別附以 80 餘幅相關的示意圖表，藉以理清各種語法要素之間的內在聯繫。

　　書中所論及的現代漢語和古代漢語的一些語法懸疑問題，有的是語言學界尚有爭議的，有的是雖有定論但其結論未必可靠的，還有的是過去儘管有人論及卻語焉不詳的。對這些問題，盡量做到不蹈常襲故、不囿於陳說，不淺嘗輒止，在前賢時修研究成果的基礎上，通過搜集與對比，分析大量的語言材料，力求能有深入一步的探尋，力求可以自圓其說。

　　例如：對於漢語形容詞的與眾不同的內部分類。傳統語法大多將形容詞分為「性質形容詞」與「狀態形容詞」兩類，但是二者之間的界線卻很難劃清。本書另闢蹊徑，將形容詞分為「一般形容詞」與「特殊形容詞」兩類，這兩類形容詞有著本質不同的語法特徵，那就是：「一般形容詞」自身不含程度意義，而「特殊形容詞」自身含有程度意義。正因為「一般形容詞」本身不含程度差異，故可以用程度副詞來修飾；正因為「特殊形容詞」本身已經含有程度意義，因此就沒有必要再用程度副詞來修飾。比如形容詞中的「一般雙音節形容詞」乾淨、粗糙與「特殊雙音節形容詞」火熱、滾燙的本質區別就正在這裏，例如：可以說「很乾淨」或者「不粗糙」，卻沒有必要說「很火熱」或者「不滾燙」。由於漢語單詞缺少形態變化，形容詞也就沒有形態上的「級」的區分，重視其是否含有程度意義，這正是對漢語形容詞的「級」的內涵的本質認識。

　　再例如：將漢語的成分詞分為體詞、謂詞與加詞。體詞與謂詞的劃分在專家語法研究領域由來已久，區分體詞與謂詞，確實是根據語法功能進行的分類，在現代漢語語法學上有著重要的理論意義，對於掌握短語的功能屬性和句子的功能屬性都有重要的基礎鋪墊作用。本書認為，句法成分有「體詞性成分」和「謂詞性成分」之異，短語中有「體詞性短語」和「謂詞性短語」之分，單句中也有「體詞性謂語句」和「謂詞性謂語句」之別。正因為如此，漢語的成分詞有體詞與謂詞之分，從某種意義上說是揭示了漢語語法的一個本質奧秘：正像事物有陰陽之別、人有男女之分一樣，它將制約什麼性質的語法單位可以進入什麼性質的語法環境。體詞在句法結構中經常作主語、賓語、定語等體詞性成分，而一般不作謂語、狀語、補語等謂述性成分，謂詞則經常作謂述性成分，但也可以作體詞性成分，明於此理則用詞造句就不會越過陰陽之大限。至於「加

詞」乃是介於體詞與謂詞的中介狀態，它們是只能夠充當某一種輔助語法成分的「成分詞」，具體來說是指只能作定語的區別詞、只能作狀語的副詞和只能作補語的趨向詞。既然不便於將成分詞強行一分為二，那麼將成分詞分為體詞、謂詞和加詞這樣一分為三的處理則更能接近事物本來的真實。

又例如：對於漢語介詞本質屬性的認識。本書認為，漢語的介詞是將體詞性或相當於體詞性的語言成分介引給謂詞性的語言成分併從中起到中介作用的詞。介詞的「介」字有兩層含義：

一是「介引」的意思。所謂「介引」就是介紹並引導，介詞屬於「聯結關係詞」，它的聯結作用具有主動性，即運用它的介紹引導功能主動地將體詞性的成分介引給謂詞性的成分。例如在「把書打開」這個語言片斷中，介詞「把」主動地將體詞性的成分「書」介引給謂詞性的成分「打開」，這樣用的介詞與緊跟其後的體詞性成分聯結得更為緊密，它要先跟體詞性成分構成「介賓短語」才能與之後的謂詞性成分接觸，進而讓介賓短語作狀語，完成其「介紹引導」的功能。

二是「中介」的意思。正因為介詞能夠將體詞性的成分介引給謂詞性的成分，於是它便起到了這兩種成分的聯結中介的作用。例如在「摘引自互聯網」這個語言片斷中，介詞「自」起到了動詞「摘引」與名詞「互聯網」這兩種成分的聯結中介的作用，這樣用的介詞跟它前面的動詞性的成分聯得更為緊密，它要先跟動詞性成分構成「動介短語」，讓動介短語「摘引自」作動語再帶上它的賓語「互聯網」，這樣才能完成其「中介」的功能。

又例如，對於「所字結構」語法功能的重新認識。一般語法論著都認為「所」字結構是名詞性結構，傳統的漢語語法論著認為，「所」用在動詞前面，組成名詞性的「所字短語」，表示動作行為的受事。本書認為這樣理解有失偏頗，不能說「所」用在動詞前面，組成的就是名詞性的「所字短語」。本書舉出足夠的實例，說明「所字結構」不僅可以作謂語，還可以帶賓語和補語，可以充任被動句式的動詞性中心語，因而具有謂述性，不是名詞性結構。「所字短語」應該是保持並提升了「所」字後面的動詞性詞語的本質屬性，在「所字短語」中，「所」字有強烈的強調作用，應該將它獨自成為一類助詞，並命名為「強調助詞」。

（三）

　　本書的關涉內容與理論特色既如上述，那麼拙作究竟意義如何？在下也不妨自告奮勇地做個自我評估：

　　現在大陸的高等學校把一切探討性質的東西都稱之爲科學研究，簡稱爲「科研」，就連文科的學問也稱之爲「學術」。其實對於文科來說，還是用自古以來的稱謂「學問」比較好。愚以爲，「學問」比「學術」更加切合文人的感觸，「學術」的稱謂總是讓人覺得它本質上是屬於「術」，乃工匠掌握的技術活；而「學問」的價值則在於那一「學」一「問」當中。本書既不屬於「科研」，沒有相關的科研立項，也不屬於「學術」，沒有什麼技術含量，只是個人體會到的一點感悟：因學而生疑，因疑而發問，因問而思索，因思而立論，因論而生感，因感而成書，僅此而已。

　　記得當年燕京大學的著名學者梁漱溟先生有《做學問的八層境界》一文，其開篇有幾段是這樣表述的：

　　　　所謂學問，就是對問題說得出道理，有自己的想法。……我從來沒有想過要做學問，走上現在這條路，只是因爲我喜歡提問題。大約從十四歲開始，總有問題佔據在我的心裏，從一個問題轉入另一個問題，一直想如何解答，解答不完就欲罷不能，就一路走了下來。提得出問題，然後想要解決它，這大概是做學問的起點吧。以下分八層來說明我走的一條路：

　　　　第一層境界：形成主見。用心想一個問題，便會對這個問題有主見，形成自己的判斷。說是主見，稱之爲偏見亦可。我們的主見也許是很淺薄的，但即使淺薄，也終究是你自己的意見……

　　　　第二層境界：發現不能解釋的事情。有主見，才有你自己；有自己，才有旁人，才會發覺前後左右都是與我意見不同的人。這時候，你感覺到種種衝突，種種矛盾，種種沒有道理，又種種都是道理。於是就不得不第二步地用心思。面對各種問題，你自己說不出道理，不甘心隨便跟著人家說，也不敢輕易自信，這時你就走上求學問的正確道路了……

　　這是梁漱溟先生自己總結的做學問的八層境界的頭兩層境界，那麼，若問本書

的意義，或許勉強有這兩層追求意向而已，即發現問題與形成主見。也就是說，我自己在多年的教學實踐中，不斷地發現了一些在漢語語法方面不能解釋的問題，然後致力於思考，再進一步形成自己的所謂「主見」，用梁先生的話來說，實乃「偏見」而已。「主見」也好，「偏見」也罷，梁先生的話一直在鼓勵著我：「我們的主見也許是很淺薄的，但即使淺薄，也終究是你自己的意見……」至於梁先生繼續說出來的後六層境界：融彙貫通、知不足、以簡馭繁、運用自如、一覽眾山小、通透，均非我所能夠勝任之境界，故不敢妄加引用，慚愧之至。

若問自己的一些「偏見」究竟有何意義，我還是隱約地希望它能在眾多的漢語語法論著中找到自己的哪怕是不被人察覺的位置。在中國，漢語語法研究還是一門年輕的學問，因為古代的漢語語言學「小學」沒有語法一門。這門年輕的學問經歷了如下幾個發展階段：一是從無到有的階段，那就是 19 世紀末第一部漢語語法著作《馬氏文通》的問世；二是固守「詞本位」的階段，從 20 世紀初到 20 世紀 60 年代中期；三是由「詞本位」轉向重視短語階段，從 20 世紀 70 年代末至今。我希望本書在逐漸脫離「詞本位」研究漢語語法的尾聲階段能盡力拋棄「詞本位」，藉以能更多地接觸到漢語語法結構自身的一些客觀真實，僅此而已。

本書並不追求高深，而是意在陳述己見，故將讀者對象定位為中等文化程度的大眾人群，並在各章節中力求雅俗兼顧地表達與闡述。惟願本書或可能在下述領域發揮它的綿薄效用：或能成為漢語學習者的入門讀本，或能作為漢語研究者的辯駁對象，或能成為漢語愛好者的思考伴侶；或能作為漢語教育者的教學參考。本書如能在上述任一可能領域為世人所關注，則作者之夙願足矣。

即便如此，我心依然誠惶誠恐，因為本書所提出的一些見解與論斷，並未能實現本序言中所提到的四點心願：在「關注視野不拘一格」的招牌下，許多問題的討論實屬掛一漏萬；在「分類設目與眾不同」的幌子下，難免為了標新立異而忽視一些固有的理念；在「概念稱謂偶有創設」的衝動下，一些新的術語還缺少字斟句酌的耐心打磨；在「詮釋力求自圓其說」的驅使下，一定是裏挾了不少武斷的論調，比如分類標準是否妥當，分類結果是否周圓，有無例外等等，如此弊端，一經行家裏手的審視，一定會顯而易見。

　　總之，本書無非是作者個人學問激情的產物與個人主觀見解的彙聚，其實學問本不需要激情，而需要冷靜，只有冷靜才能做到客觀。但我實在不能再拖延了，因爲由於身體的原因，我不知道今後是否還有冷靜思考的時間，趁著激情還在，身體尚可，也就義無反顧地一氣呵成了。所以本書的內容儘管有數十年的教學積累，但依然應該算是倉促而成，因此，各種謬誤與疏漏定會不少，誠望社會各界學者嚴加批評，期待社會熱心讀者不吝指正。我的網絡郵箱地址是　cdzyg@163.com　歡迎光顧。

作者：朱英貴

2014 年 9 月 10 日

於四川成都

目

次

引論：漢語共同語及其構成要素

〔本章導語〕

　　本章爲全書的緒論，由兩節內容構成：其中一節綜述漢語共同語的語言狀貌，內含語言是人類特有的社會活動工具、漢語是人類的傑出語言之一、漢語共同語的地域範疇、漢語共同語的時間範疇、漢語共同語的口語與文言、漢語共同語的語法視野等內容；另一節論及漢語共同語的語言成分構成，內含漢語共同語語言構造綜述、漢語共同語的語言成分概觀、漢語共同語的語音成分構成、語義成分構成、語句成分構成等內容。

01. 漢語共同語的語言狀貌綜述

　　在我們生活的地球上，凡是有人群的地方就會有語言，現在世界上已經查明的語言有 5000 多種，其中有大約 4000 種左右被不同的民族社會認可爲具有獨立使用價值的語言，另外 1000 多種還沒有被人們承認爲獨立的語言。語言是人類特有的交際工具與思維工具，漢語是人類的傑出語言之一，漢語共同語是世界上使用人口眾多的源遠流長的擁有豐富內涵與強勁活力的交際語言。漢語共同語的口語與書面語都具有跟世界上其他語言迥然不同的語法結構，本書題名爲「漢語共同語語法概論」，試圖在古今漢語共同語的語法視野內，勾勒漢語

共同語語法的大致輪廓。本節準備按照書名「漢語共同語語法概論」中所隱含的語言、漢語、共同語、語法、概論等諸概念的順序，先來綜述一下漢語共同語的語言狀貌，以此作爲引論。

一、語言是人類特有的社會活動工具

如何爲「人」下定義，這是一個頗爲複雜的問題，維基百科是這樣來解釋的：

人：「能製造精緻的工具、并能熟練使用工具進行勞動，有豐富的思維能力，有判斷對和錯的能力，有呵護、愛護地球的能力，有創造能力和控制修復能力」。

其實，這樣的概括也還是不夠全面，比如沒有體毛、手腳分工、會使用火、會加工製做熟食、能歌善舞等都未在其列，特別是沒有將學習語言、掌握語言、運用語言作爲主要區別特徵，就更是遠離了「人」這一種特殊高等生物的本質。

應當看到，人類的語言中隱藏著很深的奧秘。人類是地球上有史以來已知生物中最具智慧的生物，人與動物的不同在於，人與人之間可以記憶信息，傳遞知識，交流思想，而這種記憶、傳遞與交流主要是依靠語言才能完成。因此，人類有語言，這是人和動物相區別的一個重要標誌，一定不可等閒視之。

在人與人之間的社會聯繫方面，語言是人際思想溝通的交際工具；在人與客觀世界的意識聯繫方面，語言是人認知世界的思維工具；在人的交際信息與思維信息的保存方面，語言是人積累知識、承載文化的記憶工具。正是作爲交際工具、思維工具和記憶工具的語言，成了人類特有的社會活動工具，使人成了地球上已知生物中最具智慧的生物。

從這個意義上看，如果給人下定義則可以簡化爲：人是地球上能夠掌握語言和運用語言的智慧生物。

我們注意到，人與動物的「口」的功能有所不同：動物的口有兩個功能，一是飲食功能，二是捕捉勞作功能；而人的口已經放棄了捕捉勞作功能，轉交給手去完成了，但卻仍然有兩個功能，一是飲食功能，二是口語交際功能。人的口除了進食之外，成了語義發聲的說話工具，並用以結交與之同類的會說話的動物，有語言、會說話是人類跟其他動物的最本質區別。

從某種意義上說，人之所以是高級動物，就高級在人類具有語言能力，人是擁有語言這種獨特的交際工具、思維工具和記憶工具的高等動物，語言能力已經成爲了人和動物相區別的一種根本能力。

人類的智慧從何而來？人類的智慧是語言賦予的。人剛生下來並不存在高等智慧，跟其他高等動物也並沒有什麼太大的區別，這就如同一張空白的磁盤，在沒有被格式化之前還不能儲存信息，嬰幼兒學習語言的過程就是一個人的社會格式化過程，在這個過程中人開始逐漸地學會了思維、記憶與交際。

人是有語言的動物，做人就要學好語言，人的最基本的素質就是能夠用語言來記憶信息、來思考問題、來表達思想。人類為什麼能夠學習語言和掌握語言？而其他動物卻不能。這是因為與其他動物相比，人類具有高度發達的大腦和異常靈活的發音器官，動物界與人類之間的智差鴻溝就是語言。因為動物要麼沒有高度發達的大腦，比如發音器官靈活的鸚鵡，要麼沒有異常靈活的發音器官，比如智力發達的猩猩，要麼二者都不具備，比如眾多的各類動物，它們都無法掌握語言。地球上兼具高度發達的大腦和異常靈活的發音器官的生物只有人類，因此對人的屬性的最簡明扼要的概括就是：人是有語言的動物。

如果用電腦做比喻的話，那麼人們感知事物，僅僅像動物那樣把事物感知在視覺器官、聽覺器官、嗅覺器官等「顯示器」上是不夠的，人類還能夠將感知的結果借助語言這個如同 Windows 一樣的工具性的中心處理程序進行加工，使之變成認識，再進一步把感性認識變成理性認識儲存在大腦的記憶區，並能隨時調用以便用以思維和交際。如此看來，語言確實是人類特有的社會活動工具，語言對於人類社會的重要性無與倫比。

二、漢語是人類的傑出語言之一

漢語在地球人類成員中擁有重要的地位，它歷史悠久，在國內使用人數最多，是中國的「國語」，同時漢語也是世界上使用人數眾多的語言之一，它在歷史上影響廣泛，在現當代又是聯合國六種通用工作語言之一。

漢語在世界文明進程中也曾發生重要的影響，在公元第一個一千年中，中華文化對世界文明的貢獻幾乎是無可置疑的。整個東亞與東南亞部分地區都經歷了一個「華夏化」的文化同化過程，以中國為中心形成了一個超越政治國家與民族、超越戰爭與敵意的覆蓋整個東亞，遠播南洋與塞北的「華夏文化圈」。在公元第二個一千年的前期與中期，這種貢獻依然還在持續，中華的古老文明啟發了西方的現代文明，1750 年前後是世界文明格局中大國勢力均衡的轉折

期，是由於歐洲的啓蒙運動、工業革命、資本擴張，才使西方文明在歷史上第一次超越了東方文明。

　　大約僅在 300 年前，在西方飛速現代化的歷史過程中，中國才相對而言落後了，中國從影響世界的軸心逐漸變成了被西方中心衝擊帶動的世界邊緣，「中」國才變成了「遠東」。但這當中的原因並不是因爲漢語的退化，而是因爲制度的落伍。直到明朝末年中國都仍然還是世界上經濟技術最發達，生活水平最高的國度。清朝在康乾盛世的國力並不亞於漢唐盛世，也不亞於正如日中天的英國，中國也還是世界上最大的政治實體與經濟實體，中國的國民生產總值仍居世界第一，人均收入在平均水平上也不落後於歐洲。儘管明清帝國如此明富清強，但皇權專制的社會制度已經腐朽到了極點，中國的衰落是制度造成的。然而漢語的語言活力依舊，而中華文明與中華文化對世界影響的重要載體就是漢語。直到今天，儘管多數國人以崇洋媚外的心態跨入世界歷史公元的第三個一千年，儘管漢語受到英語的重重包圍與擠壓，但漢語自身的風采依舊，魅力依然不減。

　　漢語不僅是中國的「國語」，更是中華民族的「母語」，當前，作爲母語的漢語正在祖國母親的國土上遭受危機。有一本文化藝術出版社出版的由朱競編的書叫《漢語的危機》，其中收錄了中國社會科學院哲學研究所研究員尚傑先生的一篇文章，題爲《漢語到了最危急的時刻》道出了作者對漢語危機的感慨，現摘錄幾段如下：

　　　　……我現在要說的，是漢語已經到了最危急的時刻。此話怎講？

　　　　先抄錄蘇軾《江城子》：

　　　　「十年生死兩茫茫。不思量，自難忘。千里孤墳，無處話淒涼。縱使相逢應不識，塵滿面，鬢如霜。夜來幽夢忽還鄉。小軒窗，正梳妝。相顧無言，惟有淚千行。料得年年腸斷處，明月夜，短松崗。」

　　　　這是大約 1000 年前的漢語詩歌，有怪異詞語嗎？沒有！其中每個漢字現在還都流通。漢語是我們民族精神之魂。幾千年了，中國人的情趣、信念、音樂、邏輯，就藏匿在漢語之中。

　　　　……漢語的精華，首要的是音樂性，所謂「平平仄仄」是也，以上蘇東坡的詩詞是也。

嚴格說，中國文學史，就是韻文史，三言五言七言、四言六言、楚辭、漢賦、唐詩、宋詞、元曲等等，所有這些，是以什麼劃分階段呢？是音樂性，也就是不同的語言節奏，或者一句話字的多寡。一種形式上的美感，猶如漢字書法。

按照這樣的標準，小說或者白話文，是最低級的漢語表達，詩詞，是最高等的陽春白雪。漢語中的陽春白雪，肯定是沒有了。「陽春」漸逝，「白雪」融化。

……瑞典著名漢學家高本漢曾經形象地把漢字比作典雅的貴夫人，而把西方拼音文字比作一個實用的女僕。現在國內教育的時尚，就是大家都搶著做這個「實用的女僕」，至於那「典雅的貴夫人」嘛，對不起，她已經死了。唉，真是「無處話淒涼」！

這「無處話淒涼」雖然只是作者的一種心理感受，但也確實反映了當前國內不善待漢語的嚴酷現實，最直接的例證便是，當代的中學生、大學生學得最不好的課程就是漢語，不要說陽春白雪的韻文表達了，就是嚴謹生動的散文表達也大多不能勝任，怎不讓人「無處話淒涼」！

漢語是中華民族的母語，她在世界享有崇高的聲譽，不要讓我們的母語一邊在異鄉繁榮，一邊卻在故鄉淪喪。漢語是世界上無與倫比的最優美的語言，承載的是最為博大精深的華夏文化遺產，不要身懷寶物不識寶。傾心熱愛漢語，竭力維護國語，完全精通母語，這是每一個中國人義不容辭的歷史責任。

三、是「漢族」還是「華族」——漢語共同語的地域範疇

在當今中國，如果你不屬於所謂的「少數民族」，其實以「少數」和「多數」來稱呼本身就含有居高臨下不平等的含義，那麼你在填寫個人身份信息的時候，你會毫不猶豫地填上「漢族」，標明你的民族屬性為「漢」。

所謂「漢族」即「漢民族」，然而，漢族的叫法只是近現代的稱呼，查閱歷史典籍，很難見到「漢族」這個詞，因為歷史上只稱作「漢人」，這也許是由於古人還沒有嚴格的「民族」概念的原因，所以中國古代社會中，「族」這個詞通常僅用於「家族」、「宗族」、「部族」等範疇，一般說來，「家族」、「宗族」、「部族」都應該是血親的聚集與繁衍，而「民族」與「種族」則應該是人種學的分類。

那麼，用「漢」來作爲民族的稱呼是否科學呢？其實並不科學，因爲「漢」在中國只是一個地域概念。「漢」字從水，它本是一條河流，用於長江在關中地區的一條支流「漢水」的特稱，後來便將「漢」字移用作地名，比如漢水流域的漢中，或者用作朝代名，比如西漢、東漢、蜀漢、後漢，又因爲西漢時代國家強盛，故被代用作族名，其實這個「族」本義應該是「部族」的含義，指居住生活在漢水流域的部族人群，史書上稱爲「漢人」，還是不叫「漢族」，它隱含著的對應概念應該是「楚人」、「齊人」、「秦人」等。

「漢人」的稱呼起源於秦統一後一個大而強盛的朝代「漢朝」，而「漢朝」又得名於漢王劉邦，劉邦之所以稱爲漢王，還是源自他的興起之地「漢水流域」。而漢朝之前是沒有「漢人」的稱呼的，倒是有「秦人」、「楚人」、「齊人」一類的稱呼。再往上溯到夏、商、周三代，上古時代的先民都被稱之爲「華人」，由於有史記載的最早的一個朝代稱作「夏」，因此又常把「華」與「夏」合稱，所以絕大多數中國人都應屬於「華族」、「夏族」或者「華夏族」。

用「中國人」這個稱呼的所指，本來還只是中央之國的「小中國」的中國人，因爲古代的「國」只是大中華所屬的一個一個的地區性的邦域。其實在古代，「中國人」只是居於中部地區的人群，這是相對於「東夷」、「北狄」、「西戎」、「南蠻」而言的，而「夷狄戎蠻」則大多也是在「大中國」的版圖之內，都可稱爲「華人」，這個「華人」才是中華之國的中國人。

秦漢時代華夏民族創造了燦爛的文明，成爲世界上最早形成的強大民族。古人並沒有「民族」的概念，自得名於漢水的漢代以後一直以「漢人」稱之，其實最初的「漢人」就是指的漢朝的人，其中包括了當時各個族群的人。

以漢朝之人代指中國人，就如同美國的「唐人街」以唐朝之人代指中國人的道理一樣，即便是 China 也不過是「秦」的音譯而已，不能簡單地以「瓷器」或「瓷器之國」來注解，因爲一定是先有根據秦國音譯的國名 —— China，再有 China 的精美瓷器傳到世界各地，這樣，在英文裏 China 才有了「瓷器」的含義，「秦」被西方人音譯作 China，而被東方人音譯作「支那」，所以用「支那」來稱呼中國，在初始階段也並沒有什麼貶義。所有這些，當代的 China 也好，歷史上的「支那」也罷，其實都是用「秦人」代稱「華人」。

如果說「中國人」只是相對於「夷狄戎蠻」而言，是作爲中央之國的中國

版圖以內的族群區別符號的話，那麼，「華人」則是相對於中央之國的中國版圖以外的族群區別符號了，也就是說「華人」就是大中國的中國人。

「華」本是一座山，華山一帶是中華民族的發祥地之一，上古時代中國人的祖先則被稱為「華人」，至於是「山」因「族群」而得名，還是「族群」因「山」而得名，尚不得而知。從「華」字的本義為「花」來看，華山又名「花山」，似應先有山名，高山仰止，古人崇拜高山，而當時的華山，因山花爛漫而名為「花山」，「花」更能代表山之靈氣，自然容易成為族群的崇拜之物，便被易作族群之名了。

由此而引申思之，中華民族的原始圖騰應該是植物屬性的「花」（華），而非動物屬性的「龍」，說我們是「龍的傳人」實乃牽強附會，因為自古以來「龍」只是天子與皇權的象徵，從來就不是全體國民的圖騰。在這個意義上，我們可以理直氣壯地說：我們是「花的傳人」，「花」一直是我們中華民族的吉祥物，國有國花，市有市花，甚至學校都有「校花」，我們的國度是花的國度，我們的國名以「花」（華）命名。

以此說來，「漢族」本為「漢人」，「漢人」本為「華人」，「華」是我們中華民族的本名，華夏子孫不應忘本，我們的祖先認為我們的地理位置位居世界的中央，故稱為「中國」或「中華」。「漢」作為族群區別符號使用，略顯狹隘，「華」作為族群區別符號使用，更顯大度。其實，「中國」就是「華國」，我們的國號取名為「中華」正切合其本意。「華」字彰顯中華民族文化，我們是如花燦爛的「華人」。「華」是我們民族的圖徽，天安門前有華表；「華」是我們民族血脈的胎記，海外五洲有華僑。「龍的傳人」的說法不足為據，我們不是兇猛的龍，我們確是美麗的花（華）。

語言是民族的標誌，中國境內除了為數不多的幾個兄弟民族在使用自己本民族的語言之外，大多數所謂的「少數民族」都是使用漢語的，其實他們自古以來就都是華夏民族不可分割的一部分，我們都是「華族」── 華夏民族。記得出身於滿族的著名作家老舍先生生前，曾經有一次在公開場合有人問他是哪個民族，他幽默地答道：「我是中華民族。」幽默中含有機智，機智中含有理喻，仔細體味，實屬理所當然。

那麼，既然說漢語的人都是「華人」，則「漢語」的稱謂就顯得狹隘了，其實「漢語」應該稱為「華語」。

四、是「漢語」還是「華語」—— 漢語共同語的時間範疇

如上所述，「華人」的發源地應爲漢水流域的「華山」，「華」字的本義就是取自華山——褒禪山——花山的「花」。「花」是「華人」的圖騰，從古至今國有國花，市有市花，此圖騰徽記遺風一脈傳承，而華人並非什麼「龍的傳人」，「龍」只是歷代天子的象徵，而並非民族的符號。

中國自漢代以後的歷史上「華人」被稱爲「漢人」，「漢人」的語言便被稱爲「漢語」，「漢人」和「漢語」本是「華人」和「華語」的時代稱謂，但從此以後卻未因改朝換代而易名，哪怕是十分強大統一的朝代也都還保留著「漢人」的說法，儘管今天偶而也有「唐人」（如「唐人街」）、「宋人」（如「宋人筆記小說」）的說法，但從語言學的角度看，沒有出現什麼「唐語」、「宋語」、「元語」、「明語」、「清語」的稱謂。因此，「漢人」、「漢語」只是「華人」、「華語」的易名或代稱形式而已。我土居「中」，我祖稱「華」，故「中華」乃是我國的至尊大名。

華夏民族的語言「華語」是從遠古時的部落語言逐漸演進爲民族語言的，遠古時代的部落語言「原始漢—侗臺語」是漢語的孕育母體。世界語言幾大語系中的「漢藏語系」內部可分爲：華夏語族、藏緬語族、侗臺語族、苗瑤語族。其中，藏緬語族可分爲：藏語支、緬語支、景頗語支、彝語支等，另外，羌語、獨龍語、土家語等也屬於藏緬語族。侗臺語族可分爲：侗水語支（侗語、水語等）、侗傣語支（壯語、布衣語、傣語、泰語、老撾語等）、黎語支（黎語）、仡佬語支。苗瑤語族可分爲：苗語支和瑤語支。而華夏語族的內部也可分爲若干語支，而這「若干語支」並非若干種語言，只不過就是漢語的各種方言而已。

遠古時代的部族語言「華夏語」是漢語的初生嬰兒，「五帝」時代和夏代是「華夏語」的形成時期，殷商部族語言呈現「華夏語」的初期面貌。殷周兩個部族融合以後促成了「華夏語」的進一步發展，殷商甲骨文紀錄的是華夏民族語言目前能看到的最早形態。春秋時代諸侯會盟，促使了華夏語言的融合，我國現存第一部詩歌總集《詩經》的問世，促進了華夏語言在語音、語詞、語法三個語言要素方面的統一，春秋戰國時代出自不同地域的諸子百家著述在語言表述上使華夏語言的書面形式趨於一致。

兩漢時代，以西都長安話和東都洛陽話爲本源的華夏民族共同語廣泛應用於京都政府和地方官員之間，並開始流行於廣大知識階層。西漢司馬遷的《史

記》、東漢班固的《漢書》以及大量的文人詩賦，使華夏民族語言的書面表述繁花似錦，碩果輝煌。

華夏民族傳承文化的載體 —— 被稱爲「漢語」的華語和被稱爲「中文」的華文日臻完善，於是在東漢年間誕生了華夏民族的第一部文字學著作 —— 許愼的《說文解字》。《說文解字》的作者以及當時的人們並不將這些文字稱爲「漢字」，只是稱之爲「文字」：獨體爲「文」，合體爲「字」，所謂「說文解字」的題名就是說一說獨體字、解一解合體字的意思。以至於後來歷朝歷代，直至辛亥革命以前，也都是以「文字」相稱，不曾冠以「漢字」的雅號。只有當其同其他民族語言相區別的時候，才偶而使用「漢字」、「漢語」的說法，例如：「初，書詔令皆用蒙古字，及是，帝特命以漢字書之。」（《元史》卷一百七十二）

我們現在通常把用漢字書寫的文檔稱之爲「中文文檔」，而不稱之爲「漢文文檔」，我們大學裏設立的中國語言文學系簡稱爲「中文系」，實際上中文系通常開設漢語言文學專業，而並不開設國內其他民族語言文學專業，但不稱爲「漢文系」，顯然「中」字要比「漢」字大氣得多。

我們國家的簡稱是「中國」，只有全稱時才冠以「華」字，稱爲「中華……國」，其實「華」字的含義遠比「中」字重要。「中」字的大氣若跟「華」字相比，則又顯得小巫見大巫了。「中」字只是「中華」的「中」，而「中華」是一個偏正式合成詞，其中心語素爲「華」，即「位居中央的華」，由於國人的傳統理念以居中爲尊，所以往往以簡稱形式的「中國」自稱，中國出版的世界地圖大多喜歡把中國擺在中央，而與世界通行的地圖上中國屬於遠東地區迥然有別。

膚色是種族的標誌，而語言是民族的標誌；文化是祖國的靈魂，而語言是民族的靈魂。我們是講「華語」的民族，「華」既是中華民族的族徽，又是中華民族的靈魂。夏商周春秋戰國秦，兩漢魏晉南北朝，隋唐宋元明清至今，無論何朝何代，無論哪個民族統治中國，我們祖國通用的語言都是華語，即使是曾經強大一時的蒙古人和滿人，也都實質上放棄了他們自己的語言，而融入了中華民族之中。我想將來要有世界語言文字的統一，勢必應該先有各國內部的語言文字統一，在這個意義上，棄「漢」從「華」首先容易消除國內各民族的心理隔閡。逐漸地過渡到使用「華語」和「華文」的稱謂也是利多弊少的舉措。

　　至於「漢語」的稱呼，在現階段自然還有它特定的含義，甚至還應該有其更深層的原因，那就是前邊提到的，語言是民族的靈魂，如果將這句話的意思推而廣之，則漢語是華夏族的靈魂，而「漢字」又是「漢語」的靈魂，漢字是最適合於記錄漢語的文字，甚至從某種意義上說，只有用漢字來記寫的語言才叫漢語，世界上獨一無二。而漢字這種文字之所以被稱爲「漢字」要歸功於漢代對華夏文字的傑出貢獻，漢字在漢代自身發生的「隸變」與「楷化」（詳見本書「餘論」之第 61 節）以及許愼對漢代通行文字的科學整理得到後人的極大認可，澤被後世，惠及子孫，因此咱們當代人便稱其爲「漢字」。華夏的文字以「漢代」的「漢」得名，語言也因之而被當代人稱爲「漢語」，這應該是令中國人感到很自豪的一件事。於是本書因循國人的慣用稱謂，以「漢語」命名本書，稱之爲「漢語共同語語法概論」。

五、漢語共同語的口語與文言

　　共同語是語言學上的一個概念，現階段的共同語通常是指「民族共同語」，指的是在使用同一種語言的區域中廣泛使用的語言形式，是由於長期的文化、交流習慣的累積而產生的語言形式。人類目前還只有民族共同語，而沒有各民族通用的「人類共同語」，世界通用的共同語目前還只是一種推論和設想，它的問世有賴於各民族經濟文化的高度融合。

　　漢語共同語有白話口語和文言書面語兩種使用範疇，前者可視爲「口語共同語」，簡稱爲「口語」，後者可視爲「書面共同語」，簡稱爲「文言」，它們是兩股道上跑的車，各自獨立運行，互不干擾，各自都功能完善，暢行無阻。

　　「口語共同語」是「說」與「聽」的語言，它作用於人的「口」和「耳」，「口」說出來的是話語，也就是「語」。而「口」是用來口頭表達信息的，「耳」是用聽的功能來接收信息的，因爲表達是第一位的，先要用「口」說出來才能聽，而口頭表達能力又是人的最基本的表達能力，故以「口」來命名，稱之爲「口語」，不稱之爲「耳語」。

　　「書面共同語」是「寫」與「讀」的語言，它作用於人的「手」和「眼」，「手」寫出來的是文字，可簡稱爲「文」。而「文」是用來書面表達信息的，「眼」是用讀的功能來接收信息的，因爲表達是第一位的，先要用「文」寫出來才能讀，而書面表達能力也是人的基本的表達能力，故以「文」來命名，稱之爲「文

言」。這「言」跟「語」其實是同義詞，「語言」嘛，一個口語，用來說與聽，一個文言，用來寫與讀，這不正是我們平時在中小學普及教育中提倡的「聽、說、讀、寫」嗎？沒錯，正是這四個字的概括，給使用漢語交際的人群交流信息和存儲信息帶來了極大的便利。

其實，跟「口語」對應的概念應該是「書面語」，跟「文言」對應的概念應該是「白話」，我們上文迴避了「白話」這一概念。因爲古人嘴上說的是「古白話」，手上寫的是「文言」，文化人雙管齊下，既會說「白話」，又會寫「文言」，而古代民眾讀書識字者不多，故大多只說不寫，也就無所謂「白話」不「白話」了，反正就是用口來說話，那就是「口語」。而現代人我手寫我口，口裏怎麼說筆下就怎麼寫，也同樣無所謂「白話」不「白話」了，說的是「口語」，寫的還是口頭形式的「書面語」。

至於「文言」嘛，它還健在，無論古今，都屬於文化人所有，都是書讀到一定程度的有文化的人的專利，儘管它不被普遍使用，但是它卻是中國人古今交流的利器。你想用今天的「口語共同語」來解讀古代文獻嗎？很難；只有精通「文言」，才能做出精準的翻譯。所以本書「漢語共同語語法概論」不能置文言語法於不顧。

爲了避免「口語」、「白話」、「文言」這幾個概念的糾纏，下面我們使用「口語共同語」和「書面共同語」這兩個全稱概念來簡單敘述漢語共同語的口語與文言兩種形態的構成和演進概況。

漢語的「口語共同語」源自春秋時代的「雅言」、兩漢時代的「通語」、唐宋以來的「官話」、辛亥革命以來的「國語」，一直延續到當代中國大陸的「普通話」，它是針對漢語各地複雜的方言來說的，是地無分南北的使用華語的人群之間便利交際的口語共同語。其實，所謂《論語》中提到的「雅言」、《方言》中提到的「通語」以及唐宋元明清各個時代的「官話」，由於科學技術的限制而沒有當時口語錄音資料的遺存，古人的口語我們無法聽到，後人已經無從知道它的具體狀貌了，現時唯有被臺灣地區稱爲「國語」和被大陸地區稱爲「普通話」的漢語共同語，才是當代中國人具體可感知的漢語的「口語共同語」。

然而，把現時漢語的「口語共同語」稱爲「國語」或者「普通話」也還都不夠嚴謹，容易同其他的概念相混淆：「國語」是指一個國家的代表語種，中國

的「國語」就是漢語，它並不排斥漢語方言，所以「國語」不能等同於「共同語」；「普通話」的「普通」是一個多義詞，大眾的理解就是「普普通通、平常一般」的意思，殊不知「普通話」的「普通」並不「普通」，它是「普遍通用」的意思，這很容易造成概念上的糾纏。其實，用「標準語」這一概念比較好，「標準」一詞沒有歧義，又不會與別的概念混淆，要麼就直接使用語言學界通用的「共同語」這一概念，也未嘗不可。

因為今天的書面語跟口語是一致的，並沒有單獨的書面語，所以本書所稱的漢語的「書面共同語」特指「文言」。「文言」源自先秦時代接近當時口語的文言文典籍以及秦漢以後脫離歷代口語的「古文」文獻。它是針對漢語在各個時代的口語「白話」而言的，是時無分古今的使用華語的讀書人之間便利閱讀與文字交際的書面共同語。「文言」又被稱為「古代漢語」，但是「古代漢語」和「文言」又並非同一個概念。因為古代漢語是就時代而言的，凡是處在古代社會的中國人所使用的漢語就都可以叫「古代漢語」，它不僅包含書面形態的「文言」，也應該包含口語形態的「雅言」、「通語」和「官話」，因此，為了避免概念的混淆，我們這裏所說的漢語的「書面共同語」僅指「文言」，而不用「古代漢語」這一稱說。

至於「文言」則又有深文言與淺文言之別：深文言是指以先秦的漢語口語為基礎而形成的書面語，以及模仿這種書面語而寫作的語法形式。它既包括商周時代的甲骨文、金文的文字遺存，也包括先秦時代的所有文獻資料，還包括以唐宋八大家為代表的古文學派模仿上古漢語書面文獻的文言作品以及清代桐城派的散文等文言作品。淺文言則是指兩漢到魏晉南北朝時期所形成的漢語書面語，如西漢的《史記》、東漢的佛經翻譯文獻、南北朝劉義慶的《世說新語》等，以及唐宋以後半文半白的書面作品，如唐代的變文、宋代的話本等。至於唐詩宋詞元曲明清小說等書面作品，已經切近當時的口語，它們是漢語口語共同語的直接源頭，就不必再看作是「文言」了。

「文言」這種自成一套體系的脫離口語的書面語，實在是漢語的一大特色，是世界各民族語言所罕見的特殊語言形態。它的最大特點就是其語言表達模式千古不變，它最大的優點就是可以超越時空的限制，讓不同時代的人或者不同地域的人直接進行書面交際：中國距今千年以上的古籍浩如煙海，只要你精通

文言，那麼你無需借助任何翻譯就可以直接閱讀；中國古代天南地北的人在口語方面語音相差甚大，聽不懂不要緊，只要你精通文言，那麼你無需借助任何翻譯就可以直接從書面表達上來領悟。「文言」的這種語言表達模式千古不變的特點正是它的最大優點，因為它能以不變應萬變，給中華文化的保存、前賢後學的傳承、社會各地人等的溝通帶來了極大的便利。

在 20 世紀之前的中國以及朝鮮半島、日本、越南，以漢字書寫的文言文幾乎使用在所有的正式文書上。20 世紀之後，文言文在中國的地位逐漸被白話文所取代，而東亞、東南亞的其他國家則開始採用當地語言的書面語。但是「文言」這種特殊形態的漢語「書面共同語」至今還健在，大陸和臺灣的中小學語文教學內容仍然十分重視文言，大學漢語言文學專業仍在致力於文言的深度解讀，時至今日，精通文言者大有人在，中國的歷史文化傳承離不開這種特殊形態的漢語「書面共同語」的工具效應。

六、漢語共同語的語法視野

此前我們綜述了語言、漢語、漢語共同語等與本書題名相關的概念，最後我們從漢語共同語的語法視野，來勾勒一下本書所謂「語法概論」的大體輪廓。

這裏所說的「漢語共同語的語法視野」與大陸目前通行的語法研究略有不同。因為本書是以漢語為特定研究對象的屬於描寫語言學範疇的論著，而大陸的這類著述通常是斷代研究，諸如古代漢語語法、近代漢語語法、現代漢語語法等，研究現代的不涉及古代，研究古代的不關涉現代，這不便於漢語語法學習者融會貫通。人們往往認為現代漢語和古代漢語是完全不同的兩種形態，其實不然，連中學生都可以這一節學現代文，下一節學文言文，可見作為漢語標準白話的「口語共同語」與規範文言的「書面共同語」是一脈相承的。因此本書的漢語共同語的語法視野就是既要重視現行的「口語共同語」，又要關注傳承的「書面共同語」。

在上述思路的支配下，本書的立意是兼顧漢語的口語與文言的。除了「引論部分」和「餘論部分」之外，本書的「本論部分」共分為六章，「本論一」至「本論四」這前四章分別從單詞、短語、句子三個層面來論述漢語「口語共同語」的語法狀貌，「本論五」和「本論六」這後兩章則從詞法和句法兩個角度來解析漢語「書面共同語」中與今不同的文言特殊語法現象。

　　如果再換一個角度來看這裏所說的「漢語共同語的語法視野」，那麼與大陸目前通行的語法研究也略有不同。因爲本書所認可的「語法」是廣義範疇的語法，它除了傳統意義的詞法與句法之外，將音節的結構法和義節的結構法也視同「語法」。因爲語法的本質屬性就是指語言的結構法則，於是本書認爲，在詞與句的層面，單詞的結構法則、短語的結構法則、句子的結構法則當然是「語法」，而在音與義的層面，音節的結構法則和義節的結構法則也應該看作是「語法」。當然這後一種「語法」爲本書與眾不同的認識，個人研究還不夠深入，還不便詳細展開論述，故僅在「餘論部分」略加闡述，以求拋磚引玉。

　　之所以這樣做的依據是：根據普通語言學的理論，語言本是由各級語言單位構成的分層裝置，它的第一層是音素層，一種語言的音素層通常由幾十個音位構成，音位的組合構成音節；此外漢語的與眾不同之處是它的第一層還有義素層，漢語的義素層通常由數百個義素構成，義素的組合構成義節。漢語的音節與義節結合後形成語素，語素是語言的第二層裝置，一種語言的語素層通常由成千上萬個語素構成，漢語的常用漢字只有幾千個，它們對應的是漢語的語素，語素是音義結合的最小單位，由「義節」表示的意義內容由此被裝進了由「音節」承載的形式口袋。語素是構成單詞的材料，單詞是語言的第三層裝置，一種語言的單詞層通常由幾萬至幾十萬個單詞構成，單詞與單詞還可以組合成短語，短語也是語言的第三層裝置，只不過它不是預先組合好的，而是臨到用時現來組裝的，因此它沒有一定的數量限制，單詞與短語都是音義結合的初級符號序列，都是語言表達的半成品。單詞和短語自身、單詞與單詞、單詞與短語、短語與短語都可以構成無數的句子，句子是語言的第四層裝置，它是音義結合的高級符號序列，是語言表達的基本單位。

　　由此可見，語言分層裝置具有經濟有效和靈活多變的特點：由音素組合成音節，由義素組合成義節，這是漢語分層裝置中最關鍵的結合部，它們的數目都不太多，便於記憶和掌握；由音節與義節組合成語素，語言單位實現了質的飛躍，在語音外殼中裝進了語義內容，一越而成爲「音義結合體」的語言符號；語言符號的運用奧妙在於組合，它總是由低一級的符號憑藉少數的規則組合成高一級的符號序列。正如用十二音律可以編排出無數迴腸蕩氣的美妙音樂，用

二十種「氨基酸」通過不同種類的排列可以組成不同的蛋白質一樣，正如用十個阿拉伯數字可以組成變化無窮的數目，用二十六個拉丁字母可以構成無數單詞並能組成豐富的語言一樣，漢語在「語素——詞——短語——句子」連跳三級的組合過程中，語言符號利用少數經濟有效的組合規則，演化出無數個靈活多變的表達語句來。其實，語言中的每個表達語句，無非是利用現成的語言材料來實現充分達意的新組合而已。

語言裝置的每一層組合都有它特定的組合規則，這就是「語法」，由此看來，既然傳統語法學認為詞與詞的組合、詞與短語的組合、短語與短語的組合、句子與句子的組合都有語法的參與，那麼，音素組合成音節、義素組合成義節、音節和義節組合成語素、語素組合成詞，怎麼能沒有語法的參與呢？所以漢語共同語的語法視野應該更廣闊一些，把上述一些被傳統語法排除在外的語法現象都收編進來，這並不是沒有道理的做法。

因此從某種意義上我們可以說，語法就是各級語言單位之間的組合法，而每一個層級的語言單位組合，又都可以從兩個側面來觀察研究，那就是語法結構和語法功能，語法結構體現語言單位之間的組合關係，語法功能體現語言單位之間的聚合關係，而聚合關係與組合關係正是普通語言學研究語法的兩個縱橫坐標，把握了這兩個縱橫向標，也就把握了語法結構的核心奧秘。

有鑒於此，本書在討論單詞、短語、句子這三級語言單位的語法結構的時候都是從「語法結構」與「語法功能」兩個側面來加以論述的，其具體體現在：本論一「漢語單詞的語法結構」、本論二「漢語單詞的語法功能」、本論三「漢語短語的結構與功能」、本論四「漢語句子的結構與功能」。這樣的體例安排，便於讀者理清漢語語法結構的大體輪廓，雖不能面面俱到，但也不致在大的環節上出現缺失，謹此提請讀者詳察。

綜上所述，漢語共同語的口語與書面語都具有跟世界上其他語言迥然不同的語法結構，如果你在更廣闊的語法視野下來觀察漢語語法，你會發現漢語語法的精密程度從古至今一以貫之，漢語的語法並非像一些使用拼音文字的語言那樣呈鏈條型的線性結構。如果說以印歐語系和閃—含語系內的眾多語言為代表的屈折語的語法結構類似於線性條碼的話，那麼具有孤立語屬性的漢語語法結構則類似於平面的二維碼。就在這漢語語法的「二維碼」中既有理性思維的

結晶，也有感性認識的約定俗成，既有縱橫交錯的經緯線，也有類似蘇州園林式的曲徑通幽之處。

　　有人說，中國人的大腦是感性思維與理性思維渾然一體的大腦，其實不然，中國人的大腦跟外國人的大腦先天的生理結構並沒有什麼本質的不同，而漢語的語法卻跟別的語言的語法有著諸多的本質不同，因為語言不僅是交際工具，也是思維工具，所以中國人在學習漢語語法的時候便不知不覺地用漢語語法的獨特程序將自己的大腦格式化了，於是中國人的大腦功能便有了與眾不同的民族思維特色。那麼，這用來格式化中國人大腦的漢語語法究竟是一種什麼樣的獨特語言程序呢？讀了本書或將會有一些新的感悟。

02. 漢語共同語的語言成分構成

　　語言本質上是一種符號結構體系，觀察與研究事物的結構體系，大體可以從它的結構成分與結構規律兩方面入手，研究語言也不應例外。本節擬在漢語結構規律的視野內來觀察漢語共同語的各級語言結構成分，藉以統觀漢語語言構成要素的概貌；至於結構規律，那將是本引論之後的各章節將要涉及的內容。

一、漢語共同語語言構造綜述

　　一方面，研究任何事物，都離不開對它的構成成分的探索，可以說，沒有事物的構成成分就沒有事物本身，大至宏觀世界，小至微觀世界，萬事萬物無不是由不同層級的構成成分組合而成的，語言也是如此。

　　另一方面，研究任何事物，又都離不開對它的構成成分的結構規律的探索，可以說，沒有事物構成成分的構成結構也就沒有事物本身，大至宏觀世界，小至微觀世界，萬事萬物無不是由不同層級的構成成分按照一定的結構規律組合而成的，語言也是如此。

　　人們對語言的傳統認識，首先是在第一層面上認識到它含有三個構成要素：語音、詞彙、語法；然後才有語言學中的三個重要分支：語音學、詞彙學、語法學。但若深究起來我們不難發現，傳統所稱的語言「三要素」並非按同一標準劃分出來的三種語言成分，而只是各種紛繁複雜的語言成分所分佈的三種空間。

　　然而，若在漢語結構規律的視野內來觀察漢語共同語的各級語言要素和語言成分，則會呈現另一種景觀：我們不妨把在漢語語音結構規律的視野內來觀察研究漢語共同語的各級語音成分及其聚合組合關係的學問稱作「語音語法學」，把在漢語語義結構規律的視野內來觀察研究漢語共同語的各級語義成分及其聚合組合關係的學問稱作「語義語法學」，把在漢語語句結構規律的視野內來觀察研究漢語共同語的各級語句成分及其聚合組合關係的學問稱作「語句語法學」。

　　這樣一來，漢語的「三要素」就不再是「語音、詞彙和語法」，而是「語音、語義和語句」：研究漢語語音要素的語法結構規律可稱爲「語音語法學」，研究漢語語義要素的語法結構規律可稱爲「語義語法學」，研究漢語語句要素的語法結構規律可稱爲「語句語法學」。而傳統語法學只是其中的「語句語法學」，現在我們把語音結構和語義結構這兩個結構要素也納入語法的研究範疇，這正是漢語語法學研究的全部問題。

　　從「語音學」這個層面來看，人們可以從物理學的聲學分支的角度來研究語音，這種研究學科稱之爲「音響學」；也可以從生理學的發音器官分支的角度來研究語音，這種研究學科稱之爲「發音學」；還可以從實驗語音學的角度來研究語音，這種研究學科稱之爲「聽覺語音學」。但這些都是對語言構成材料的研究，而不是對語言成分的結構規律的研究。可見，從「語音語法學」這個層面來看，傳統語音學研究的核心問題——音位的聚合規律與組合規律，才是對語音成分的語法屬性的本質把握。同理，從「語義語法學」這個層面來看，語義學研究的核心問題也應該是詞義的聚合規律與組合規律，這才是對語義成分的語法屬性的本質把握。至於從「語句語法學」這個層面來看，傳統的語法學研究的則正是語句語法學。

　　我們可以把「語音語法學」、「語義語法學」和「語句語法學」統稱之爲「語構語法學」，也就是說，對語言結構規律的研究本質上就是對「語構」的研究。什麼是「語構」呢？簡言之，語構就是語言的結構，或稱爲「語言構造體」。如果說，處在深層的語言單位是分別以語音、語義爲縱橫向標構成的呈平面分佈的「音義結合體」的話，那麼整個語言結構系統就是一個由多級音義結合體堆疊起來的呈立體分佈的三維語言實體。我們不妨把這個「三維語言實體」稱爲「語言構造體」，簡稱爲「語構」，而這個「語構」是由被稱爲「音義結合體」或者「基本語言單位」的不同層級的「語言構造單位」構造而成的。

據此，我們可將漢語共同語的語言構造簡示如下：

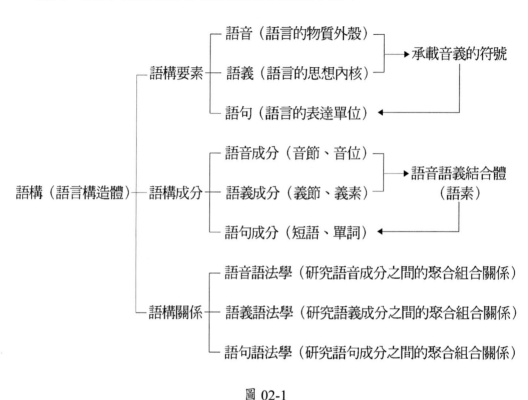

圖 02-1

有鑒於此，我們對語言成分的認識與解析，也就可以逐層地展開了。

首先在這個語言構造體內找出其重要的語構要素，那就是語音、語義、語句這三個要素：語音是語言的物質外殼，語義是語言的思想內核，而語句是承載了語義的聽覺符號或者視覺符號，它是語言的基本表達單位，常言道「話要一句一句地說」，語言使用者借助語句來表達思想。

然後去尋找其內部多層級的語構成分，即語音成分、語義成分、語句成分：語音成分內含音節、音位等語音單位，語義成分內含義節、義素等語義單位，而語句成分便是單詞、短語等語句單位，它們是以語音語義結合體的形式存在的。

之後再對漢語共同語的語言成分進行綜合觀察，藉以認識其存在的理據性，探索其結構分佈狀況及各自的功能屬性，解剖其有條件地聚合與有條件地組合的語構關係，這便是本書所謂的語音語法學、語義語法學和語句語法學。

二、漢語共同語的語言成分概觀

漢語共同語的語言成分包括語音成分、語義成分和語句成分。

語音在口語交際中表現爲語流的形式，而漢語共同語的語流是由一個一個複合形態的音節鏈式組合而成的。音節是漢語語流的基本單位，它是由不同的聲母、韻母、聲調等成分複合而成的，音節是語流的直接成分。而漢語音節中的聲母、韻母、聲調又是由不同的音位構成的，所以音位是音節的直接成分，是語流的間接成分。

漢語的語義基因鏈條通常凝固在語詞之中，之所以這樣說，而沒有說語義在語言交際時顯現在語句之中，那是因爲語句是動態的，是表達時臨時組合起來的，而語詞是靜態的，是表達之前就存在於詞典當中或者人們的意念當中的。這裏所說的語詞主要是指漢語的單詞以及一些專名，而語詞又是由語素構成，語素是語言中最小的音義結合體。由於漢語的孤立語屬性，決定了漢語的絕大多數語詞是音節與義節的完美結合。義節是漢語靜態語義的基本單位，相當於語義的基因鏈條，它又是由不同的義素成分構成的，這些義素成分才是漢語語義的遺傳基因。義素是義節的直接成分，是語詞的間接成分。

語句是語言交際時能夠獨立運用的基本單位，它是由多層級的音義結合體構成的「語言單位」在表達時臨時組合而成的，這些語言單位通常包括單詞和短語。單詞和短語都可能是構成語句的直接成分，而單詞又是構成短語的直接成分，它也可能是構成語句的間接成分。

值得注意的是「語素」，語素是漢語中最小的語音語義結合體，因此它既不是單純的語音成分，也不是單純的語義成分（見圖 02-1 所示）；那麼語素是否爲語句成分呢？嚴格說來也不是，因爲能夠獨立運用的音義結合體才是語句成分，而語素只是構成單詞的要素，它不能獨立運用。但是我們在研究語言的時候還是將語素作爲語句的基因要素來研究，因爲它像受精卵一樣是語句得以自由擴充的胚胎。

這樣一來，我們就要特別重視語素在語法成分研究中的重要意義：這正如我們在上一節末尾談到語言是一個複雜的靈活多變的分層裝置的時候所說的：「由音節與義節組合成語素，語言單位實現了質的飛躍，在語音外殼中裝進了語義內容，一越而成爲音義結合體的語言符號」，如果打個比方來說，漢語的「音節」就好比是女性的卵子，漢語的「義節」就好比是男性的精子，而漢語中最小的音義結合體「語素」就好比是受精卵，後面的事情就可想而知了，受精卵就會形成胚胎，語素就會構成詞語。所以，儘管語素不是嚴格意義的語句成分，

但是如果沒有語素，音節與義節就無所寄託，如果沒有語素，單詞與短語也無法構成，所以我們應該特別重視漢語語素所實現的「質的飛躍」，我們始終要把語素作爲構成語句的基因鏈條來對待。

據此，我們可將漢語共同語的幾類直接語言成分和間接語言成分簡示如下：

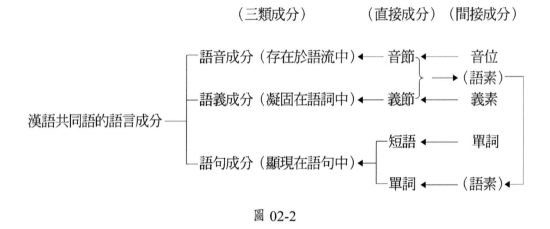

圖 02-2

在這裏需要著重指出的是「單詞」這一種語言成分，它既是直接的語句成分（它可以獨立成句），又是間接的語句成分（它作爲短語的構成要素間接成句）。

三、漢語共同語語音成分的構成

如上所述，漢語共同語的語音成分存在於語流之中，它包括語流的成分「音節」和音節的成分「音位」。

1、語流的構成成分——音節

漢語共同語的音節又可按聲母不同、韻母不同、聲調不同等標準區分爲不同性質功用的音節。

首先，按聲母不同的標準，可將漢語共同語的音節分爲零聲母音節、有聲母音節和唯聲母音節三種類型。零聲母音節是指不含有輔音聲母的音節，也就是由韻母自成音節，聲母爲零位者（比如 ā　é　yǐng　wèn 等音節）；有聲母音節是指含有輔音聲母的音節，凡韻母前拼聲母構成的音節都屬於有聲母音節（比如 gāi　níng　biǎn　tòu 等音節）；唯聲母音節是指漢語中某些特殊的只含有鼻輔音音位與聲調音位而韻母爲零位的音節以及極個別的由複輔音單獨構成的音節，例如字典中下面這幾個漢字所表示的音節：

呣（ｍ）── 歎詞，表示疑問。讀爲陽平聲。

呣（ｍ）── 歎詞，表示應諾。讀爲去聲。

嗯（讀作ｎ或ｎｇ）── 歎詞，表示疑問。讀爲陽平聲。

嗯（讀作ｎ或ｎｇ）── 歎詞，表示出乎意外或不以爲然。讀爲上聲。

嗯（讀作ｎ或ｎｇ）── 歎詞，表示答應。讀爲去聲。

噷（ｈｍ）── 歎詞，表示申斥或不滿意。

哼（ｈｎｇ）── 歎詞，表示不滿意或不相信。

其次，按韻母不同的標準，可將漢語共同語的音節分爲無韻尾音節、元音尾音節和輔音尾音節三種類型：無韻尾音節是指韻母爲單韻母的音節（比如 bā hé tǐ shù 等音節）或後響複韻母的音節（比如 huā jiá tiě yuè 等音節）；元音尾音節是指韻母爲前響複韻母的音節（比如 zāi péi hǎo tòu 等音節）或中響複韻母的音節（比如 xiāo yóu guǎi wèi 等音節）；輔音尾音節是指韻母爲前鼻尾韻母的音節（比如 fān shén miǎn wèn 等音節）或後鼻尾韻母的音節（比如 dāng méng jǐng wèng 等音節）。上文提到的幾個特殊的唯聲母音節暫不作歸類。

再次，按聲調不同的標準，可將漢語共同語的音節分爲平聲音節、仄聲音節和輕聲音節三種類型：拿現代漢語共同語的語音來說，凡普通話聲調讀作陰平、陽平者爲平聲音節，凡普通話聲調讀作上聲、去聲者爲仄聲音節，凡按普通話讀音其聲調在語流中發生明顯弱化者爲輕聲音節。

2、音節的構成成分 ── 音位

音位又可從音節的構成要素和音節的結構要素兩個角度來考察其不同的性質功用。

首先，漢語音節是由兩類本質不同的構成要素複合而成的，一類稱爲音質音位，它是從語音的音質或稱音色方面來確認的，在語言交際中有區別意義作用的音質不同的音素稱爲不同的音質音位，其中又可大別爲輔音音位和元音音位兩種情形；另一類稱爲非音質音位，對於漢語來說，它主要是從語音的音高方面來確認的，通常把非音質音位稱爲聲調音位。

其次，漢語音節又是由聲、韻、調的結構成分複合而成的，而聲母都是由輔音音位構成的，韻母中的韻頭都是由高元音音位構成的，韻母中的韻腹可以

由各種元音音位構成，韻母中的韻尾可能由高元音音位構成也可能由鼻輔音音位構成，聲調都是由非音質音位構成的。

據此，我們可將現代漢語的音節和音位這兩類語音成分簡示如下：

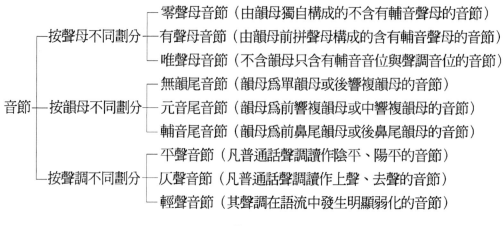

圖 02-3

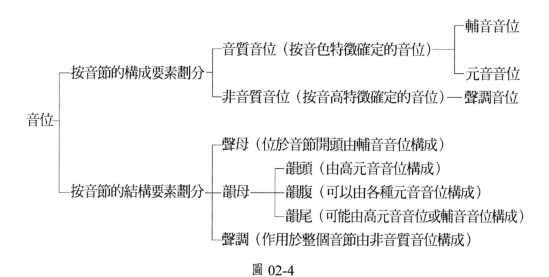

圖 02-4

四、漢語共同語語義成分的構成

漢語共同語的語義成分凝固在語詞之中，它包括語詞的成分「義節」和義節的成分「義素」。

1、語詞的構成成分──義節

什麼是義節？這是本書自擬的概念。漢語的每個音節幾乎都有意義，使用漢語的人每發一個音節幾乎都含有或實或虛的語義聯想，我們把這些與漢語音節相對應的能夠引起語義聯想的語義單位稱之為義節。

　　漢語是孤立語，特別是在古漢語中，漢語的義節與音節對應，古漢語以單音節詞爲主，因此大多數的單詞是由一個義節構成的，有些聯綿詞、疊音詞、外來詞是多音節共同承載一個語義的，但這種多音節的義節比例並不大，現代漢語雙音節詞和多音節詞的數量猛增，但它們大多數仍然是由單音節的義節複合而成的，眞正的多音節義節的比例仍然不大。

　　如何捕捉與識別義節？最爲奇妙的是，漢字也是孤立的音節文字，每一個漢字幾乎都含有一個或多個或實或虛的意思，也就都可以對應一個或幾個義節。而且，漢語的字典既是詞典又是語素典，字典中對每個漢字的解釋，既是對字義或者語素義的解釋，同時也是對漢語義節的釋義，這就爲研究漢語的語義成分提供了極大的便利。總起來說，漢語的絕大多數義節，聽起來是一個音節，寫起來是一個漢字，不僅有音有形，而且爲數眾多，不要說像《康熙字典》這樣的古代字書中多達四萬多個記錄義節的漢字，就是現代電腦字庫中也有一萬多經常用的記錄義節的漢字，這都是研究漢語義節的豐富的礦藏。

　　那麼，漢語的義節與漢語的語素又是什麼關係呢？我們說，語素是語言中最小的語音語義結合體，針對大多數漢字而言，這種音義結合體就是漢語音節與義節的完美結合。也就是說，一個能代表語素的漢字中既含有音節，也含有義節：音節是它的語音成分，義節是它的語義成分，而被稱爲漢字的語素則可以作爲最小的構詞成分。

　　漢語的義節按語義特點來劃分，可以分爲獨意義節、合意義節和音意義節三種類型：「獨意義節」是指含有單獨表意義素的義節，例如：「人、行、大、我」等獨體字所代表的義節；「合意義節」是指含有複合表意義素的義節，例如：「家、休、好、從」等合體字所代表的義節；「音意義節」是指含有表音成分和表意義素的義節，例如：「河、笑、漫、彼」等形聲字所代表的義節。這樣一來，要瞭解「義節」這一概念，就必須要瞭解漢字的表意構件，而漢字的表意構件所代表的就是「義素」。

2、義節的構成成分──義素

　　義節又是由什麼構成的，義節是由義素構成的。本書所說的「義素」不同於目前大陸諸多現代漢語教科書上所說的「義素」，二者有著本質的不同。讓我們先來看看目前大陸高等學校現代漢語教材上所說的「義素」指的究竟是什麼，

綜合大陸較有代表性的高校《現代漢語》教材的闡釋，其大意爲：

義素是義項的語義構成成分，義素是構成詞義的最小意義單位，也就是詞義的區別特徵，所以又叫詞的語義成分或語義特徵。義素通常包括共同義素和區別義素，共同義素和區別義素都是針對同一個語義場內的語詞相比較而言的：「共同義素」是表示某一類事物共同特徵的義素，是借助類屬關係同別的非本類事物相區別的義素，是在義項內起到劃定範圍作用的義素；而「區別義素」是指在同一個語義場內根據某些特徵同本類事物內部其他事物相區別的義素。一個義項總是由共同義素和區別義素一道構成的，對某一個語詞的某一個義項的理解，關鍵就在於把握住它的全部共同義素和區別義素。

值得注意的是，上述對「義素」含義的闡釋是立足於語義場、義項構成、詞義比較這些語義學範疇的；而我這裏所說的「義素」不是指語義學的概念，而是指詞義學的概念。單詞是由語素構成的，而漢語的語素內含音節與義節兩種構成要素，故我們這裏所指稱的「義素」，它是義節的語義構成成分，不是什麼義項的語義構成成分。

既然義素是義節的構成成分，上文我們又提到漢語有多達上萬個義節，而且每個義節都是一個既有音又有形的孤立實體，它讀出來是一個音節，寫出來就是一個漢字，那麼研究義節就好辦了，在此我可以大膽地說，研究漢字的造字法就是研究漢語的義節是如何由義素構成的。

眾所周知，漢字是屬於表意體系的文字，也就是說，每一個漢字不僅表意，而且漢字的全部構字理據還成爲一個嚴密的表意體系，象形字、指事字、會意字這些用純表意方法構成的漢字自不待言，爲數眾多的形聲字的形旁的表示字義類屬的功能也是一個嚴密的體系，就連形聲字的聲旁也並不跟意義絕緣，它在顯示漢字的義素的環節上也有著微妙的輔助功能，自古以來的「右文說」並非空穴來風，這都需要深入地研究。我們可以暫時把獨體字所表示的義節的構成義素稱爲「獨意義素」，把會意字所表示的義節的構成義素稱爲「會意義素」，把形聲字所表示的義節的構成義素稱爲「導意義素」。於是我們不妨說：獨體字（象形字和指事字）所表示的義節是由一個「獨意義素」單獨完成的，會意字所表示的義節是由幾個「會意義素」複合完成的，形聲字所表示的義節是由「導意義素」引導完成的。

據此，我們可將現代漢語的義節和義素這兩類語義成分簡示如下：

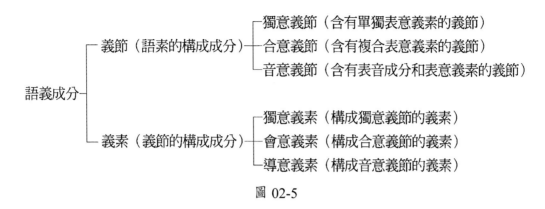

圖 02-5

關於「義節」與「義素」的具體構成，本書將在《餘論：漢語的字符文法》一章的《漢語的音義結構：音節與義節》一節中加以闡釋。

五、漢語共同語語句成分的構成

漢語共同語的語句成分體現在語句之中，它包括單詞的基因「語素」、短語的成分「單詞」、單句的成分「單詞」或「短語」、複句的成分──被稱作分句或關聯詞語的「短語」或「單詞」等，其中可用作單詞成分的「語素」被稱為「詞法成分」，可用作短語成分、單句成分、複句成分的「單詞」和「短語」被稱為「句法成分」。下面先將各類成分用圖表形式概覽一下，然後再分別加以闡釋。

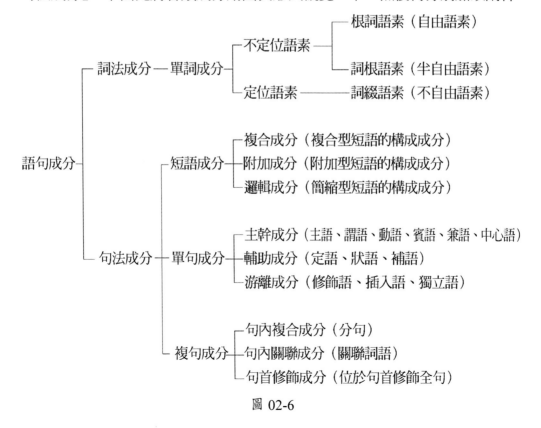

圖 02-6

1、單詞的構成成分 —— 語素

前文曾經論及，儘管語素不是嚴格意義的語句成分，但是如果沒有語素，音節與義節就無所寄託，如果沒有語素，單詞與短語也無法構成，所以我們應該特別重視漢語語素所實現的「質的飛躍」，我們始終要把語素作為構成語句的基因鏈條來對待。具體來說，語素這個「基因鏈條」雖然不是構成語句的成分，但它卻是不可或缺的構成單詞的成分。

單詞的構成成分可以大別為「不定位成分」與「定位成分」兩類，統稱之為「語素」。所謂「不定位成分」就是該成分在構成單詞的時候不受位置限制，可以在前也可以在後；所謂「定位成分」就是該成分在構成單詞的時候要受位置限制，或者只能在前或者只能在後。

語素又可按其語法功能分為根詞語素、詞根語素和詞綴語素三種類型，其中根詞語素和詞根語素屬於不定位成分，詞綴語素屬於定位成分。

根詞語素又叫自由語素，它可以獨立構成單詞，也可以互相結合構成單詞，還可以同其他類型的語素結合成詞；詞根語素又叫半自由語素，它在一般條件下不能單獨構成單詞，但卻可以互相結合成詞或同其他類型的語素結合成詞；詞綴語素又叫不自由語素，它不能單獨成詞，而且在與根詞語素或詞根語素組合成詞時位置也受到限制，詞綴語素有前綴和後綴之分。

據此，我們可將現代漢語的語法功能不同的三類語素簡示如下：

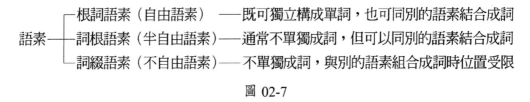

語素┬─ 根詞語素（自由語素）　──既可獨立構成單詞，也可同別的語素結合成詞
　　├─ 詞根語素（半自由語素）──通常不單獨成詞，但可以同別的語素結合成詞
　　└─ 詞綴語素（不自由語素）──不單獨成詞，與別的語素組合成詞時位置受限

圖 02-7

關於單詞的構成成分「語素」的詳細分類及構成單詞的諸多情形，本書將在《本論一：漢語單詞的語法結構》一章中詳加論述。

2、短語的構成成分——複合成分、附加成分、邏輯成分

短語的成分包括複合型短語的構成成分、附加型短語的構成成分、簡縮型短語的構成成分。關於「複合型短語」、「附加型短語」、「簡縮型短語」等提法，將在本書第 21 節《漢語短語的多級結構類型》中另行闡釋。從另一個角度看，這些短語的構成成分根據其語法功能不同又可分為複合成分、附加成分和邏輯成分三種類型。

複合型短語的構成成分類似於單句的主幹成分和輔助成分，也具備主謂、動賓、定中、狀中、中補等基本語法關係，因此我們把複合型短語又稱為「成分詞短語」，如主謂短語、動賓短語、定中短語、狀中短語、中補短語、連動短語、兼語短語等，都是因其短語成分之間的複合語法結構關係而得名的，因此複合型短語的構成成分屬於複合成分。

附加型短語的構成成分一般不具備單句成分或複句成分之間的語法關係，因此往往依據其中起主要作用的關係詞來命名，如量詞短語、方位詞短語、介詞短語、助詞短語、比況詞短語等，附加型短語的構成成分屬於附加成分。

簡縮型短語的構成成分通常具備複句成分「分句」之間的條件、假設、因果、選擇、遞進等邏輯語法關係，因此常見的簡縮型短語只有一般複句形式短語（簡稱「複句短語」）和緊縮複句形式短語（簡稱「緊縮短語」）兩種，簡縮型短語的構成成分屬於邏輯成分。

短語構成成分中的「複合型短語」的構成成分一方面和「複合型合成詞」的構成成分相一致，另一方面又和單句構成成分中的「主幹成分」、「輔助成分」相一致；而「附加型短語」的構成成分只和「附加式合成詞」的構成成分類似；至於「簡縮型短語」的構成成分則只和複句、緊縮句的「句內複合成分」類似。

據此，我們可將漢語共同語的各類短語成分簡示如下：

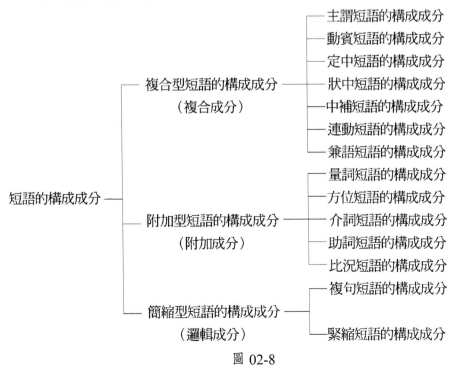

短語的構成成分

複合型短語的構成成分（複合成分）
── 主謂短語的構成成分
── 動賓短語的構成成分
── 定中短語的構成成分
── 狀中短語的構成成分
── 中補短語的構成成分
── 連動短語的構成成分
── 兼語短語的構成成分

附加型短語的構成成分（附加成分）
── 量詞短語的構成成分
── 方位短語的構成成分
── 介詞短語的構成成分
── 助詞短語的構成成分
── 比況短語的構成成分

簡縮型短語的構成成分（邏輯成分）
── 複句短語的構成成分
── 緊縮短語的構成成分

圖 02-8

3、單句的構成成分——主幹成分、輔助成分、游離成分

單句的成分根據其語法功能不同又可分爲主幹成分、輔助成分和游離成分三種類型。

主語、謂語、動語、賓語、兼語、中心語等成分都屬於主幹成分，定語、狀語、補語三種成分屬於輔助成分，另外，一個單句還可能出現句首修飾語、句內附插語、句外獨立語等游離成分。單句構成成分中的「主幹成分」、「輔助成分」和短語構成成分中的「複合型短語」的構成成分具有一致性，而「游離成分」也可以出現在複句之中。

據此，我們可將漢語共同語單句的各類成分簡示如下：

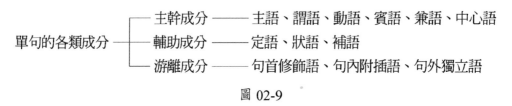

單句的各類成分 ┬── 主幹成分 ── 主語、謂語、動語、賓語、兼語、中心語
　　　　　　　├── 輔助成分 ── 定語、狀語、補語
　　　　　　　└── 游離成分 ── 句首修飾語、句內附插語、句外獨立語

圖 02-9

關於單句的主幹成分、輔助成分和游離成分的詳細內容，本書將在第28～35節《漢語句子的成分構成》幾節中詳加論述。

4、複句的構成成分——複合成分、關聯成分、修飾成分

複句的構成成分根據其語法功能不同又可分爲句內複合成分、句內關聯成分和句首修飾成分三種類型。

複句的句內複合成分，我們通常將其稱之爲「分句」，其實「分句」絕大多數也是短語，極個別的也可以由單詞充當。從嚴格意義上講，「分句」並不是「句」，因爲它沒有特定的語調，書面上的句末標點也不是僅屬於某一個分句的，所以「分句」實際上只是一種類似於短語的句法成分，我們不妨把它稱爲「句內複合成分」。

事實上在相當多的複句內，在分句與分句之間還存在著一種起關聯作用的句法成分，我們通常把它稱爲「關聯詞語」。其實，關聯詞語並不是屬於詞法範疇的「詞語」，它應當是屬於句法範疇的一個術語，如果從複句結構的角度看，把它稱爲「關聯成分」更爲恰當，因此我們把它稱爲「句內關聯成分」。

此外，在複句和單句的開頭都可能存在一種修飾限制全句的成分，傳統上稱之爲「句首狀語」，其實這種成分與狀語的性質並不相同，狀語是用來修飾謂

詞性中心語的，而位於句首的修飾成分則是用來修飾全句的，因此以稱為「句首修飾成分」為好。

複句構成成分中的「句內複合成分」和短語構成成分中的「簡縮型短語」的構成成分具有一致性，「句首修飾成分」類似於單句的「游離成分」中的「句首修飾語」，因此與單句的「游離成分」具有一致性，而「句內關聯成分」也可在短語成分和單句成分中找到蹤影。

據此，我們可將漢語共同語複句的各類成分簡示如下：

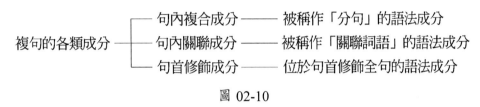

圖 02-10

綜上所述，我們在漢語語言結構的視野內，從漢語的構成要素的角度，鳥瞰了漢語共同語的各種語言成分。我們認為構成漢語語音、語義、語句三維實體的重要語言成分分別是音位和音節，義素和義節，語素、單詞和短語。其實，作為廣義的語法學，應該包括語音語法學、語義語法學和語句語法學，這就應該囊括各個層面上的語言成分，而要建立這種意義上的語法學，就必須把各個層面的語言成分的結構特點和功能屬性搞清楚，只有如此，才有助於取得漢語語法學的長足進步。

據此，我們可將這種廣義的漢語語法學對各類語法成分的關注再簡單歸納如下：

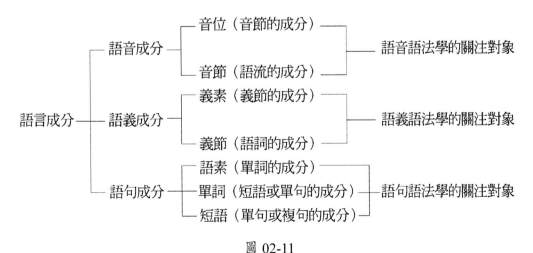

圖 02-11

　　總之，研究語法就是要重視對語言成分的研究。例如，若研究漢語語音的結構規則，就必須重視在語流中研究音節和音位，若研究漢語語義的結構規則，就必須重視在語素中研究義節和義素，若研究漢語語句的結構規則，就必須重視在語句中研究短語和單詞。這就是本書對漢語共同語的語言成分構成的初步認識。

　　本書的「本論」部分爲全書的核心內容，側重討論傳統的「語句語法學」，這一節所提到的「語音語法學」和「語義語法學」，只在「餘論」中適當論及，以證其相關內容的廣義語法屬性，並未深入展開論述。而在「語句語法學」的核心內容中，則依據語素、單詞、短語、句子這四級語法單位來展開論述，其中「語素」爲最小的語法單位，它是詞法語言單位，故只談功能，不談結構；而單詞、短語、句子都是句法語言單位，都將分別從結構與功能兩個方面來展開論述。現將本書重點討論的「語句語法學」的結構框架簡單圖示如下：

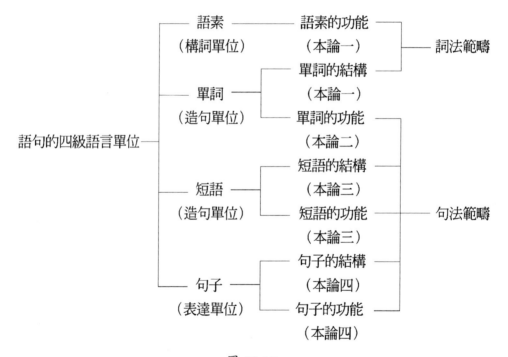

圖 02-12

　　以上爲本書的引論，以下將按照上面圖 02-12 所示結構框架的內在條理，按照圖中括號內的文字標注，進入本書的本論部分，具體解析漢語語句中客觀存在的四級語言單位的功能屬性與結構特點。

本論一：漢語單詞的語法結構

〔本章導語〕

　　本章論及漢語單詞的語法結構，共由六節內容構成：前三節分別討論漢語單詞與漢語語素之間的關係，漢字與語素之間的錯綜複雜關係，漢語的構詞法和漢語單詞的構成方式；後三節分別較為細緻地討論了用獨立完形法構成的單純詞，用語序組合法構成的合成詞，用簡稱縮略法構成的簡縮詞。便於讀者掌握漢語語素這一級語法單位的語法功能，熟悉漢語獨具特色的構詞方式，全面瞭解漢語單詞的內部語法結構規律。

03. 漢語單詞與漢語語素

　　漢語共同語的語法要從漢語單詞與漢語語素說起，這一節先來理清漢語單詞與漢語語素的各自內涵及其相互之間的關係。

一、漢語的單詞及其界定

　　什麼是「單詞」？查目前中國大陸最大型的漢語詞典《漢語大詞典》第 3 卷 423 頁的解釋是：「語法學用語，（1）即詞。與『詞組』相對。（2）指單純詞。區別於合成詞。」為避免概念上的混淆，這裏只取第（1）項意思，即跟通常所說的英語單詞的「單詞」同義，也就是說，我們不把「單純詞」叫做單詞，只把「詞」叫做單詞。

　　那麼，單詞就是「詞」。什麼是「詞」呢？在歷史中漢語的「詞」是分屬於兩個範疇的概念：其一是文學範疇的「詞」，詞是詩歌的一種別體；其二是語言學範疇的「詞」，詞是最小的能夠獨立運用的語言單位，相當於英語的「word」。

　　爲什麼要把文學範疇的「詞」擺在前邊說呢？因爲中國自古以來就不在乎語言學範疇的「詞」，就更談不上對「能夠獨立運用的語言單位」的認知了。由於漢語自古以來是一種字本位的語言，一句話是一個字一個字地說出來的，自《說文解字》以至《康熙字典》，我們就只有「字典」，而沒有嚴格意義上的「詞典」。正因爲我們歷史上少用「詞」來表示語言學上的概念，經常用的是「辭」而不是「詞」，於是將它用於文學範疇表示詩歌的一種體材樣式，也就不會發生歧義。

　　後來，準確地說，是自中國第一部嚴格意義的語法學著作《馬氏文通》問世以後，才引進了西洋語法學中的「詞」的概念，也才有了名詞、動詞、形容詞等科學的分類。而在古代漢語中，名詞用作動詞、動詞用作名詞、形容詞用作動詞或名詞的現象是很普遍的，漢語使用者並不嚴格約束某類詞的使用功能，也就沒有嚴格的詞類概念。再後來，特別是在當代，由於外語教育在普及教育和高等教育中的普遍推行，青年學子「背單詞」已經司空見慣，這才導致「單詞」這一概念的盡人皆知，然而其使用範圍卻通常限於外語範疇，並未在漢語教學中普遍流行。

　　既然「單詞」這一概念已經在外語學習中深入人心，我們何不在研究漢語的時候也在「詞」字的前邊添加一個語素「單」，以使之更好地與國際接軌呢？這樣一來也就躲開了與文學範疇的「詞」的糾纏，當然囿於數十年來使用習慣的影響，在約定俗成的前提下，「單詞」還是要常常被簡稱爲「詞」來稱說的。

　　在漢語語法中引入外語的「單詞」概念固然可以，但卻有一個跟其他語言單位劃界的問題。印歐語系的拼音文字往往不存在這個問題，因爲它們是分詞連寫的，就是說在書寫的時候詞跟詞之間要空一格，電腦上的空格鍵很長，就是爲了左右拇指敲擊空格的方便。而漢語在書寫時除了使用標點符號處必要的語音停頓之外，是不分詞連寫的，也就是說在書寫的時候詞跟詞之間沒有空格來分界，不容易識別詞與詞之間的界限。例如「她很天眞」中的「天眞」就是一個單詞，而「天眞夠熱」中的「天」與「眞」卻是兩個單詞；同理「神態從

容」中的「從容」就是一個單詞，而「他總是從容易的做起」中的「從」與「容」固然不能算作一個單詞，然而也不能算作兩個單詞，其中的「從」要算一個單詞，而「容」要跟下一個音節「易」結合在一起才算一個單詞，「容」只能算作一個語素。

漢語的「單詞」究竟應該怎樣界定呢？通常的認識是這樣的：單詞，在漢語中簡稱爲詞，它是由語素構成的比語素高一級的語言單位，是最小的能夠獨立運用的語言單位，儘管在語言單位的構成要素中還有比它更小的語言單位「語素」，但是語素不能單獨運用。這樣的解釋說明了單詞在語言中的兩個作用：一是說它是能獨立運用的語言單位，二是說在獨立運用的語言單位中，它是最小的。能獨立運用的語言單位還有句子和短語，它們都是由詞組成的，可見「詞」是在獨立運用的語言單位中最小的一級。

那麼，「獨立運用」的含義又是什麼呢？我們說，一個語言單位，要麼「能單說」，要麼「能單用」，這就是「獨立運用」的兩個基本含義。「能單說」是指能夠單獨成句，例如「啊！」這個獨詞感歎句中的「啊」能單說，就是一個單詞；又如「起來！」這句話也是一個獨詞感歎句，「起來」也能單說，也是一個單詞。「能單用」是指能單獨做句法成分，例如「我讀著書」中的「我」、「讀」、「書」三個語言單位，因爲分別作了句子中的主語、動語、賓語三種句法成分，這就叫能單用，它們三個就分別都是單詞；「能單用」還指能單獨起語法作用，例如「我讀著書」中的「著」雖然沒有單獨做句法成分，但卻單獨起到表示「正在進行」這一動態的語法作用，那麼它也是一個單詞。

正因爲「單詞」的區別特徵是兩個「單」──「能單說」或者「能單用」，所以要稱它爲「單詞」是名副其實的，這也正是本書對「單詞」的「單」字的語法含義的理解。於是我們不妨再通俗地解釋一下：什麼是單詞？要麼能單說要麼能單用的最小的語言單位就是單詞，單詞又簡稱作「詞」；而既不能單說又不能單用的最小的語言單位就不是單詞，例如上面所舉過的「他總是從容易的做起」中的「容」就不是單詞，而是語素。

二、漢語單詞的構成要素「語素」概觀

單詞這一級語法單位是由比它小的一級語法單位「語素」構成的。要研究漢語單詞的語法結構分類，本質上就是研究單詞是怎樣由語素構成的，這就必

然要涉及到各類語素的屬性，因此我們先要概觀一下漢語單詞的構成要素「語素」的基本情況。

1、什麼是語素

語素是語言中最小的音義結合體，是最小的語法單位。只有語音而沒有意義的語言材料不是語素，例如漢語拼音中的「u、e、b、f」等拼音字母就只能代表漢語語音中的某一個「音素」，因爲它只有音而沒有義，不是「音義結合體」，所以不是語素；又例如像葡萄的「葡」或者「萄」這一類漢語多音節單純詞中的某一個音節，因爲它同樣是只有音而沒有義，不是「音義結合體」，所以也不是語素。

相反，只有意義而不對應語音的符號或者不能充當構詞材料的符號也不是語素，例如路面行駛中的各種交通標誌符號，因爲它只有義而沒有音，不是「音義結合體」，所以也不是語素，再如漢字中的某些偏旁，像「亻 又 宀 忄 氵 灬」等也都還是有意義的，但它們不能作構詞的材料，也不是語素。那麼，是不是既有語音又有語義的「音義結合體」就都是語素呢？也不是，因爲在被稱作「音義結合體」的語言材料中，還有比語素大的詞、短語、句子等，它們也都是既有語音又有語義的音義結合體，這當中只有最小的一級語法單位才是語素，所以我們說語素是語言中最小的音義結合體，它是構造單詞的材料。

2、漢語語素的分類

若想深入瞭解一個事物，最好是先從瞭解它的內部分類開始。根據不同的劃分標準，可以對漢語語素作出如下多角度的分類：

其一，按語音特點劃分，可以分爲單音節語素、多音節語素和非音節語素三種類型：「單音節語素」是指只有一個音節語音形式的語素，例如：山、說、綠、他、很、與、了；「多音節語素」是指具有多個音節語音形式的語素，例如：蜻蜓、彷徨、崎嶇、哈爾濱；「非音節語素」是指在漢語共同語中，其語音形式不單獨構成一個音節，而是與前一個語素的語音形式凝結成一個音節的語素，這主要是指兒化詞的後綴「～兒」，例如「花兒」是一個詞，它由兩個語素構成，一個是單音節語素「花」，另一個是不單獨讀成一個音節的「～兒」，所以兒化詞的「兒」就是一個非音節語素。

其二，按語義特點劃分，可以分為實語素、虛語素和虛化語素三種類型：「實語素」是指表示實體概念意義的語素，例如：水、吃、好、咱、囉嗦、西雙版納；「虛語素」是指不表示實體概念意義的語素，例如：也、及、呢、者、兒、罷了；「虛化語素」是指雖然還保留有實語素的某種概念意義，但正處在朝虛語素的方向演化的語素，像某些類前綴或者類後綴的語素，例如「準～」、「非～」、「～員」、「～手」等。

其三，按語法特點劃分，可以分為根詞語素、詞根語素和詞綴語素三種類型：「根詞語素」又叫「自由語素」，是指由語言中的「根詞」轉化而成的語素，它本身就能作為一個詞來使用，而且它既能獨立成詞，也能同別的語素組合成詞，例如：人、電、眞、大、蝴蝶、葡萄；「詞根語素」又叫「半自由語素」，是指可以充當合成詞的詞根的語素，它雖然不能獨立成詞，但能同別的語素組合成詞，例如：示、習、沃、基、礎、壞；「詞綴語素」又叫「不自由語素」，是指附著在根詞語素或詞根語素前邊或者後邊充當合成詞的前綴或者後綴的語素，它不能獨立成詞，只能附著於別的語素依附成詞，例如：老～、第～、可～、～子、～頭、～兒。

下面以語法特點為綱，以語義特點為一級子目，以語音特點為二級子目，對上述分類作簡單例釋，括號內為舉例的語素：

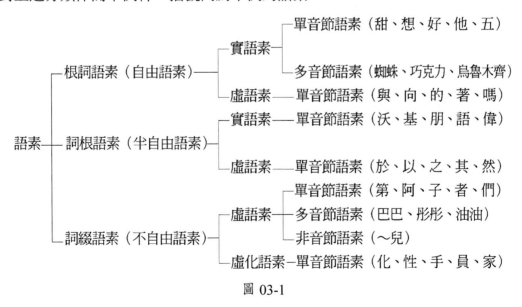

圖 03-1

從上表可以看出，根詞語素與詞根語素中都既有實語素又有虛語素，但是沒有虛化語素；而詞綴語素中沒有實語素，只有虛語素與虛化語素。從上表還

可以看出，非音節語素僅限於兒化詞的「兒」，多音節語素僅限於能獨立成詞的根詞語素和用作後綴的詞綴語素，前者是實語素，後者爲虛語素。單音節語素才是漢語語素的普遍存在形態，根詞語素、詞根語素、詞綴語素中都有單音節語素，實語素、虛語素、虛化語素中也都有單音節語素。

三、漢語語素是如何構成單詞的

這裏要討論的是語素與單詞的關係，二者的關係可以表述爲：語素是構成單詞的材料，單詞是由語素構成的。那麼，單詞是怎樣由語素構成的呢？語素構成單詞的情況也是多種多樣的，統而觀之，主要有如下五種情形：

其一，一個單音節詞只能由一個單音節的根詞語素獨立構成。我們把這種情況稱之爲「單＝單」的格式，「＝」前面的一個「單」表示單音節語素，「＝」後面的一個「單」表示單音節詞，例如：人、走、紅、你、三、和、呢。也就是說，用「人、走、紅、你、三、和、呢」所記寫的七個單獨的音節，既分別表示七個單音節語素，也表示七個單音節詞。

其二，一個多音節詞可能由一個多音節的根詞語素獨立構成。我們把這種情況稱之爲「多＝多」的格式，「＝」前面的一個「多」表示多音節語素，「＝」後面的一個「多」表示多音節詞，例如：彷彿、喇叭、巧克力、奧林匹克。也就是說，用「彷彿、喇叭、巧克力、奧林匹克」所記寫的雙音節、三音節、四音節這四個連讀語音形式，既表示四個多音節語素，也表示四個多音節詞。

其三，一個多音節詞可能由兩個單音節語素組合而成。我們把這種情況稱之爲「單＋單＝多」的格式，「＝」前面的兩個「單」表示兩個單音節語素，「＝」後面的一個「多」表示多音節詞。它可能由實語素和實語素構成，例如：火車、火焰、纜車、基礎；它也可能由實語素和虛語素構成，例如：我們、耗子、老師、阿姨；它還可能由虛語素和虛語素構成，例如：連同、對於、然而、所以。

其四，一個多音節詞也可能由一個單音節語素和一個多音節語素組合而成。我們把這種情況稱之爲「多＋單＝多」的格式或者「單＋多＝多」的格式，「＝」前面的「單」與「多」分別表示單音節語素與多音節語素，「＝」後面的一個「多」表示多音節詞。它可能由實語素和實語素構成，例如：蜘蛛網、蝴

蝶結、乒乓球、葡萄糖；它也可能由實語素和虛語素構成，例如：乾巴巴、酸溜溜、慢騰騰、臭烘烘。

其五，一個多音節詞還可能由兩個多音節語素組合而成，我們把這種情況稱之為「多＋多＝多」的格式，「＝」前面的兩個「多」表示兩個多音節語素，「＝」後面的一個「多」表示多音節詞。例如：浪漫主義、沙文主義、卡拉 OK。

現將漢語語素構成單詞的情況簡示如下（見圖 03-2），其中「單」表示單音節語素，「多」表示多音節語素，「實」表示實語素，「虛」表示虛語素，括號內的詞為例詞。

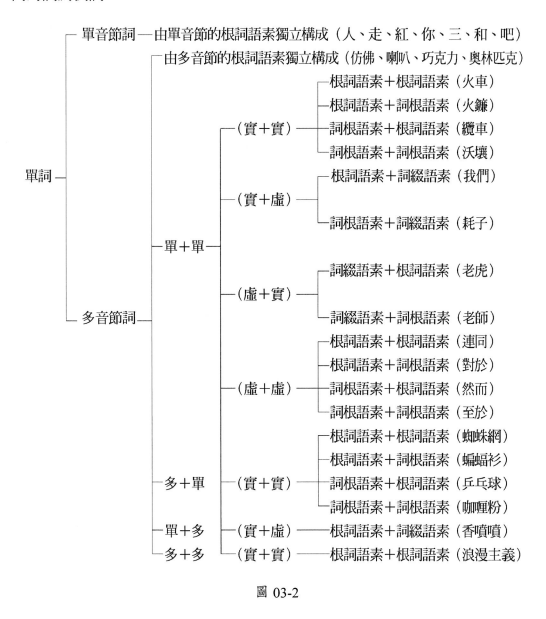

圖 03-2

04. 漢字與漢語語素的關係

由上一節可知，漢語的單詞是由各種不同類型的語素或者單獨構成或者組合構成的，語素內部又可從語音、語義、語法等不同角度加以區分，而漢語語素的複雜性還不只在於它的語音分類、語義分類和語法分類，更體現在它與漢字的錯綜複雜關係上。語素是漢語口語中最小的音義結合體，漢字是漢語書面語中顯示語素的符號載體，但由於漢字形音義的糾葛，又致使漢語語素跟漢字的關係複雜多樣。這主要有如下五種情形：

其一，一個漢字不能單獨表示一個語素，它只表示多音節語素的一個音節。例如：葡萄、檸檬、朦朧、蜻蜓、撲克、哈爾濱、烏魯木齊，所有這些多音節詞都是由一個多音節語素獨立構成的，也就是說，它們既是一個多音節詞，又是一個多音節語素。既然它們是由幾個漢字聯合表示的一個多音節語素，那麼其中的每一個漢字就不能單獨代表一個語素，而只能代表多音節語素中的一個音節了。

其二，一個漢字可能只表示一個語素。例如：人、你、五、很、郇、薛、鯨、覓、舟、敕，所有這些單音節詞都是由一個語素獨立構成的，也就是說，它們既是一個單音節詞，又是一個單音節語素，而且用特定漢字表示的這個單音節語素，它本身又是單義的，也就是說它只有一個特定的語義，那麼，這個漢字就只能一對一地僅僅代表一個特定的語素了。

其三，一個漢字可能表示幾個同音異義的語素。例如：「老」這個漢字：它在「老人」、「老者」、「老農」這樣的詞中作為一個構詞語素，它表示的意思是「年齡大，活得時間久」這樣的具體意義，它是一個實語素，我們可以把表示這個具體意義的實語素稱為「老 1」；而它在「老坐著」、「老沒見面」這樣的短語中作為一個表示時間意義的副詞，同時它也是構成這個副詞的構詞語素，它表示的意思是「長時間，有一段時間」這樣的具體意義，它也是一個實語素，我們可以把表示這個具體意義的實語素稱為「老 2」。另外它在「老師」、「老虎」、「老鼠」這樣的詞中作為一個構詞語素，它表示的是意義虛化了的構詞前綴，它是一個虛語素，我們可以把表示這個語法意義的虛語素稱為「老 3」；於是，我們有理由說「老」這個漢字至少可以代表「老 1」、「老 2」、「老 3」這樣三個同音異義的語素，而且有的是實語素，有的是虛語素。現將「老」字所能表示的三個同音異義語素的情形圖示如下：

```
    ┌─ 老1 ── 實語素，表年齡大，活得時間久的意思（例如：老人、老者、老農）
老 ─┼─ 老2 ── 實語素，表長時間，有一段時間的意思（例如：老坐著、老沒見面）
    └─ 老3 ── 虛語素，用為附加式合成詞的構詞前綴（例如：老師、老虎、老鼠）
```

圖 04-1

其四，一個漢字可能表示幾個異音異義的語素。例如：「差」這個漢字：它在「差別」、「差異」這樣的詞中作為一個構詞語素，它讀作「chā」，表示的意思是「不相同」這樣的具體意義，它是一個實語素，我們可以把表示這個具體意義的實語素稱為「差1」；它在「差勁」、「差不多」這樣的詞中作為一個構詞語素，它讀作「chà」，表示的意思是「兩相比較的不同，缺少」這樣的具體意義，它也是一個實語素，我們可以把表示這個具體意義的實語素稱為「差2」；它在「差使」、「公差」這樣的詞中作為一個構詞語素，它讀作「chāi」，表示的意思是「派遣，被派遣」這樣的具體意義，它還是一個實語素，我們可以把表示這個具體意義的實語素稱為「差3」；那麼是否還應該有一個讀作「cī」的虛語素「差4」呢？我們說，沒有了。因為當「差」這個漢字讀作「cī」的時候一定是用在「參差」這個詞中，而「參差」雖然有兩個音節、兩個漢字，但它卻只是由一個語素構成的詞，也就是說這是屬於我們上文談到過的第一種情況，「差」這個漢字在「參差」這個語素中只代表多音節語素的一個音節，它本身並不是一個語素，所以沒有「差4」這個語素。綜上所述，我們有理由說「差」這個漢字至少可以代表「差1」、「差2」、「差3」這樣三個異音異義的語素，而且都是實語素。現將「差」字所能表示的三個異音異義語素的情形圖示如下：

```
    ┌─ 差1（chā） ── 實語素，表不相同（例如：差別、差異、差距）
差 ─┼─ 差2（chà） ── 實語素，表相較而不同，缺少（例如：差勁、差不多）
    └─ 差3（chāi）── 實語素，表派遣，被派遣（例如：差使、公差）
```

圖 04-2

其五，不同的幾個漢字可能表示同一個語素。例如：「漢」這個字的正體字字形與簡化字字形、「學」這個字的正體字字形與簡化字字形，又例如：「我」與「吾」、「二」與「兩」這樣的同義字，「鎔」與「熔」、「淚」與「涙」這樣的異體字等等，因為它們完全同音同義，只是書面寫法不同，所以這類屬於不同形體的幾個漢字卻可以代表同一個語素。

　　綜上所述，可以看出語素與漢字的關係是錯綜複雜的：有時一個漢字不單獨代表一個語素，它只代表多音節語素的一個音節，例如「葡」或「萄」，我們不妨把這種情形稱作是「一對〇」的關係，它表示某一個漢字並不跟某個語素相對應；有時一個漢字只代表一個語素，例如「你」或「很」，我們不妨把這種情形稱作是「一對一」的關係，它表示某一個漢字剛好對應一個語素；有時一個漢字可以代表幾個同音異義的語素或者幾個異音異義語素，例如「老」或「差」，我們不妨把這種情形稱作是「一對多」的關係，它表示某一個漢字可以對應多個不同的語素；有時不同的幾個漢字可以代表同一個語素，例如「我」和「吾」，我們不妨把這種情形稱作是「多對一」的關係，它表示多個漢字可以對應同一個語素。現將這幾種情形圖示如下：

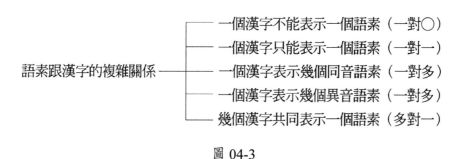

圖 04-3

　　綜上所述，可以看出咱們神奇的漢字在記錄語素的時候，一會兒使用「一對〇」的隱身法，一會兒使用「一對多」的分身法，一會兒又使用「多對一」的替身法。當然，最實在的還是「一對一」的真身法。由於常用的漢字只有一萬個左右，而常用的語素卻有數萬個之多，漢字的數量遠不及漢語語素的數量，所以漢字在運用時難免身兼多種角色，顯得變化多端，這些語素跟漢字的複雜關係，都是我們在研究漢語單詞的構成方式的時候需要多加注意的。

05. 漢語的構詞法與詞的構成方式

　　「構詞法」是指單詞的語法構造方法，即語素這一級語言單位在成為詞這一級語言單位的構成要素的時候所採用的方法，詞的構成方式則是指用某種構詞法所構成的詞的內部結構方式。換言之，「構詞法」和「詞的構成方式」這兩個概念是根據不同的觀察角度得出來的：「構詞法」是指所有的漢語單詞按語法結構的分類方法，它所關注的是從語法結構的角度來看，全部漢語單詞可以分成那些類別；而「詞的構成方式」是指某些具體的漢語單詞按語法結構所進行的歸類，它所關

注的是從語法結構的角度來看，某一個漢語單詞可以歸入哪一類語法結構。

從大的層面上講，現代漢語的構詞法主要有獨立完形法、語序組合法、簡稱縮略法三種基本方法，也就是說漢語的全部單詞可以據此大別爲三個類別；而由獨立完形法、語序組合法、簡稱縮略法這三種構詞法構成的詞可以分別稱爲單純詞、合成詞和簡縮詞，這也就是漢語單詞的構成方式的三種基本形態。

從小的層面上講，獨立完形法中的單獨語素無須再進行語法細分，語序組合法又可分爲「複合法」、「綴合法」和「疊合法」三種二級結構方法，簡稱縮略法又可分爲「簡稱法」和「縮略法」兩種方法。當然，上述「複合法」、「綴合法」、「疊合法」、「簡稱法」、「縮略法」的內部又可能各有不同的結構形態，那又是更小的層面的構詞方式了。

「構詞法」和「詞的構成方式」都是指詞的構成要素語素之間的語法關係。一般來說，用獨立完形法構成的單詞只含有一個獨立的根詞語素，可以稱爲「獨根式」；用語序組合法構成的單詞總要涉及到兩個語素或多個語素之間的關係，往往有多種構成方式，其中用綴合法構成的合成詞可以稱爲「附加式」，用疊合法構成的合成詞可以稱爲「重疊式」，而用複合法構成的合成詞可以統稱爲「複合式」，由於「複合式」體現了漢語的多種基本語法關係，因而又有多種語法類型，如「聯合式」、「偏正式」、「動賓式」、「主謂式」等；用簡稱法或縮略法構成的詞可一律稱爲「簡縮式」，其中用簡稱法構成的簡縮詞一般稱爲「簡稱」，用縮略法構成的簡縮詞一般稱爲「縮語」。現將現代漢語的構詞法和詞的構成方式簡單圖示如下：

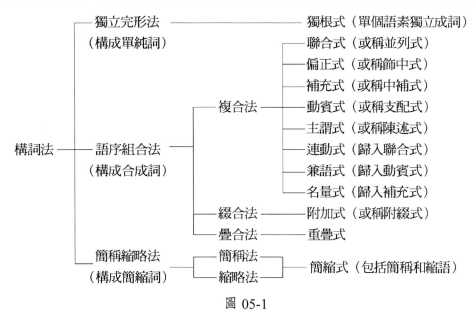

圖 05-1

　　獨立完形法的構詞條件是看該語素能否獨用，只有根詞語素才能獨用，才能用獨立完形法獨自成詞，例如「土」能用獨立完形法獨自成詞，「壞」卻不能；「鴕」不能用獨立完形法獨自成詞，「鳥」卻可以。

　　語序組合法的構詞條件是看語素之間能否組合以及組合的順序是否恰當，只有組合後有意義並且組合順序恰當的，才能用語序組合法組合成詞，例如「學」、「習」、「練」這三個語素可以分別組合成「學習」，「練習」，有時也可以組合成「習練」；然而，儘管可以說成「邊學邊練」或「邊練邊學」這樣的短語，但卻一般不會組合成「學練」、「練學」這樣的單詞，就更不消說組合成「習學」了。

　　簡稱縮略法的構詞條件是看能否簡縮，只有那些簡縮後的意義為社會所公認的並且沒有歧義的，才能用簡稱縮略法簡縮成詞。例如「彩色電視機」大陸簡稱為「彩電」為社會所公認並且沒有歧義，而臺灣社會卻不認可這種簡稱，他們認為「電」有交流電、直流電、正電、負電，怎麼會有彩色的電呢？臺灣將其簡稱為「彩視」，應該說「彩視」更為合理且沒有歧義，然而卻沒有得到大陸社會的公認。又例如「勞動模範」可以簡稱為「勞模」，「戰鬥英雄」卻無法簡縮；「美術學院」可以簡稱為「美院」，「音樂學院」卻不便簡縮；「知識青年」可以簡稱為「知青」，「知識分子」卻不能簡稱為「知分」。由此可見，語法跟語義本是自由戀愛的婚姻形式，只有互相認可才能誰也離不開誰，單相思是不行的，它們之所以能夠存在的共同前提就是要為使用的社會大眾所公認，只有社會大眾在約定俗成的前提下達成共識，語法才是客觀的語法，語義才是真實的語義。

06. 用獨立完形法構成的單純詞

　　由一個語素構成的詞叫做單純詞，這是通常的說法，它側重在構詞語素的數量，而不是側重在構詞的方法，如果從語法學的角度來認識，應當說，用獨立完形法構成的詞叫做單純詞。只有被稱作「自由語素」的根詞語素才能用獨立完形法構成單純詞，因為只有根詞語素才是能夠獨立成詞的語素。

　　構成單純詞的根詞語素，可以是實語素（如：天、低），也可以是虛語素（如：和、嗎）；可以是單音節語素（如：桃、他），也可以是多音節語素（如：葡萄、吉他）。

　　由於單純詞是由一個根詞語素獨立完形的，所以它不能再作內部結構分析，通常對單純詞的分類都是形態分類或功能分類，而不是語法結構分類。漢語的單純詞主要有如下五種形態：

一、單音節詞絕大多數都屬於單純詞

　　一般說來，所有的單音節詞都應當是單純詞，例如：山　水　走　跑　大　紅　很……因為就漢語來說，作為最小的音義結合體的語素，應當是音節與義節的結合，而不是音素與意義的結合，但由於漢語中存在著一個非音節語素——兒化詞的「～兒」，所以問題又不是那麼單純。

　　嚴格說來，只有由一個單音節語素獨立構成的詞才是單純詞，像「花兒」、「鳥兒」一類的兒化詞，雖然都是讀出來只有一個兒化音節的單音節詞，但它們卻都是由前面一個單音節的實語素和後面一個非音節形態的虛語素「～兒」用語序組合法構成的附加式合成詞，而並非是用獨立完形法構成的單純詞。

　　至於像「歪」、「孬」、「甭」這一類合意的單音節詞，因為它們是由一個根詞語素用獨立完形法構成的，所以應當看作單純詞，而不應當看作是由否定語素「不」加上「正」、「好」、「用」等另一個實語素構成的合成詞，否則，大量的會意字就都有合成詞的嫌疑了。

二、雙音節的聯綿詞屬於單純詞

　　聯綿詞是指由兩個音節連綴成義並且不能完全被已知語素替換的雙音節單純詞。例如聯綿詞「忐忑」一詞，兩個音節連綴成義並且都不能被替換，因此屬於單純詞。又例如「蝴蝶」的「蝴」可以被「彩」、「粉」等語素替換掉，說成「彩蝶」、「粉蝶」，這說明「蝶」可以成為一個獨立的語素，因為它還能與別的語素組合成蝶泳、蝶裝、蝶影、蝶舞等詞；但「蝴蝶」的「蝴」除了用在「蝴蝶」一詞中之外，卻再也不能同別的語素組合，說成「蝴什麼」了，因此「蝴」不能算作一個獨立的語素，它只能與「蝶」和在一起共同構成一個語素，所以，「蝴蝶」屬於兩個音節不能完全被替換的由兩個音節連綴成義的聯綿詞。

　　類似的聯綿詞的例子還有具有兩個音節的聲母相同的「雙聲」特徵的「彷彿、踟躕、參差」，具有兩個音節的韻母屬於同一韻部的「疊韻」特徵的「蜻蜓、玲瓏、匍匐」等等，聯綿詞大多有雙聲疊韻的特點，但前面提到過的「蝴蝶」

卻兩個音節聲母也不相同，韻母也不屬於同一韻部，既不「雙聲」也不「疊韻」，類似的非雙聲疊韻的例子還有「芙蓉、蝙蝠、蛤蚧」等等。

由此可見，聯綿詞多數具有雙聲疊韻的特點，也有非雙聲疊韻的，當然，今天讀來非雙聲疊韻的也許古時候卻是雙聲疊韻的，比如上文的「蝙蝠」、「蛤蚧」，由於古無輕唇音或舌面音的原因，其實它們也是雙聲的聯綿詞。而且，即便是雙聲疊韻的雙音節詞也並非都是聯綿詞。區分的標準是看兩個音節是連綴表義還是聯合表義，即能否分別表義：能分別表義的屬於「聯合表義」，屬於聯合式的合成詞；不能分別表義的屬於「連綴表義」，屬於單純詞中的聯綿詞。例如：「斟酌」、「零落」這兩個雙聲詞另有「字斟句酌」、「七零八落」的說法，「累贅」這個疊韻詞中的「累」和「贅」可以分別表義，「突兀」這個疊韻詞中的「突」和「兀」也可以分別表義，則都不宜看作聯綿詞，因為它們每個音節都有獨立的意思，應該是屬於聯合表義而不是連綴表義的情形；而像「鴛鴦、鳳凰、狼狽、猶豫」等詞，儘管前人有將兩個音節拆分開來附會解義的說法，儘管其中有的並不雙聲疊韻，但由於它們的兩個音節是連綴表義，而並非聯合表義，所以還是應該看作是聯綿詞。

三、雙音節形態的疊音詞屬於單純詞

雙音節形態的疊音詞是指兩個音節重疊成義而不能分別單說的雙音節詞，例如：「猩猩、蟈蟈、潺潺、彬彬、翩翩、悄悄」等，它們與「媽媽、哥哥、跑跑、看看」等兩個單音節詞的重疊形式不同。因為重疊是一種詞法表達手段，表達時可以重疊也可以不重疊，而疊音是一種構詞手段，不疊音就不能包裝承載詞義；換言之，「猩猩」一類詞的每個音節不能單說，不能單獨表意；而「媽媽」一類詞的每個音節可以單說，能夠單獨表義。

辨識疊音詞的道理仍然是看重疊成義的音節是連綴表義還是聯合表義，即能否分別表義：能分別表義的屬於「聯合表義」，要麼屬於重疊式的合成詞，如「媽媽、哥哥、叔叔」等，可以單說成「媽」、「哥」、「叔」；要麼屬於單音節詞的重疊用法，如「跑跑、看看、快快」等，也可以單說成「跑」、「看」、「快」；只有兩個疊音音節不能分別表義的情形才屬於「連綴表義」的疊音詞。再舉一些例子，如：餑餑、蛐蛐、勃勃、楚楚、鼎鼎、匆匆、耿耿、惶惶、累累、脈脈、迢迢、奄奄、夭夭、熠熠、依依、奕奕、眈眈、睽睽、忡忡、濟濟、恢恢、

咄咄、喋喋、侃侃、津津、寥寥、區區、赫赫、綽綽……這些雙音節的疊音詞都屬於單純詞。

四、純音譯的外來詞屬於單純詞

純音譯的外來詞是指用漢語的語音或字形轉譯外民族語言中一個詞的音節可多可少的語音而形成的詞，它可能是古代音譯的，如：佛、羅漢、身毒、夜叉，也可能是現當代音譯的，如：咖啡、鐳射、薩斯、克隆。理解音譯外來詞時只能整體解義，而不能望文生義或借音生義，「羅漢」不是姓羅的漢子，而是佛教修成正果者；「鐳射」也不能簡單理解爲鐳的射線，而是激光，是英文名稱 LASER 的音譯。

需要注意的是，只有純音譯的外來詞才是單純詞，凡是加進了漢語構詞成分的外來詞都不是單純詞，如「卡車、啤酒、冰淇淋、化爾茲舞、克里姆林宮」等詞，因爲其中含有「車、酒、冰、舞、宮」等漢語構詞成分，就應當看做是合成詞了，至少是屬於「中外合資」的合成詞，而不屬於單純詞。

另外像「幹部、瓦斯、手段、取締、場合」等由日本人用漢字按照日本語義創造出來的詞又被漢語借用回來的借形外來詞，並不屬於音譯的外來詞，因爲它們不是轉譯語音而是轉借字形。這種借形詞從構詞方式上看應當屬於合成詞，而從對語素義的理解上看又不大符合漢語的組合習慣，但是因爲它本質上不屬於「音譯的外來詞」，可以視爲一種特殊的合成詞，就權當作它是「混血」的合成詞吧，故也不宜看作是單純詞。

至於另一類純粹借用表音體系文字的「字母外來詞」，如「IBM、MTV、WTO、CD、VCD、DVD、CT、GDP、CPI、NBA、CCTV」等，以及外文字母加符號或數字的，例如「MP3、R&D、Win98」等，原則上不宜看作漢語的詞，因爲它們無論是在讀音上還是在書寫形式上都還沒有正式加入中國「國籍」，儘管它們拿到長期定居中國的「綠卡」，但還不能享受國民待遇，必須變成用漢字來音譯的外來詞才能算是漢語的詞。

當然，如果其中內含漢語語素的話，如「阿 Q、三 K 黨、X 光、B 超、AA 制、A 股、B 股、IP 卡、O 型（血）、AB 型（血）、T 型（臺）、T 恤衫、卡拉 OK、PC 機、維生素 C」等，則應視爲另一類外資控股更多的「中外合資」的特殊合成詞，也不是單純詞。

對於「沒有加入中國國籍」的外來詞不斷增多的現實，已經引起了不少語言學者的重視，據統計，大陸 1996 年版的《現代漢語詞典》附錄中收入西文字母開頭的詞語共 39 個，其中字母加漢字形式、英語縮寫詞語幾乎各占一半。2002 年增補本《現代漢語詞典》同類附錄中收入詞語共 142 個，其中字母加漢字的詞語占 22%，英文縮寫詞語占 77%；字母加漢字的詞語比 1996 年版增加 1 倍，英語縮寫詞語比 1996 版增加了 5 倍多。而商務印書館 2012 年出版的第 6 版《現代漢語詞典》收錄「NBA」等 239 個西文字母開頭的詞語的消息一出，立即引發了多方關注。百餘名學者舉報稱 2012 年修訂版《現代漢語詞典》收錄 NBA 等英文詞「違法」，據瞭解，此次聯名舉報者大多是研究漢語的專家學者，對社會上漢語夾雜英語的現象很不滿，認爲這種現象長期下去會對漢語安全構成威脅。我們眞的懷疑，爲什麼「諾基亞」能譯成中文，而 iPhone 就不能？我們眞的懷疑「CCTV」還是不是中國的國家電視臺。

五、擬聲詞屬於單純詞

擬聲詞是指那些純粹摹擬人或事物發出的聲音的詞（音節可多可少），因爲不便分開解義，也可整體看作是由一個語素構成的單純詞。所謂「純粹摹擬」的含義是說，擬聲詞與一般的實詞是有區別的：一般實詞的詞彙意義是概括的，而擬聲詞的詞彙意義是描摹的。它只描摹聲音，而不概括聲音的具體含義，這就叫做「純粹摹擬」。例如「朗朗的讀書聲」的「朗朗」，並非是在客觀地描摹讀書的聲音，而是在概括聲音響亮的具體詞彙意義；又如「呿呿唧唧」也概括了吞吞吐吐的發音表情這一類具體的詞彙意義，並非是在客觀地描摹說話的聲音，這兩個詞都不是純粹摹擬聲音的詞，因此不宜看作是擬聲詞，但它們又確實是屬於單純詞，可視爲由兩個疊音形式構成的單純詞。

擬聲詞的數量是很多的，有些僅在口語中摹擬，無法用漢字記錄下來，僅就能用漢字記錄下來的說，又有單音節的、雙音節的、三音節的、 四音節的、更多音節的等許多種。單音節的擬聲詞一般表示一種獨立的聲音，如：啊、唉、砰、嗖；多音節的擬聲詞，有的表示聲音的一個自然段落，如：哎呀、嗯哪、撲通、咕咚，有的表示聲音的連續或多次反覆，如：嘩嘩、嗚嗚嗚、嘩啦嘩啦，有的表示聲音的雜亂，如：嘰哩咕嚕、稀哩嘩啦、劈哩啪啦。

下面再舉一些常用的雙音節的擬聲詞，以見一斑，諸如：

摹擬人聲的：吁吁、撲哧、喃喃、哼哧、嗷嗷、咿唔、咿啞、咯咯、咕嚕、哈哈、杭育、呵呵、嘿嘿、呼哧、呼嚕、咕噥、呱呱……

摹擬風聲的：呼呼、蕭蕭、颯颯……

摹擬雷聲的：咔嚓、隆隆、轟隆……

摹擬雨聲的：滴嗒、滴瀝、嘩啦……

摹擬水聲的：潺潺、淙淙、汩汩……

摹擬鳥聲的：喳喳、啾啾、撲棱……

摹擬蟲聲的：唧唧、嗡嗡、籟籟……

摹擬禽聲的：喔喔、嘎嘎、呱呱……

摹擬貓狗叫聲的：喵喵、咪咪、汪汪……

摹擬其他聲音的：喀嚓、嗒嗒、突突、丁當、丁咚、哐鐺、劈啪、撲通、喀噠、咯吱、呼啦、咕嘟……

這些詞由於是純粹摹擬人或事物發出的聲音的詞，都可以看作是單純詞。

需要說明的是，有些詞雖然包含有摹擬聲音的成分，但這個擬聲成分只是構成該詞的一個語素，例如：哄笑、嗤笑、喘吁吁，其中的「哄」、「嗤」、「吁吁」固然是摹擬聲音的成分，但它只是一個擬聲語素，詞中還含有另外的表動作行為意義的語素「笑」或「喘」，於是也不宜將整個單詞看作是擬聲詞，當然也就不是單純詞。

綜上所述，用獨立完形法構成的單純詞共有五種，它們分別是：除了「兒化詞」以外的所有的單音節詞，雙音節形態的聯綿詞，雙音節形態的疊音詞，各種音節形態的純音譯的外來詞，各種音節形態的擬聲詞。這些詞不管它們的音節多少，都具有整體表義的特徵，都只能整體看作是一個根詞語素，它們都是借助獨立完形法由一個獨立詞根構成的「獨根式」的單純詞。

07. 用語序組合法構成的合成詞

由兩個語素或者多個語素構成的詞叫做合成詞，這是通常的說法，它側重在構詞語素的數量，而不是側重在構詞的方法，如果從語法學的角度來認識，應當說，用語序組合法構成的詞叫做合成詞。

前文第 05 節曾經論及，漢語的根詞語素，詞根語素和詞綴語素都可以用語序組合法來構成合成詞，其中根詞語素或詞根語素可以用複合法來組合成複合式合成詞，也可以用疊合法來組合成重疊式合成詞，而詞綴語素可以用綴合法附綴在根詞語素或詞根語素的前面或後面組合成附加式合成詞。

下面依照複合式合成詞、重疊式合成詞、附加式合成詞的順序對用語序組合法構成的合成詞分別加以說明。

一、複合式的合成詞

複合式的合成詞內部的語素之間是按漢語的基本語法結構關係組合起來的，因此可以分爲聯合、偏正、補充、動賓、主謂等各種語法關係類型。爲了更方便地識別各種語法關係類型的構成方式，這裏僅以雙音節的複合式合成詞爲例，介紹一種利用語言環境來識別語素之間語法結構關係的方法：假設構成複合式合成詞的兩個語素前一個爲 A，後一個爲 B，那麼，各種結構關係的複合式合成詞所適合的語言環境大致如下：

1、聯合式的合成詞

聯合式合成詞的兩個語素之間大多具有平起平坐的並列關係，它們在意念上可能有如下三種判別格式：

（1）「A 和 B」——適用於檢測名詞性的聯合式合成詞。例如：田地、枝葉、人民、文字、疾病、因果……可以理解爲「田和地」、「枝和葉」、「人和民」……

（2）「又 A 又 B」——適用於檢測動詞性或形容詞性的聯合式合成詞。例如：談笑、擁抱、洗刷、請求、窮苦、高大、柔軟、堅固……可以理解爲「又談又笑」、「又高又大」……

（3）「A 和 B，但側重於 A 或側重於 B」——適用於檢測偏重一個語素意義的聯合式偏義合成詞。例如：國家、動靜、忘記，可以理解爲「國和家，但側重於國」、「動和靜，但側重於動」、「忘和記，但側重於忘」，以上幾例語義側重於前一個語素 A；又如：好歹、乾淨、兄弟，可以理解爲「好和歹，但側重於歹」、「乾和淨，但側重於淨」、「兄和弟，但側重於弟」，以上幾例語義側重於後一個語素 B。值得注意的是，如果「兄弟」兩個音節表義沒有側重，而是「兄和弟」的意思，那就不是一個單詞了，而應將其看作是短語。

2、偏正式的合成詞

偏正式合成詞的兩個語素之間大多具有前偏後正的主從關係，即 A 從屬於 B，它們在意念上可能有如下四種判別格式：

（1）「A 的／地 B」——適用於檢測前一個語素是表修飾限製作用的偏正式合成詞。例如：樹根、雞蛋、平原、短槍、速寫、默念、直立、歡送……可以理解為「樹的根」、「平坦的原野」、「快速地寫」、「默默地念」……

（2）「像 A 那樣 B」——適用於檢測前一個語素為表比喻意義的名詞性語素的偏正式合成詞。例如：筆直、冰涼、火熱、金黃，這一類的後一個語素為形容詞性語素，可以理解為「像筆那樣直」、「像冰那樣涼」、「像火那樣熱」、「像金那樣黃」；又如：蠶食、龜縮、蜂擁、尾隨，這一類的後一個語素為動詞性語素，可以理解為「像蠶那樣食」、「像龜那樣縮」、「像蜂那樣擁」、「像尾那樣隨」。

（3）「用 A 來／的 B」——適用於檢測前一個語素為表示動作的工具或事物的動力的偏正式合成詞。例如：筆談、函授、鞭撻、斧正，這一類的後一個語素為動詞性語素，可以理解為「用筆來交談」、「用信函來傳授」、「用鞭子來抽打」、「用斧頭來削正」；又如：電燈、馬車、水磨、汽錘，這一類的後一個語素為名詞性語素，可以理解為「用電（作動力）的燈」、「用馬（拉）的車」、「用水（作動力）的磨」、「用氣（作動力）的錘」。

（4）「在／到／往／朝 A 那裏 B」——適用於檢測前一個語素是表示動作的處所方位意義的偏正式合成詞。例如：野戰、郊遊、前進、北伐、上訴、右傾……可以理解為「在野外作戰」、「到郊外遊玩」、「往前行進」、「朝北征伐」、「向上一級投訴」、「向右側傾斜」……

3、補充式的合成詞

補充式合成詞的兩個語素之間大多具有相輔相成的因果互補關係，B 是 A 的結果，A 是 B 的原因，它們在意念上可能有如下兩種判別格式：

（1）「A 得 B，A 不 B」——適用於檢測動補結構中 B 狀態補充說明 A 行為結果的補充式合成詞。例如：說服、延長、促進、提高……可以理解為「說得服，說不服」、「延得長，延不長」、「促得進，促不進」、「提得高，提不高」……

（2）「由於 A 才 B」或「如果不 A 就不 B」──適用於檢測動補結構中 A 行為可以理解為 B 狀態的原因的補充式合成詞。例如：推翻、壓縮、立正、闡明⋯⋯可以理解為「由於推才翻」或「如果不推就不翻」，「由於壓才縮」或「如果不壓就不縮」⋯⋯

另外，漢語裏有一種由名詞性語素加量詞性語素構成的「名量結構」的複合式合成詞，通常也歸入「補充式合成詞」之內，它的兩個語素之間在意念上可能有如下兩種判別格式：

（1）「A 是論 B 來計量的」──適用於檢測名量結構的補充式合成詞。例如：車輛、槍支、馬匹、人口、花朵、書本、紙張、事件⋯⋯可以理解為「車是論輛來計量的」、「槍是論支來計量的」、「馬是論匹來計量的」⋯⋯

（2）「一 B A」──有時名量結構的合成詞在意念上也可以用「一量（B）名（A）」的顛倒格式來檢測，如「人口」可以說「一口人」，「花朵」可以說「一朵花」，「書本」可以說「一本書」⋯⋯

4、動賓式的合成詞

動賓式合成詞的兩個語素之間大多具有支配與被支配的關係，A 支配 B，B 被 A 支配，它們在意念上可能有如下兩種判別格式：

（1）「A 著／了／過 B」──適用於檢測大多數動賓式合成詞。例如：傷心、出眾、過分、捧場、美容、投資⋯⋯可以理解為「傷著心」、「出了眾」、「過了分」、「捧過場」⋯⋯

（2）「A 得了 B，A 不了 B」──也適用於檢測大多數動賓式合成詞。例如：管家、丟臉、幹事、頂針、注意、達標⋯⋯可以理解為「管得了家，管不了家」、「丟得了臉，丟不了臉」⋯⋯

5、主謂式的合成詞

主謂式合成詞的兩個語素之間大多具有被陳述與陳述的關係，B 陳述 A，A 被 B 陳述，它們在意念上可能有如下兩種判別格式：

（1）「A 能不能／會不會 B」──適用於檢測大多數主謂式的合成詞。例如：月亮、民主、筆誤、海嘯、心細、自動⋯⋯可以理解為「月能不能亮」、「民能不能作主」、「筆會不會誤」、「海會不會嘯」⋯⋯

（2）「A，B 了沒有」──也適用於檢測大多數主謂式的合成詞。例如：霜降、膽怯、性急、心得、形成、情願……可以理解爲「霜，降了沒有」、「膽，怯了沒有」、「性，急了沒有」……

注意：這一類主謂式的判別格式，需要同「像 A 那樣 B」的偏正式合成詞相區分。例如前文舉過的：蠶食、蜂擁、龜縮、尾隨……這一類詞既可以理解爲「像 A 那樣 B」（比如：像蠶那樣食），又可以理解爲「A，B 了沒有」（比如：蠶，食了沒有），當然，「蠶食」這一類詞的正確含義應該是「像蠶那樣食」。所以，如果一個詞既適合偏正式的語言環境，又適合主謂式的語言環境，應優先確認爲偏正式。

6、可以歸併的幾種特殊關係的複合式合成詞

另外還有幾種特殊關係的複合式合成詞，因爲數量不多，不必各自另立一類，可以考慮做適當歸併：

（1）連動式。例如：報考、扮演、病故、割讓……

這種情形的合成詞前後兩個語素之間含有「先 A 後 B」的關係，可以理解爲「先報名後考試」、「先裝扮後表演」等，這種情形也可以按「A 和 B」的意念關係（理解爲「報名和考試」、「裝扮和表演」）歸入聯合式。

（2）兼語式。例如：逼供、召集、誘降、遣返……

這種情形的合成詞前後兩個語素之間含有「A 了 O，O 就 B 了」（A 與 B 之間隱含著省略了的兼語成分 O）的關係，可以理解爲「逼迫了他，他就招供了」、「召喚了他們，他們就聚集了」等，這種情形也可以按「A 了 B」的意念關係理解爲「逼了供」、「召了集」，歸入動賓式。

（3）正偏式。例如：餅乾、銀圓、肉鬆、果凍……

這種情形的合成詞前後兩個語素之間含有「B 的 A」的關係，可以理解爲「乾的餅」、「圓的銀」等，這種情形也可以按「A 的 B」的意念關係理解爲「餅的乾」、「銀的圓」，歸入偏正式。

綜上所述，我們將複合式合成詞的各種判別方法逐一加以羅列，藉以提供區分各類複合式合成詞的便利。但是需要說明的是，上述檢測複合式合成詞構成方式的語言環境可以對識別起到一定的輔助作用，但並不是萬能的，因爲語素與語素之間的結合程度是較緊密的，用這種插入式的方法來檢測，有時難免

顯得生硬或彆扭，但總體來看，這種方法仍有一定的輔助思考作用，不失為一種有效的判別依據。

二、重疊式的合成詞

重疊式的合成詞內部是由兩個相同的語素疊合而成的，其中的每個語素都可以單說，因此不能歸入單純詞中的「疊音詞」，單純詞只能整體表義，疊音詞也只能整體看作是由一個語素構成的，不能拆分。有鑒於此，我們特設「重疊式合成詞」一類。

重疊式的合成詞通常只有名詞性的和副詞性的兩類，現分別舉例如下：

1、名詞性的多屬於常用的親屬稱謂，例如：爸爸、媽媽、哥哥、姐姐、弟弟、妹妹、爺爺、奶奶、姑姑、姨姨、舅舅、叔叔、伯伯、嬸嬸、姥姥……

2、副詞性的多含有對副詞意義的強調作用，例如：僅僅、單單、常常、稍稍、統統、剛剛、漸漸、屢屢、偏偏……

需要注意的是，我們認為這種重疊式的合成詞通常只有名詞性的和副詞性的兩類，而動詞性的與形容詞性的不在其列，例如：

（1）動詞性的：走走、看看、想想、碰碰……

（2）形容詞性的：高高、好好、快快、慢慢……

這是因為「走走」、「看看」、「高高」、「好好」等已經不是一個單詞了，這種重疊用法已經超出了詞法的範疇，它們分別是單音節的單詞「走」、「看」、「高」、「好」的句法重疊形式，只是在造句的時候才臨時重疊使用的，漢語詞典裏是不收這些詞的。

三、附加式的合成詞

附加式的合成詞內部語素之間不是在保持各自語素義的基礎上組合起來的，而是由詞綴語素黏附於根詞語素或詞根語素上構成的，從語序組合法的角度來看，又分為前附加與後附加兩種結構方式。

前附加的如：老虎、阿姨、初八、第九…… 後附加的如：桌子、木頭、花兒、長者、樂於、得以、乾巴巴、綠油油…… 檢測一個詞是不是附加式合成詞，關鍵要看那個附加的用作前綴或者後綴的詞綴語素是不是虛語素，也就是說看它的意義是否虛化了，虛化了的可以作為附加的詞綴，構成附加式

的合成詞，沒有虛化的則不能。例如：房子、院子、竹子、蟲子的「子」就虛化了，而君子、母子、原子、孢子的「子」就沒有虛化，前者構成附加式合成詞，後者不構成附加式合成詞。同理，老虎、老師、木頭、鋤頭、花兒、畫兒是附加式合成詞，而老農、老練、煙頭、報頭、孤兒、寵兒卻不是。

　　拿同一個漢字代表的語素來說，例如前文第 04 節所舉到過的「老」字所代表的三個語素，「老 1」和「老 2」就沒有虛化，因此「老人」不是附加式合成詞，而「老 3」就虛化了，所以「老師」就是附加式合成詞，因為老人一定「老」，老師卻並不一定「老」，年輕的教師也叫「老師」，所以「老」虛化了。

　　另外，有一種「動＋介」或「形＋介」構成的「動介複合詞」或「形介複合詞」，也可以歸入附加式的合成詞，如：屬於、敢於、急於、安於、得以、加以、來自等。但如果前一個語素不是動詞性或形容詞性的語素，或者後一個語素不是介詞性的語素，則不宜看作附加式合成詞，如：由於、對於、何以、所以、各自、親自等，前四例的前一個語素不是動詞性或形容詞性的語素，後兩例的後一個語素不是介詞性的語素，故均不宜看作附加式合成詞。

　　至於含有雙音節詞綴的附加式合成詞，也要掌握是否存在虛化的詞綴語素這一識別標準。一般說來，「形＋綴」結構虛化程度較重，如綠油油、乾巴巴，可以看作附加式合成詞。而「動＋綴」結構虛化程度較輕，如笑嘻嘻、叫喳喳，甚至還可以顛倒說成「嘻嘻笑」、「喳喳叫」，語序位置不夠固定，因此不宜看作附加式合成詞。還有「名＋綴」結構的虛化程度介於「形＋綴」與「動＋綴」兩者之間，處理起來比較困難，比如：「水汪汪」、「汗淋淋」、「光閃閃」，因為不能顛倒語序，不能說成「汪汪水」、「淋淋汗」、「閃閃光」，所以宜看作附加式合成詞；而「淚水汪汪」、「大汗淋淋」、「金光閃閃」則似乎可以顛倒語序，但它們已經是主謂短語了，也就不必再看成附加式合成詞了。

四、由多個語素構成的合成詞

　　由多個語素構成的合成詞，其中的多個語素並不同時處在同一個平面上，需要按照上述識別標準，用層次分析法來分析，例如：

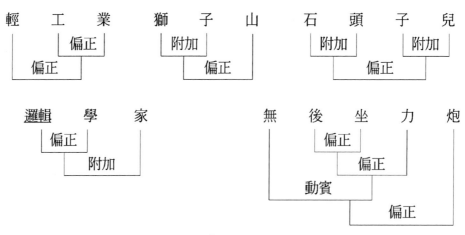

圖 07-1

分析的結果，依據表層的語法結構關係來確定它們各自屬於哪種類型。例如：「石頭子兒」屬於偏正式，「邏輯學家」屬於附加式。

08. 用簡稱縮略法構成的簡縮詞

簡縮詞包括簡稱和縮語兩種類型，都是用簡稱縮略法將複雜結構精簡壓縮而成的。

一、簡稱 —— 將短語壓縮後的簡化稱謂

原本是一個短語，出於表達求簡的目的，將其在不損害原意的條件下加以壓縮，形成一個為社會成員共同接受的簡化稱謂，這便是簡稱。簡稱在壓縮簡化時並無一定的原則和規律，只是要做到沒有歧義並為社會交際活動所承認就可以了，有些簡稱需要經過社會的認定與篩選，才能最後得以通用。

例如：「郵政編碼」的簡稱「郵編」和「郵碼」都曾使用過，最後「郵編」得以通行，「郵碼」被淘汰了；「按人平均」的簡稱「人均」和「人平」也都曾使用過，直到現在兩者還都在使用，估計將來「人均」勝出的機率較大；「彩色電視機」的簡稱，大陸叫「彩電」，臺灣叫「彩視」，按理說，「彩視」更為合理些，但是臺灣用了，大陸就不想用了。「中國共產黨」的簡稱有四種，大陸一般用「共產黨」或者「黨」，海外一般用「中共」，反對者通常用「共黨」。可見，簡稱的流行既是短語「詞化」的過程，又是新說法社會化的過程，並不是某個個人可以隨意規定的。

　　大多數簡稱都是遵從「按詞取素」的方法來稱謂，即在原稱的每一個詞中選取有代表性的語素來壓縮組合，形成新的簡短稱謂，大致有如下幾種情形：

1、兩字簡稱——由兩個詞各取一個字（語素）構成

（1）A詞、B詞都取第一個字的：

偏正式：民航（民用航空）　　女足（女子足球隊）　　光纖（光導纖維）

聯合式：財經（財政經濟）　　科技（科學技術）　　時空（時間空間）

動賓式：提價（提高價格）　　組稿（組織稿件）　　審幹（審查幹部）

（2）A詞取第一個字、B詞不取第一個字的：

偏正式：外長（外交部長）　　特區（特別行政區）　　農行（農業銀行）

聯合式：擴印（擴放洗印）　　泰斗（泰山北斗）　　書刊（書籍報刊）

動賓式：換匯（換取外匯）　　掃盲（掃除文盲）　　整風（整頓作風）

（3）A詞不取第一個字、B詞取第一個字的：

偏正式：外貿（對外貿易）　　影展（攝影展覽會）　　場強（電場強度）

聯合式：史地（歷史地理）　　載運（裝裁運輸）　　京杭（北京杭州）

動賓式：脫貧（擺脫貧窮）　　致富（導致富裕）　　錄供（記錄供詞）

（4）A詞、B詞都不取第一個字的：

偏正式：僑務（華僑事務）　　粒肥（顆粒化肥）　　影星（電影明星）

聯合式：蟲草（冬蟲夏草）　　查實（調查證實）　　影視（電影電視）

動賓式：採油（開採石油）　　受閱（接受檢閱）　　備忘（防備遺忘）

2、三字簡稱——由三個詞各取一個字（語素）構成

聯合式：農輕重（農業、輕工業、重工業）、工農兵（工人、農民、士兵）、數理化（數學、物理、化學）、體音美（體育、音樂、美術）

偏正式：（ＡＢ）Ｃ型——人代會（人民代表大會）、計生委（計劃生育委員會）

　　　　Ａ（ＢＣ）型——北師大（北京師範大學）、外實校（外國語實驗學校）

3、四字簡稱——由四個詞各取一個字（語素）構成

聯合式：開齊合撮（開口呼、齊齒呼、合口呼、撮口呼）、加減乘除（加法、

減法、乘法、除法）、梅蘭竹菊（梅花、蘭花、竹子、菊花）、春夏秋冬（春季、夏季、秋季、冬季）

偏正式：師大附中（師範大學附屬中學）、川西民俗 （四川西部民間風俗）

4、五字簡稱——由五個詞各取一個字（語素）構成

五個字及其以上更多字的簡稱一般只有聯合式的形態，例如：紅黃藍白黑（紅色、黃色、藍色、白色、黑色）、東西南北中（東方、西方、南方、北方中央）、地富反壞右（地主分子、富農分子、反革命分子、壞分子、右派分子）。

也有少數簡稱並不依照「按詞取素」的方法來簡縮，簡稱字數或多於或少於原稱詞數，如「新華社」（新華通訊社）、左聯（左翼作家聯盟）、高考（高等學校招生考試）、中文系（中國語言文學系）、北約（北大西洋公約組織）、個體戶（個體經營戶）、中石化（中國石油化工有限公司）、冠心病（冠狀動脈粥樣硬化心臟病）等。還有少數簡稱只用原稱中的某個詞語來稱說，如：清華（清華大學）、師範（師範學校）、無軌（無軌電車）、解放軍（中國人民解放軍）等。

簡稱是動態的，當有些簡稱在人們的思維記憶中已經紮下了根，使用它們時就不用聯想原詞語了，甚至忘掉了原詞語的本來面貌，人們已經把它看作是沒有簡化過的原生態的單詞了。例如：

調研（調查研究）、陶瓷（陶器瓷器）、科幻（科學幻想）、簡介（簡單介紹）、國營（國家經營）、超標（超過標準）、挖潛（挖掘潛力）、家電（家用電器）、保鮮（保持新鮮）、民警（人民警察）、民辦（民間經辦）、規則（規章法則）、軍訓（軍事訓練）、效用（效力功用）……

有些因為使用頻率高，使用範圍廣，人們對詞義的所指已經十分清楚並有了深刻的記憶，久而久之，人們也就不再追究這些詞語的簡化過程了，它們已經「詞化」了，例如：

社科（社會科學）、審幹（審查幹部）、婉拒（婉言拒絕）、維權（維護權利）、環保（環境保護）、保健（保護健康）、節能（節約能源）、私企（私人企業）、讀研（攻讀研究生）……

有些簡稱具有較強的專業性，常用於某個專業領域，例如：醫學領域的「白百破」（白喉、百日咳、破傷風）、「房顫」（心房顫動）、「胸透」（胸部透視）等，法學領域的「刑庭」（刑事審判庭）、「庭審」（法庭審理）、「錄供」（記錄供詞）、

「審結」（審案並結案）等，教育領域的「博導」（博士生導師）、「留辦」（留學生辦公室）、「投檔」（投放檔案）等。

二、縮語——詞或短語的音節壓縮形式

縮語是指表達時將某些詞語或長語段進行概括壓縮的簡化形式。它與簡稱的不同之處在於：它純粹是音節問題，跟語法沒有太大關係，一般來說，詞縮略後還是詞，短語縮略後還是短語，並不像簡稱那樣通常把短語簡縮爲詞。

縮語有一般縮語和數字縮語兩種類型。

1、一般縮語

一般縮語通常是對某些常用詞語的壓縮，這當中又有兩種情形：

其一是爲使表達更爲流暢而順便剪掉原詞語中的某個音節，例如：

相機（照相機）、作物（農作物）、勞力（勞動力）、龍井（龍井茶）、潛艇（潛水艇）、幾何（幾何學）、結語（結束語）、刮宮（刮子宮）、寒暑假（寒假暑假）、中醫院（中醫醫院）、中小學（中學小學）、高中檔（高檔中檔）、中低檔（中檔低檔）、節假日（節日假日）等。

其二是爲了某種社會交際功用而刻意地將原詞語少說一個音節，例如：

京（北京）、津（天津）、遼（遼寧）、吉（吉林）、川（四川）、藏（西藏）、陝（陝西）、李局（李局長）、鄭科（鄭科長）、王處（王處長）、劉隊（劉隊長）、周老（周老師／周老先生）、孫總（孫總經理）等。

2、數字縮語

數字縮語是有意識地利用數字加以概括，這也有兩種情形：

其一是類似於數學中的提取公因式的做法，將各項詞語的共有語素提出來，再加上用數字表示的項數，例如：

兩廣（廣東、廣西）—— 提取共有語素「廣」

兩個文明（物質文明、精神文明）—— 提取共有語素「文明」

兩會（全國人民代表大會、中國人民政治協商會議）—— 提取共有語素「會」

三蘇（蘇洵、蘇軾、蘇轍）—— 提取共有語素「蘇」

三包（包修、包換、包退）—— 提取共有語素「包」

三好（思想好、學習好、身體好）—— 提取共有語素「好」

四有（有理想、有道德、有文化、有紀律）—— 提取共有語素「有」

四呼（開口呼、齊齒呼、合口呼、撮口呼）—— 提取共有語素「呼」

四類分子（地主分子、富農分子、反革命分子、壞分子）—— 提取共有語素「分子」

五保（保吃，保穿，保燃料，保教，保葬）—— 提取共有語素「保」

三言二拍（《喻世明言》、《警世通言》、《醒世恒言》、《初刻拍案驚奇》、《二刻拍案驚奇》）—— 提取前三項的共有語素「言」和後兩項的共有語素「拍」

其二是只是用數字加以概括，並沒有提出共有的語素，或者是因為本沒有共同的語素可提，便用另外的上位概念加以概括，例如：

四則（加、減、乘、除）—— 用上位概念「則」加以概括

四大件（手錶、自行車、縫紉機、收音機）—— 用上位概念「大件」加以概括

四人幫（王洪文、張春橋、江青、姚文元）—— 用上位概念「人」和「幫」加以概括

五毒（蠍、蛇、蜈蚣、壁虎、蟾蜍）—— 用上位概念「毒」加以概括

六書（象形、指事、會意、形聲、轉注、假借）—— 用上位概念「書」加以概括

七君子（沈鈞儒、鄒韜奮、李公樸、章乃器、王造時、沙千里、史良）—— 用上位概念「君子」加以概括

八仙（呂洞賓、張果老、曹國舅、藍采和、何仙姑、韓湘子、漢鍾離、李鐵拐）—— 用上位概念「仙」加以概括

九流（儒家、道家、陰陽家、法家、名家、墨家、縱橫家、雜家、農家）—— 用上位概念「流派」的「流」加以概括

五經四書（《易經》、《尚書》、《詩經》、《禮記》、《春秋》、《大學》、《中庸》、《論語》、《孟子》）—— 用上位概念「經」和「書」加以概括

二十四史（《史記》、《漢書》、《後漢書》、《三國志》、《晉書》、《宋書》、《南齊書》、《梁書》、《陳書》、《魏書》、《北齊書》、《周書》、《隋書》、《南史》、《北史》、《舊唐書》、《新唐書》、《舊五代史》、《新五代史》、《宋史》、《遼史》、《金史》、《元史》、《明史》）—— 用上位概念「史」加以概括

本論二：漢語單詞的語法功能

〔本章導語〕

　　本章論及漢語單詞的語法功能，共由十二節內容構成：先用三節的篇幅論述漢語單詞的功能分類，在綜述已有的詞類劃分標準和各家對詞類的具體劃分的基礎上，提出本書與眾不同的詞類劃分標準；並主張先將漢語單詞區分為成分詞與關係詞兩大類，再將成分詞三分為核心成分詞、外圍成分詞和附助成分詞，將關係詞三分為依附關係詞、聯結關係詞和情態關係詞。然後用八節的篇幅具體論析各類成分詞與各類關係詞內部的多層級語法分類和各小類的語法功能特點。最後一節換一個角度來看成分詞的功能屬性，論及漢語成分詞中的體詞、謂詞、加詞、兼類詞等各自的語法特徵。

09. 漢語單詞的語法功能分類綜述

一、什麼是單詞的語法功能分類

　　漢語的單詞可以從各種不同的角度加以劃分：按語音特點劃分，可以分為單音節詞和多音節詞；按語義特點劃分，可以分為單義詞和多義詞；按語用特點劃分，可以分為基本詞（常用詞）和非基本詞（非常用詞）；按語體特點劃分，可以分為口語詞和書面語詞；按語源特點劃分，可以分為傳承詞和新造詞，也

可分爲固有詞和借用語；按語域特點劃分，可以分爲共同語詞和方言詞，也可分爲通用詞和行業詞。但這些都不是按語法特點的分類，因此都不是單詞的語法分類。

單詞的語法分類指的是按詞的語法特點所進行的劃分，單詞的語法特點包括詞的語法結構和詞的語法功能兩個方面。

語法結構指的是某個語法單位內部組成該語法單位的下級語法單位之間的搭配排列情況，具體地說，詞的語法結構指的是語素構成詞的情況，詞按語法結構分類可以分爲單純詞、合成詞、簡縮詞三種大的類型，各類內部又有若干小類，對此，本書已在本論一《漢語單詞的語法結構》中詳加論述過了。

語法功能指的是某個語法單位在語法結構中的功用和能力，主要是指該語法單位與同級語法單位的組合能力和在高一級的語法單位中充當語法成分的能力。具體地說，詞的語法功能主要指的是詞與詞的組合搭配能力和詞充當句法成分的能力，有時也指詞的重疊、黏附等能力。

本節將要論及的漢語單詞的語法功能分類問題，也就是通常所說的詞類劃分問題。根據中國自古以來的語言傳統，古人並不在意詞的語法分類問題，文字、音韻、訓詁是被稱爲「小學」的漢語傳統語言學的三大分支，其中並沒有語法一門。自西洋語法學引進中國以來，也才不過 100 餘年，百餘年來，各家著作對漢語詞類的劃分各持己見，儘管在大體上是大同小異，但就是這個「小異」，其內部差異也顯得異彩紛呈。對於劃分詞類的標準以及一些具體詞類的分分合合，漢語語法學界向來看法不一，爭論已有八十餘年之久。從 20 世紀上半葉的三、四十年代直至當前，在長達八十餘年的時間裏，學者們對漢語詞類的劃分標準及所劃分的具體類別並無全面的定論，目前對劃分標準雖然有了較大的共識，但仍存在局部分歧，以至於所分出的詞類，儘管大體一致，卻也還存在細微差異。下面先對以往的詞類劃分標準作一番簡單的回顧，藉以觀察一下漢語單詞語法功能分類的歷史與現狀：

二、以往著述中詞類劃分的不同標準

從人類語言的形態學分類的角度來看，漢語跟屬於「屈折語」的印歐語系的語言有很大的差異，它屬於「孤立語」類型，是一種缺少形態變化的語言，因此大多數語言學家都不主張把形態作爲劃分漢語詞類的標準。王力先生早在

20 世紀四十年代出版的《中國語法理論》一書的導言中就指出：「漢語沒有屈折作用，於是形態的部分也可以取消。」呂叔湘先生與朱德熙先生在 20 世紀五十年代合著的《語法修辭講話》中強調：「漢語的詞是沒有形態的。」所以以往所提出的劃分詞類的標準主要有「意義標準」、「句法標準」、「『詞彙‧語法範疇』標準」、「根據詞的語法功能，參考詞的意義」等四種標準，下面分別加以概述。

1、以《馬氏文通》爲代表的「意義標準」

最早提出的是「意義標準」，早在 19 世紀末問世的我國第一部漢語語法學專著《馬氏文通》，就是以意義爲標準來劃分詞類的代表。《馬氏文通》具有很大的影響力，以至在它之後幾十年間的大多數語法著作都是採用意義標準，即根據詞的某種概括意義來劃分詞類，例如我們通常所說的名詞是表示事物名稱的詞，動詞是表示動作行爲的詞，形容詞是表示事物性質或狀態的詞等等，根據的都是意義標準。

根據一類詞的某種概括意義這一共性來劃分詞類，儘管對於多數詞還是可行的，但它畢竟不是依據語法特點進行分類，更何況少數語義類別相同的詞，其語法功能並不相同，例如同是表示動作行爲這一類別意義的「打仗」是動詞，「戰爭」卻是名詞，「思考」是動詞，「思想」卻是名詞，並不屬於相同的詞類，因爲「戰爭」與「思想」可以受數量短語的修飾，可以說「兩場戰爭」或「三種思想」，而「打仗」與「思考」卻一般不能；換個角度來看，「打仗」與「思考」可以受副詞的否定，可以說「沒打仗」或「不思考」，而「戰爭」與「思想」卻不能。根據詞的某種概括意義劃分出來的同一類詞，它們的語法功能卻不一定相同，可見意義標準並不是科學劃分詞類的語法標準。

2、以《新著國語文法》爲代表的「句法標準」

接著提出的是「句法標準」，黎錦熙先生在 20 世紀二十年代出版的《新著國語文法》一書對漢語語法學界影響也很大，該書就是以句法標準來劃分詞類的，我們可以稱它爲「句法標準」。該書在緒論中指出「國語的詞類，在詞的本身上無以區別；必須看它的位置、職務，才能認定這個詞屬於何種詞類」，並提出「依句辨品，離句無品」的主張。「品」是「類別」的意思，黎先生所說的「依句辨品」意謂根據一個詞在句子中的功能作用，即根據它充當什麼成分來決定它屬於哪一類詞，而「離句無品」的意思是一個詞如果離開了句子這個語言環

境，就無法斷定它屬於哪一類詞。由於《新著國語文法》是繼《馬氏文通》之後又一部語法力作，因此這種觀點也就造成了很大影響。於是，凡在句中作主語或賓語的詞就看作是名詞，凡在句中作謂語的詞就看作是動詞，凡是修飾名詞的詞就看作是形容詞，凡是修飾動詞或形容詞的詞就看作是副詞等等，這樣來劃分詞類似乎很簡單方便，但容易導致詞無定類的結論。例如同是一個詞「走」：在「他走了」中作謂語，是動詞；在「他不想走」中作賓語，是名詞；在「走的時候天還沒亮」中作定語，是形容詞等等。事實上這樣的詞類區分等於沒有劃分詞類，所能區分的僅僅是該詞所充當的句法成分而已。

3、以中學語法教學「暫擬系統」爲代表的「詞彙‧語法範疇」標準

鑒於「意義標準」和「句法標準」都不能完善地起到劃分詞類的作用，大陸在 20 世紀五十年代末期問世的中學語法教學「暫擬系統」將這兩種標準加以綜合，採用了「詞彙‧語法範疇」標準。根據這一標準，「暫擬系統」認爲詞類既是詞彙上的分類，又是語法上的分類，主張同時根據詞的概括意義和語法特點來區分詞類。顯然，語法學上的詞類不應該是詞彙學的分類，因此不應過多地遷就意義標準，而「詞彙‧語法範疇」標準中的「語法範疇」的具體所指又不夠明確和落實，因此這一沿用了將近三十年的「暫擬系統」，事實上也未能完善地解決詞類劃分的標準問題。

4、以高等學校教材爲代表的「根據詞的語法功能，參考詞的意義」標準

到了 20 世紀八十年代以後，在劃分詞類問題上，基本上達成共識的標準是：根據詞的語法功能或者語法特點，參考詞的概括意義。這以當時通行的幾種高等學校《現代漢語》教材爲代表，其中影響最廣的黃伯榮、廖序東主編的《現代漢語》則明確指出：「詞類是詞的語法性質的分類。劃分詞類的目的在於說明語句的結構和各類詞的用法。分類的依據是詞的語法功能、形態和意義，主要依據是詞的語法功能，形態和意義是參考的依據。」（見該書增訂四版下冊第6頁）

並且該書在具體解釋中明確提出「詞的語法功能指的是：（1）詞在語句裏充當句法成分的能力，即詞的職務。表現在能不能充當句法成分和充當什麼句法成分上……（2）詞與詞或短語的組合能力。這有兩種表現：（甲）實詞與另

一些實詞的組合能力。包括這一類能不能跟另一類組合，用什麼方式組合，組合後發生什麼關係，等等……（乙）虛詞依附實詞和短語的能力。包括虛詞與什麼實詞組合，表示什麼語法意義等。」該書還認爲：「詞的形態可分兩種：其一指構形形態，例如重疊……其二指構詞形態，例如加詞綴……」（見該書增訂四版下冊第6頁）

如此看來，主張用能否充當句子成分作爲劃分實詞與虛詞的標準，用詞與詞的組合方式和自身的重疊方式作爲劃分各類實詞的標準，用同實詞或短語的關係作爲劃分各類虛詞的標準。這些標準確實是在按語法特徵來給詞分類，儘管還算不上盡善盡美，但無疑是比以往的標準更爲科學和具體了。

三、以往著述中詞類劃分的數目、命名概覽

由於以往劃分詞類的標準不同，所以劃分出來的詞類數目及命名也有細微的差異。下面我們將八十餘年來面世的幾種有代表性的語法著作對詞類的劃分歸納整理（見圖09-1），由此可以看出這些細微差異來：

詞類＼語法著作有無	名詞	動詞	形容詞	數詞	量詞	代詞	代名詞	繫詞	區別詞	助動詞	副詞	介詞	連詞	聯結詞	助詞	語助詞	語氣詞	擬聲詞	歎詞	詞類數
黎錦熙《新著國語文法》	√	√	√				√				√	√	√		√				√	9
王力《中國現代語法》	√	√	√	√		√		√			√		√				√			9
呂叔湘朱德熙《語法修辭講話》	√	√	√			√					√		√				√	√		8
丁聲樹《現代漢語語法講話》	√	√	√	√	√	√					√		√			√		√		10
中學語法教學「暫擬系統」	√	√	√	√	√	√					√	√	√		√				√	11
中學語法教學「系統提要」	√	√	√	√	√	√					√	√	√		√			√	√	12
胡裕樹主編《現代漢語》	√	√	√	√	√	√			√		√	√	√		√		√		√	13
黃伯榮廖序東主編《現代漢語》	√	√	√	√	√	√			√		√	√	√		√		√	√	√	14

圖 09-1

　　上面圖表中的「√」表示該著作設立有該詞類，空格表示該著作不設立該詞類。由上表可以看出，對漢語詞類的劃分，後人不斷吸取前人的成果和完善前人的稱謂，劃分的結果是日趨科學和細密了，這些都為我們進一步研究詞類劃分問題提供了可資參考的重要依據，同時也提示我們，對劃分詞類的標準還有進一步嚴密思考的必要，以便對漢語的單詞作出更加科學的分類和更加準確地揭示各類單詞的語法特徵，進而更全面地把握類與類之間的本質不同。

10. 對漢語詞類劃分的進一步探討

　　對漢語單詞的語法分類有結構分類和功能分類之別：結構分類注重詞的結構方式，研究單詞自身構造的內部結構，屬於詞法範疇，對此，本書已經在作為「本論一」的上一章「漢語單詞的結構」中有所論及；而功能分類注重的是單詞的造句功能，研究單詞在組合使用時的外部功能，這便已經進入了句法領域。

　　通常所說的「詞類」指的就是漢語單詞的功能分類，對此，在上一節我們綜述了漢語的詞類劃分的歷史與現狀，顯然還有許多需要進一步探討與完善之處，因此有必要繼續思考更加切合漢語自身特點的詞類劃分標準及其相關思路問題。

一、漢語單詞按語法功能分類的基本思路

　　詞法與句法的劃分不應僅僅依據其對象是詞還是句，而應依據語法結構和語法功能本身的特性。據此，詞法研究的範疇應該是單詞的結構，即單詞的構成要素「語素」是如何構成詞的，關注的是語素的功能和各語素之間的關係；而句法研究的範疇應該是句子的結構，即句子的構成要素「單詞」和「短語」是如何用來造句的，關注的是單詞或短語在句子結構中的各種語法功能和語法特徵，特別應該關注的是漢語單詞的句法功能屬性。這其中的道理大體應該如下圖所示：

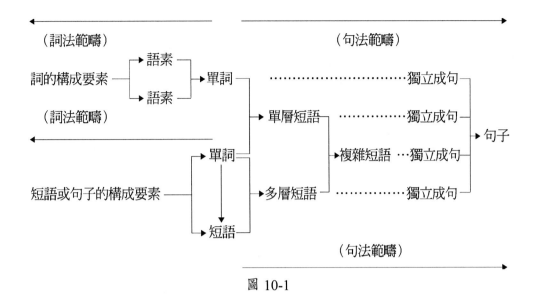

圖 10-1

　　借助上圖可以看出，所謂「詞法」是以單詞爲立足點來回溯單詞是如何由語素構成的，所謂「句法」是以單詞和短語爲立足點來前瞻它們是如何組造句子的。於是，屬於句法研究範疇的應該包括：單詞的功能（它如何構成短語或者句子），短語的結構（構成短語的單詞與單詞之間的語法關係），短語的功能（它如何構成多層短語或者句子），句子的結構（構成句子的單詞、短語之間的語法關係），句子的功能（它如何借助語調和語氣來表達思想）等，這就必須要涉及詞與詞、短語與詞、短語與短語之間的關係，甚至還要涉及詞與句子、短語與句子、句子與句子之間的關係。因此，對詞類劃分標準和詞的功能類別的研究，既是漢語句法研究的起點，又是漢語詞法研究與句法研究之間的重要聯繫紐帶，這應該如下圖所示：

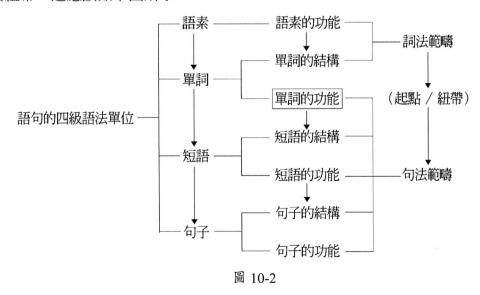

圖 10-2

　　根據漢語傳統語法研究，單詞的功能分類，一向是先將其分爲「實詞」與「虛詞」兩大類，其實，漢語的詞大可不必作實詞和虛詞的劃分，因爲「實」與「虛」畢竟是就詞義而言的。而「詞義」，即便如黃伯榮、廖序東主編的《現代漢語》所限定的：「詞的意義，這裏指語法上同類詞的概括意義或意義類別。名詞表示人或事物的名稱，動詞表示動作、行爲等，形容詞表示性質、狀態等。」（見該書增訂四版下冊第 6～7 頁）也並不是語法範疇的概念；即便是用純語法標準來區分實詞與虛詞，比如看能否獨立充當句法成分，能獨立充當句法成分的是實詞，不能的是虛詞，而不顧及詞義，也還是有點名不正則言不順，令人感到以「實」與「虛」來命名有牽強附會之嫌；既然不顧及詞義，又何來的實與虛？因此，還是不以實詞、虛詞命名爲好。因此本書將另外尋找更爲適宜的稱謂，來討論漢語單詞按照語法功能的一級分類與二級分類。

二、漢語單詞按語法功能呈現的一級分類

　　有鑒於此，本書認爲，漢語單詞按語法功能的第一級劃分標準應當是依據詞在它上一級語言單位（短語或句子）中的語法功能。而某個詞在短語或句子中所體現的語法功能不外乎是，要麼充當句法成分，要麼標示句法關係，那麼，就可以據此將漢語的詞分爲「成分詞」和「關係詞」兩個大類：

1、成分詞

　　成分詞是指能獨立充當一般句法成分，但不是用來標示句法關係的詞。成分詞包括名詞、動詞、形容詞、代詞、數詞、擬聲詞、區別詞、副詞、趨向詞 9 類。成分詞與成分詞組合在句法結構中可以構成主謂、動賓、定中、狀中、中補等句法關係，但它本身不用以「標示」句法關係。

2、關係詞

　　關係詞是指不能獨立充當一般句法成分，但能用來標示句法關係的詞。關係詞包括量詞、方位詞、比況詞、介詞、連詞、助詞、動態詞、語氣詞、應歎詞 9 類。關係詞的職責是與成分詞組合形成某種句法關係，這些句法關係除了一般句法關係之外，還可以是聯合、方位、比況、介引、黏附、獨立等特殊句法關係。其中「應歎詞」（即傳統意義上的歎詞）可以充當獨立成分（特殊句法

成分）或獨立成句，但因其不能充當一般句法成分，故不宜歸入「成分詞」，而將其歸入「關係詞」。

三、漢語單詞按語法功能呈現的二級分類

漢語單詞按語法功能的第二級劃分標準應當是：依據充當句法成分的性質對成分詞作二級劃分，或者依據標示句法關係的性質對關係詞作二級劃分。

1、漢語成分詞的二級分類

依據漢語單詞充當句法成分的性質，可以將成分詞分為「核心成分詞」、「外圍成分詞」和「輔助成分詞」三類：

（1）核心成分詞

核心成分詞是指能單獨充當主語、謂語、動語、賓語、中心語等某種核心句法成分的詞，它們是漢語中最常用的必不可少的基本成分詞。核心成分詞包括名詞、動詞、形容詞三類。

（2）外圍成分詞

外圍成分詞是指能單獨充當某種主要句法成分，但它們的功用各有側重，或側重於指稱，或側重於記數，或側重於擬聲。外圍成分詞包括代詞、數詞、擬聲詞三類。

（3）輔助成分詞

輔助成分詞是指不能單獨充當主語、謂語、賓語等核心句法成分，只能單獨充當定語、狀語、補語等某一種輔助句法成分的詞。輔助成分詞包括區別詞、副詞、趨向詞三類。

2、漢語關係詞的二級分類

依據漢語單詞標示句法關係的性質，可以將關係詞分為「依附關係詞」、「聯結關係詞」和「情態關係詞」三類：

（1）依附關係詞

依附關係詞是指依附於某種成分詞或短語之後並同該成分詞或短語構成特定的「關係詞短語」的詞。依附關係詞包括量詞、方位詞、比況詞三類。

（2）聯結關係詞

聯結關係詞是指在成分詞或短語之間起聯結作用並表示特定的語法關係的詞。聯結關係詞包括介詞、連詞、助詞三類。

（3）情態關係詞

情態關係詞是指附著在句子或句子成分之後表示某種動態或語氣的詞，也指獨立於句子或句子成分之外表示某種情感的詞。情態關係詞包括動態詞、語氣詞、應歎詞三類。

綜上所述，本文對漢語的單詞按其各自的語法功能加以考察，依據不同的分類標準，對所有的詞作了不同級別的分類，最終分出的 18 個基本類別應爲漢語單詞依據語法功能所做的三級分類，也就是我們常常所稱呼的詞類。現將本節所闡述的 18 類詞的三個級別分類情況歸納如下：

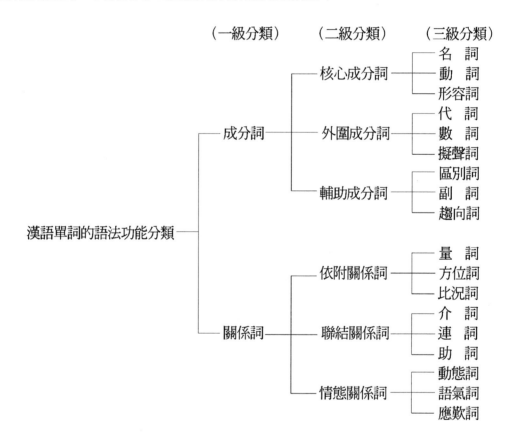

圖 10-3

借助上面的圖表可以看出，本書對漢語單詞所作的語法功能分類，是先「一分爲二」，然後再分兩個級別「一分爲三」。首先將現代漢語中所有的詞大別爲

「成分詞」與「關係詞」兩類，這兩大類的劃分併不完全等同於傳統語法的「實詞」與「虛詞」：因為「成分詞」中的副詞和擬聲詞傳統語法是將其歸入虛詞一類的，而「關係詞」中的量詞和方位詞傳統語法又是將其歸入實詞一類的。可見我們的分類標準與命名依據都不是單詞意義的虛實，而是著眼於單詞自身是充當句法成分還是表示句法關係的語法功能特徵。

借助上面的圖表還可以看出，本書對漢語單詞所作的功能分類，實際上是兩個「三三制」的劃分，這兩個「三三制」就是指「成分詞」內部的「三三制」與「關係詞」內部的「三三制」。「成分詞」內部的「三三制」是指先將成分詞分為核心的、外圍的和輔助的三類，每一類內部又各自包含三類不同的詞；「關係詞」內部的「三三制」是指先將關係詞分為依附的、聯結的和情態的三類，每一類內部又各自包含三類不同的詞。這樣一來，記住這兩個「三三制」的關係，漢語的 18 類詞的歸屬也就顯得不那麼複雜了。

以上為本書對漢語詞類劃分的進一步探討，這也正是本書在漢語的詞類劃分方面與眾不同之處。當然，這 18 類詞的內部還可再作更進一步的多層次細分，這裏不加贅述，本章將用以下十節的篇幅對上述分類逐一詳加解說，藉以闡述漢語各類單詞內部的各種語法屬性。

11. 漢語各類單詞的語法功能概觀

上一節按照詞的語法功能屬性對漢語的單詞進行了三個層級的劃分，並對各類詞的劃分依據作了簡要的說明，尚有一些未盡之意，本節再作一些補論。

一、將漢語單詞二分為成分詞、關係詞的依據何在

通常所說的詞類應是根據詞的語法功能所進行的分類，詞的語法功能指的是詞在短語結構或句子結構中的功用和能力，即詞在短語或句子中充當句法成分的功用，以及在短語結構或句子結構中詞與詞的組合能力。本書對漢語單詞在第一個層面上的劃分正是根據詞在短語或句子中充當句法成分的功用：具有獨立充當句法成分功用但不具有標示句法關係功用的詞稱為「成分詞」；不具有獨立充當句法成分功用但具有標示句法關係功用的詞稱為「關係詞」。

可見，從單詞在句法結構中所擔當的職責來看，成分詞、關係詞二分天下，各司其職，我們對漢語單詞的功能屬性作這樣的劃分，可以使人一目了然地看清楚漢語詞類的功能本質，從而擺脫「實詞」、「虛詞」概念的糾纏，專注於對詞的語法功能的研究。

二、對漢語單詞在第二個層面上的劃分又是依據什麼

如上所述，詞的語法功能一方面表現在它充當句法成分的功用，另一方面表現在它在句法結構中與別的詞的組合能力。我們將其「功用」的一方面作為漢語單詞第一級劃分的語法標準，而將其「能力」的一方面作為漢語單詞第二級劃分的語法標準。

據此，在第二個層面上我們將「成分詞」又依據各自的「能力」一分為三：能單獨充當主語、謂語、動語、賓語、中心語等核心句法成分而又表現為語法功用廣泛的詞稱為「核心成分詞」；能單獨充當主語、謂語、賓語等主要句法成分而功用有所側重的詞稱為「外圍成分詞」；不能單獨充當主要句法成分、只能單獨充當定語、狀語、補語中的某一種輔助句法成分的詞稱為「輔助成分詞」。

據此，在第二個層面上我們又將「關係詞」也依據各自的「能力」一分為三：只能單向依附於成分詞或短語之後並同該成分詞或短語構成特定的「關係詞短語」的詞稱為「依附關係詞」；經常位於成分詞或短語之間起聯結作用並表示特定的語法關係，有些也可以附著在成分詞或短語的前後同該成分詞或短語構成特定的「關係詞短語」的詞稱為「聯結關係詞」；有些附著在句子或句子成分之後表示某種動態或語氣的詞，或者有些獨立於句子或句子成分之外表示某種情感的詞，則統稱之為「情態關係詞」。

以上這些第二個層面的分類，看似多餘，其實十分必要，它從語法功能的角度將傳統語法中一鍋煮的各類「實詞」和「虛詞」作了本質上的區分，使我們進一步看清了哪些詞能作哪種成分，不能作哪種成分，能標示哪種關係，不能標示哪種關係，使人們認識到漢語的詞類不是一盤散沙或者一碗大雜燴，而是一個個具有不同語法功能的集團組織。

三、有關「成分詞」細目的補充說明

成分詞的細目共分為 9 類，它們分別是：屬於核心成分詞的名詞、動詞、形容詞，屬於外圍成分詞的代詞、數詞、擬聲詞，屬於輔助成分詞的區別詞、副詞、趨向詞。

其中雖然有些類別的稱謂與傳統分類的稱謂一致，但其內含的小類卻有細微差別；也有一些類別的稱謂與傳統分類的稱謂不一致，其特定的內涵也需要進行解釋。下面分別加以補充說明：

核心成分詞中的名詞不包括傳統名詞類別中的能夠構成方位短語的「方位名詞」，我們讓它獨立出來，劃入關係詞中的依附關係詞，而且就直接稱為「方位詞」，不再稱為「方位名詞」。因為它在構成方位短語的時候並非獨立充當句法成分，而是以方位短語的整體身份來充當句法成分，比如「園子裏的樹很高」中的方位詞「裏」並沒有直接充當定語或別的什麼成分，而是以方位短語「園子裏」的整體身份來充當定語成分。當然，有時它們也可以獨立充當句法成分，比如「左邊是條河」、「後面跟著一個人」中的「左邊」與「後面」，我們說，這時候它還是名詞，屬於表示空間的名詞，它表示的不是方位，而是空間或者處所，因此不叫方位詞，方位詞必須要跟能表示方位參照物的詞組成方位短語才能表方位，也就是說，只有處在方位短語中表示方位的詞才叫方位詞，方位詞是不能獨立充當句法成分的關係詞。

核心成分詞中的動詞不包括傳統動詞類別中的能願動詞和趨向動詞：一方面，我們把傳統所稱的能願動詞從動詞中分離出來，使之歸入副詞成為副詞中的一個小類，稱為「能願副詞」，因為在句法結構中，傳統所稱的能願動詞只能作狀語，不能作別的成分，這與副詞的語法功能完全一致，而傳統語法只是將其類比於英語的「助動詞」才將其稱為「能願動詞」的；另一方面，我們讓傳統所稱的趨向動詞從動詞中獨立出來，作為輔助成分詞的一個獨立小類，就稱為「趨向詞」，因為它只能充當補語這樣一種句法成分。

核心成分詞中的形容詞不包括傳統形容詞類別中的「非謂形容詞」，因為漢語的形容詞之所以能稱為「核心成分詞」，就是因為它能夠充當謂語，我們把這類不能作謂語而只能作定語的「非謂形容詞」從形容詞中獨立出來，也作為輔助成分詞的一個小類，稱為「區別詞」。

外圍成分詞中的擬聲詞（或稱象聲詞），傳統上都把它看作虛詞，但由於它幾乎可以充當各種句法成分（參見本書第 14 節「漢語的外圍成分詞：代詞、數詞、擬聲詞」），理當歸入成分詞一類。但由於它在功用上只是側重於形象地描摹聲音，並不表示一般的抽象概括意義，故不便歸入核心成分詞，因此而列入外圍成分詞。根據同樣的理由，代詞在功用上只是側重於指稱，數詞在功用上只是側重於記數，並不表示一般的概括意義，也不便歸入核心成分詞，故而列入外圍成分詞。

根據輔助成分詞的定義，輔助成分詞應該是只能充當定語、狀語、補語中的某一種輔助成分的詞。而輔助成分詞中的副詞應該是只能作狀語的詞，但這裏似乎有兩個詞例外，那就是通常認爲「很」和「極」兩個副詞既能作狀語（「很好」，「極好」）又能作補語（「好得很」，「好極了」）。本書認爲，這兩個詞作狀語時表示程度高，相當於「最」，是副詞；作補語時「很」相當於「厲害」，是形容詞，「極」相當於「到了極點」，是動詞。因此這與我們對副詞的定義並不矛盾。根據同樣的理由，如前文所述，輔助成分詞中的「區別詞」（傳統語法中的非謂形容詞）是只能作定語的詞，「趨向詞」（傳統語法中的趨向動詞）是只能作補語的詞。

四、有關「關係詞」細目的補充說明

關係詞的細目也分爲 9 類，它們分別是：屬於依附關係詞的量詞、方位詞、比況詞，屬於聯結關係詞的介詞、連詞、助詞，屬於情態關係詞的動態詞、語氣詞、應歎詞。

其中有些詞的稱謂與傳統的稱謂不一致，有些詞的特定內涵也需要進行解釋。下面分別加以補充說明：

依附關係詞中的量詞其實並不表「量」，而是表計數的單位，本應稱爲「單位詞」，但考慮到它常用在數量短語或指量短語中，考慮到人們對數量或指量稱謂的習慣性，還是保持量詞的稱謂。量詞一般不單獨使用，但有時重疊後卻可以獨立運用，例如「個個」、「件件」，但重疊後不與除了「一」以外的數詞搭配使用，例如只能說「一個個」、「一件件」，不能說「三個個」、「五件件」，從某種意義上講已經具備了指稱事物的名詞性質，也就是說，我們認爲「個個」、「件件」一類的詞應該看作是名詞，不應該看作是量詞。因爲它們有時

還可以單獨作主語或定語，例如「個個都很高興」（做主語）、「件件衣服都很雅致」（作定語），這顯然是名詞的功能屬性，嚴格意義上的量詞是不能獨立充當句子成分的。

聯結關係詞中的介詞很像是與依附關係詞性質相同，因為比照依附關係詞的量詞、方位詞、比況詞可以構成「量詞短語」、「方位詞短語」、「比況詞短語」來看，介詞可以構成以含有它的名稱作為命名依據的「介詞短語」。然而介詞在句法結構中與連詞和助詞又有本質上的共性特徵，即它們都有雙向的聯結功能，介詞往往存在於「動＋介＋賓」或者「介＋賓＋動」這兩類語言環境當中：在「動＋介＋賓」結構中介詞可以跟前邊的動詞聯結而成為「動介短語」，然後再帶賓語，起著雙向聯繫「賓」與「動」的關係的作用；而在「介＋賓＋動」結構中則可以先構成「介賓短語」的結構形式再整體作後面動詞的狀語，事實上，介詞還是起著雙向聯繫「賓」與「動」的關係的作用。

聯結關係詞中的助詞與傳統分類的助詞也不一致，它僅僅指傳統助詞類別中的結構助詞，傳統所稱的比況助詞，我們將它獨立出來，成為「依附關係詞」中的一個小類，直接稱為「比況詞」，因為它可以構成以含有它的名稱作為命名依據的比況短語。而傳統助詞類別中的動態助詞和語氣助詞，我們也讓它們獨立出來，分別成為情態關係詞的一個小類，分別稱為「動態詞」和「語氣詞」，使之與「應歎詞」形成鼎立之勢，各自效力於句法情態關係的一個領域。

至於情態關係詞中的動態詞、語氣詞、應歎詞這三類詞的各司其職表現為：動態詞表示的是動作行為進程的狀態，它必須緊承於表動作行為的詞語之後，「他走下了樓梯」中的「了」是動態詞，「他走下樓梯了」中的「了」就是語氣詞；語氣詞表示的是某個較獨立的語言單位在交際時的情態，因此它總是附著在句子、分句和某個較獨立的句法成分之後，並且語氣詞之後大多有語音停頓；應歎詞則完全是獨立地表示應答或感歎的情態，因此通常獨立成句或作句子的獨立成分，而絕不用於句中或句末。例如「啊，她也跟著啊了一聲啊。」這一句中開頭一個「啊」是應歎詞，句中的「啊」是擬聲詞，句末的「啊」是語氣詞。

綜上所述，本書提出了劃分漢語詞類的純語法功能的分類標準，並對漢語的單詞從純語法功能的角度作了多層面的劃分和闡釋，所分立的 18 種詞類可以看作是本書的試探性結論。以下各節將分別闡述各類成分詞與各類關係詞的內部分類及其深層次的語法屬性。

12. 漢語的核心成分詞之一：名詞、形容詞

核心成分詞是指能單獨充當主語、謂語、動語、賓語、中心語等某種核心句法成分的詞，它們是漢語中最常用的必不可少的基本成分詞。核心成分詞包括名詞、形容詞、動詞三類，下面將分別討論這三類核心成分詞的內部類型和語法特徵，本節先來關注名詞與形容詞。

一、名詞

1、名詞的內部分類

名詞是表示稱謂範疇的詞，所以通常又把名詞所表示的概念叫做名稱，在這個意義上，把名詞看作是「名稱詞」的縮語也是可以的。名詞根據其所表示的範疇意義，可以大別為表示人或事物的與表示時間空間的兩類，前者可以稱為「一般名詞」，後者可以稱為「特殊名詞」。「一般名詞」內部又含「普通名詞」和「專有名詞」兩類，「特殊名詞」內部又含「時間名詞」和「空間名詞」兩類。漢語名詞的內部分類如下圖所示：

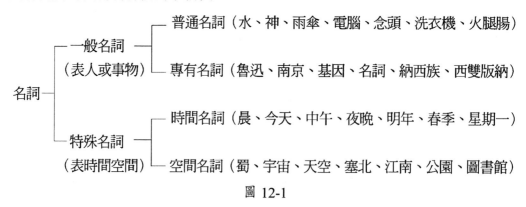

圖 12-1

2、關於名詞內部分類的幾點說明

（1）名詞內部的一級分類屬於語法分類，一般名詞與特殊名詞有著本質不同的語法特徵（詳見後文「名詞的語法特徵」）

（2）名詞內部的二級分類不屬於語法分類，所分四類之間雖大體可分，但又互有交叉。這具體表現在如下幾點：

其一，專有名詞是指一些專用的人名、地名、族明、朝代名等等，以及各個專業領域的專業術語或專門稱謂。由於用漢字書寫的漢語單詞並沒有像拼音文字那樣將專有名詞開頭要大寫的習慣，所以區分「專有名詞」與「普通名詞」在漢語語法學上意義不大。

其二，凡不屬於專有名詞的一般名詞，都可視爲普通名詞。有些專業術語已經進入到了日常交際領域，比如物理學的「壓力」、生物學的「遺傳」、文藝學的「獨角戲」、數學的「百分比」等已經無法劃清專有名詞與普通名詞的界線了。

其三，有些詞在甲語境中屬於表事物的一般名詞，在乙語境中又屬於表空間的特殊名詞，例如：「動物園」一詞，在「郊區有個動物園」一句話中是表事物的一般名詞，因爲它僅僅表示一般事物的稱謂，並不表示具體空間；而在「咱們明天動物園見面」一句話中則是表空間的特殊名詞，因爲它不僅僅是在表示事物的稱謂，更主要的是在表示某個具體空間。

其四，傳統語法學中的「特殊名詞」還含有「方位名詞」一類，這裏不列此類的原因是：因爲它通常只能以構成方位短語的形式來充當句法成分，而不能單獨充當主語、謂語、動語、賓語、中心語等某種核心句法成分，所以不屬於核心成分詞。因此將其從名詞類別中剝離出去，獨立成爲一類就叫做「方位詞」，歸入關係詞的大類中（詳見後敘）

其五，有些詞在甲語境中屬於表空間的「空間名詞」，那它就屬於成分詞，而在乙語境中又屬於表方位的「方位詞」，那它就屬於關係詞了。例如：「上面」一詞，在「上面塗了一層油」一句話中是表空間的「空間名詞」，因爲它獨立充當了主語，沒有構成方位短語；而在「桌子上面有本書」一句話中則是表方位的「方位詞」，因爲它沒有獨立充當句子成分，而是與參照物「桌子」一詞構成方位短語之後再整體作句子成分。

3、名詞的共性語法特徵

無論是一般名詞，還是特殊名詞，通常都具有如下幾個語法特徵：

（1）名詞通常可以受數量短語的修飾。例如：

普通名詞：（兩杯）水、（一尊）神、（三把）雨傘、（五根）火腿腸

專有名詞：（一個）魯迅、（一個）南京、（三種）基因、（兩類）名詞。其中的「專名」因為是唯一的，故只能加「一個」；「術語」則不受限制。

時間名詞：（一個）春季、（兩個）中午、（三個）夜晚。有些需要對舉來說：一個晨一個昏、一個今天一個明天

空間名詞：（兩個）盆地、（三個）公園、（四個）圖書館。其中具有「專名」性質的空間名詞，也只能加「一個」，例如：一個京一個滬、一個塞北、一個江南

（2）名詞通常不能受「很」、「不」等副詞的修飾。例如：

不能說：很雨傘、很名詞、很中午、很天空、很西雙版納……

也不能說：不火腿腸、不基因、不夜晚、不明天、不圖書館……

注意：像「這個人很神」的「神」和「他的生意不火」的「火」一類用法，本來是名詞的「神」和「火」都已經屬於活用作形容詞了，不必再以名詞看待。

（3）名詞通常不能重疊使用。例如：

不能說：水水、雨傘雨傘、中中午午、明明天天……

注意：「人人」、「天天」、「家家」、「戶戶」等詞確實是在重疊使用，但這種重疊用法可當作是量詞的重疊用法看待，因為它們在重疊以後已經不是原來的名詞意義了，而是表示「每個人」、「每一天」、「每一家」、「每一戶」的意思了。另外有些「糖糖」、「花花」、「毛毛」、「鉤鉤」、「杆杆」、「壩壩」等說法，要麼屬於幼稚兒童用語，要麼屬於某些方言（比如四川方言）用語。至於「爸爸」、「媽媽」、「哥哥」、「姐姐」等本身就是一個雙音節的單詞，也不必看作是「爸」、「媽」、「哥」、「姐」的重疊用法。

（4）名詞前面大多能加介詞構成介賓短語。例如：

普通名詞：把水、將雨傘

專有名詞：對魯迅、向南京

時間名詞：把今天、在春季

空間名詞：對宇宙、在江南

（5）名詞一般不能作補語，也不能帶賓語。因為不能，就不再舉例了。

4、名詞的個性語法特徵

一般名詞與特殊名詞，在能否直接獨立作狀語這個語法特徵上又有本質不同，這也正是特殊名詞之所以「特殊」之處。具體來說：

（1）一般名詞（普通名詞、專有名詞）通常不能作狀語。只有極個別的可以作狀語，那只能看作是特例，例如：「我們應該歷史地看待這個問題」一句中的「歷史」就充當了狀語。

（2）特殊名詞（時間名詞、空間名詞）有時卻可以作狀語。例如：

① 時間名詞經常作狀語：〔今天〕〔中午〕你到我這裏來一下。運動會〔明年〕〔春季〕舉行。

② 空間名詞有時作狀語：我們〔塞北〕七日遊。咱們一會兒〔公園〕見。

二、形容詞

1、形容詞的內部分類

形容詞是表示性質狀貌的詞，若將其稱為「性狀詞」也並無不可，由於傳統語法沿用「形容」二字命名，也就不必過於較真。因為「形容」的古義是指人的形體容貌神色等，將其引申到語言表述方面，今義是指對事物的形象或性質加以描述，這也正合形容詞的本質屬性。於是我們也可以理解為：形容詞是對事物的狀貌或性質加以描述的詞。

形容詞既可以用來修飾名詞（例如：晴朗的天空），對事物概念加以描述，又可以用來修飾動詞（例如：迅速發展），對動作行為加以描述。當它修飾名詞時，既可以用在名詞之前，以定語的身份對事物概念作限制性描述（例如：晴朗的天空），也可以用在名詞之後，以謂語的身份對事物概念作陳述性描述（例如：天空晴朗）；當它修飾動詞時，既可以用在動詞之前，以狀語的身份對動作行為作限制性描述（例如：迅速發展），也可以用在動詞之後，以補語的身份對動作行為作補充性描述（例如：發展得迅速）。

根據形容詞所表示的語法性質，可以大別為「自身不含程度意義的形容詞」與「自身包含程度意義的形容詞」兩類，前者可以稱作「一般形容詞」，後者可以稱作「特殊形容詞」。「一般形容詞」內部又包含「單音節的」和「一般雙音節的」兩類，「特殊形容詞」內部又包含「特殊雙音節的」和「多音節的」兩類，詳見下面的圖示：

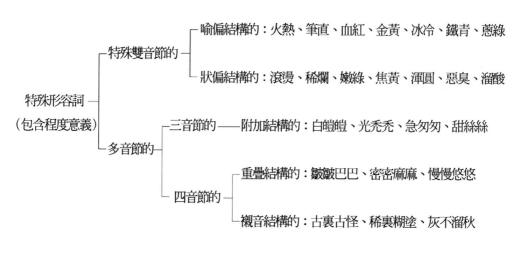

圖 12-2

2、關於形容詞內部分類的幾點說明

（1）形容詞內部的一級分類屬於語法分類，一般形容詞與特殊形容詞有著本質不同的語法特徵，那就是：「一般形容詞」自身不含程度意義，而「特殊形容詞」自身包含程度意義。

（2）形容詞內部的二級分類不屬於語法分類，而是依據音節數量及性質分為單音節形容詞、一般雙音節形容詞、特殊雙音節形容詞、多音節形容詞四類，其中「單音節形容詞」和「一般雙音節形容詞」屬於「一般形容詞」；而「特殊雙音節形容詞」和「多音節形容詞」屬於「特殊形容詞」。

（3）所謂「一般形容詞」就是自身不含程度意義的形容詞，正因為它本身不含程度差異、故可以用程度副詞來修飾；所謂「特殊形容詞」就是自身包含程度意義的形容詞，正因為它本身已經含有程度差異、因此就沒有必要再用程度副詞來修飾。所謂「一般雙音節形容詞」與「特殊雙音節形容詞」的本質區別也在這裏，例如：可以說「很乾淨」或者「不粗糙」，卻沒有必要說「很火熱」或者「不滾燙」。

（4）「特殊雙音節形容詞」內部又包含兩種結構形態：其一是「喻偏結構」的雙音節形容詞，所謂「喻偏結構」是指前一個語素表比喻意義的偏正式的合

成詞，例如：「火熱」是指像火那樣熱，「冰冷」是指像冰那樣冷；其二是「狀偏結構」的雙音節形容詞，所謂「狀偏結構」是指前一個語素表狀態意義的偏正式的合成詞，例如：「滾燙」是指呈翻滾沸騰狀態那樣的燙，「焦黃」是指呈被燒烤得焦糊狀態那樣的黃。

（5）「多音節形容詞」是指三音節及其以上音節數目的形容詞。其中三音節的形容詞是由一個單音節的實語素（根詞語素或詞根語素）附綴一個雙音節的虛語素（詞綴語素）構成的附加式合成詞，例如：乾巴巴、臭烘烘等；其中四音節的形容詞又含有重疊式（AABB 式）和襯音式（A 裏 AB 式或者其它格式）等不同形態，例如：吞吞吐吐、囉裏囉唆等。

3、形容詞的語法特徵

（1）自身不含程度意義的一般形容詞的語法特徵

其一，一般形容詞能受程度副詞修飾。例如：很多、非常遠、特別緊、十分幼稚、相當粗糙

其二，一般形容詞能用「不」來否定。例如：不少、不近、不丑、不重要、不乾淨、不誠懇

其三，一般形容詞大多可以重疊，單音節的可以重疊成「AA 式」，雙音節的可以重疊成「AABB 式」。例如：高高、紅紅、甜甜、乾乾淨淨、誠誠懇懇、肮肮髒髒、破破爛爛

（2）自身包含程度意義的特殊形容詞的語法特徵

其一，特殊形容詞不受程度副詞的修飾。例如，不必說成：很筆直、特別嫩綠、非常光禿禿、十分古里古怪

其二，特殊形容詞不能用「不」來否定。例如，不應說成：不筆直（說「不直」就行了）、不急匆匆（說「不急」就行了）、不整整齊齊（說「不整齊」就行了）

其三，雙音節的特殊形容詞一般不能重疊成「AABB 式」，卻可以重疊成「ABAB 式」。例如，不能說成：金金黃黃、稀稀爛爛；卻可以說成：金黃金黃、稀爛稀爛。

最後需要說明的是，這裏對形容詞的內部分類沒有採用目前一些漢語語法論著中的分法，即將漢語的形容詞大別爲性質形容詞和狀態形容詞兩類，

這也正是本書對形容詞語法功能屬性認識的與眾不同之處。因為「性質」和「狀態」既不是語法功用，也不是語法能力，換句話說，它們跟語法無關，更何況二者之間的界限也很難劃清，除非你去一個詞一個詞地認定哪個表性質，哪個表狀態，這可能嗎？更何況即便是分清了，對於學習語法，對於學習語言規則，也是毫無用處。於是本書採用「是否含有程度意義」作為形容詞內部分類的標準，這就如同印歐語系語言的形容詞要分級一樣，能夠體現形容詞自身的語法屬性。

13. 漢語的核心成分詞之二：動詞

核心成分詞是指能單獨充當主語、謂語、動語、賓語、中心語等某種核心句法成分的詞，它們是漢語中最常用的必不可少的基本成分詞。核心成分詞包括名詞、形容詞、動詞三類，上一節分析了名詞與形容詞的內部類型和語法特徵，這一節來談談動詞。

一、動詞內部的範疇分類

動詞是表示行為範疇的詞，若將其稱為「行為詞」也並無不可，而傳統語法一直沿用「動詞」的名稱，這也是人們所喜聞樂見的稱謂。因為「動」這個字的意思也很寬泛，它不僅僅是指「行為動作」的意思，還包括「使用，使起作用」的意思（例如：動筆、動手、動腦筋），也包括「使改變事物原來的位置或狀態」的意思（例如：挪動、改動、推動），甚至包括「人的心理、情感發生某種變化」的意思（例如：動人、感動、激動），這些都是合乎動詞的本質屬性的。

根據動詞所表示的範疇意義的語法屬性，可以大別為「表示行為、心理、使令、存現等意義的」與「表示判斷、確認、比喻、引導等意義的」兩類，前者可以稱作「一般動詞」，後者可以稱作「特殊動詞」。於是，「一般動詞」內部就包含「行為動詞」、「心理動詞」、「使令動詞」和「存現動詞」四類，「特殊動詞」內部就包含「判斷動詞」、「確認動詞」、「比喻動詞」和「引導動詞」四類。詳見下面的圖示：

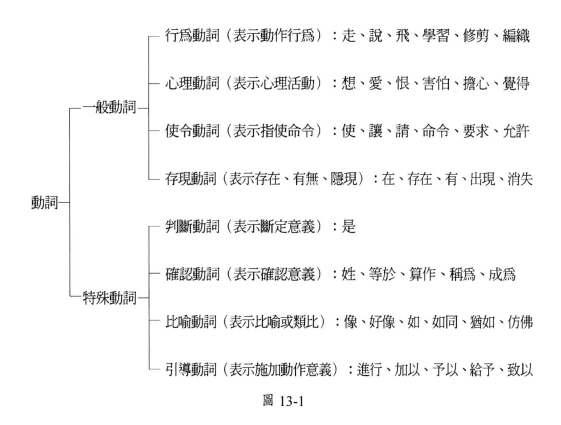

圖 13-1

二、動詞內部的功能分類

以上分類屬於動詞的範疇類型，是根據它所表示的行為範疇的不同所劃分的類。動詞是語言中最主要的一種核心成分詞，它還可以根據「動賓關係」的語法特點劃分出不同的語法功能類型。這主要可以大別為「能夠帶受事賓語的動詞」與「不能帶受事賓語的動詞」兩類，前者可以稱作「及物動詞」，後者可以稱作「不及物動詞」。漢語的及物動詞內部又包括「單賓動詞」與「雙賓動詞」兩類，不及物動詞內部又包括「絕賓動詞」、「容賓動詞」與「自賓動詞」三類。詳見下面的圖示：

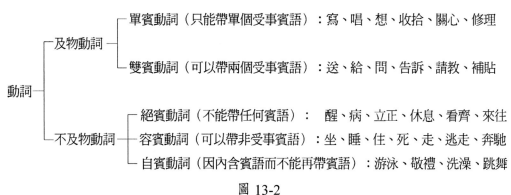

圖 13-2

　　由上圖可以看出，由於動賓關係的不同，漢語的動詞可以分為單賓動詞、雙賓動詞、絕賓動詞、容賓動詞、自賓動詞等類型，這些都屬於動詞的語法功能分類。

　　所謂「單賓動詞」就是只能帶單個受事賓語的動詞，這裏所說的「單個受事賓語」不一定是單個的事物。例如「寫」這個動詞，可以說「寫字」，這裏的「字」屬於單個一類的事物；但也可以說「寫中文與英文」、「寫散文和小說」，這裏的「中文與英文」、「散文和小說」則都屬於兩個不同的事物，然而「中文與英文」、「散文和小說」卻都是以聯合短語的身份整體充當動詞「寫」的賓語，也就是說，「寫」這個動詞所帶的賓語仍然是單個的受事賓語。

　　所謂「雙賓動詞」就是可以帶兩個受事賓語的動詞，這裏所說的「兩個受事賓語」是指兩個賓語之間不存在語法聯繫的情形。例如「問」這個動詞，可以說「問他們」，也可以說「問一個問題」，這裏的「他們」或者「一個問題」都屬於單個的受事賓語；但還可以說成「問他們一個問題」，這裏的「他們」與「一個問題」這兩個受事賓語都分別同動詞「問」構成動賓關係，但這兩個賓語之間卻不存在語法關係，這樣的兩個賓語就叫「雙賓語」，能夠帶這樣兩個受事賓語的動詞，就叫做「雙賓動詞」。需要指出的是，「雙賓動詞」不一定在任何語境中都要帶上兩個賓語，它們也是可以經常只帶一個賓語的，例如「問他們」或者「問一個問題」，但我們不能否認「問」是雙賓動詞，只要它「可以」帶或者「能夠」帶雙賓語，即便有時候沒有帶雙賓語，它也是雙賓動詞，這就好像一個生育有子女的女性就可以成為「母親」，不管她上街的時候是否帶上自己的孩子，你都不能否認她是一個母親。

　　所謂「絕賓動詞」就是不能帶任何賓語的動詞，也就是說它的後邊不能銜接任何支配對象，如果在它後邊還有什麼成分詞語的話，那麼通常是對它加以補充說明的成分，充當它的補語，而不是充當它的賓語。例如：「醒過來」、「病了很久」、「休息一下」等，這裏的「過來」、「很久」、「一下」等詞語都是前面動詞的補語，而不是賓語。

　　所謂「容賓動詞」跟「絕賓動詞」正好相反，它可以帶賓語，只是不能帶受事賓語，也就是說，它是可以帶非受事賓語的動詞。所謂「受事」就是接受支配的意思，賓語能接受動詞的支配，就叫受事賓語，例如「殺了一頭牛」，作

爲賓語的「一頭牛」要承受「殺」這一動作行爲，也就是說「一頭牛」被「殺」了，故而「一頭牛」爲「受事賓語」，「殺」是及物動詞；而「死了一頭牛」則不同，作爲賓語的「一頭牛」是「死」的主體，也就是說不是「一頭牛」被「死」了，而是一頭牛死了，故而「一頭牛」非但不是「受事賓語」，而是「施事賓語」，「死」是不及物動詞。由此可見，「容賓動詞」不是不能帶賓語，而是可以「容納」非受事賓語的存在，所以說容賓動詞就是可以帶非受事賓語的動詞。

所謂「自賓動詞」就是在詞法範疇內已經含有動賓關係，而在句法範疇內不能再帶賓語的動詞，因此它是可以擴展爲動賓短語的動詞。這類動詞都是動賓式的合成詞，它所複合的兩個語素之間存在動賓關係，例如「游泳」、「敬禮」、「洗澡」等，它們都是可以擴展爲動賓短語的，比如說成「游過泳」、「敬了禮」、「洗個熱水澡」等，因爲它們自身的構詞語素內部含有賓語成分，故名爲「自賓動詞」。

三、關於動詞內部分類的幾點說明

其一，動詞的範疇類型內部的一級分類並非語法分類，一般動詞與特殊動詞也沒有什麼本質不同的語法特徵，只是「一般動詞」的四個小類都是開放的類，各類包含的動詞較多，其中最爲豐富的當屬「行爲動詞」，它是漢語動詞的主體，成員眾多。而「特殊動詞」的四個小類都是封閉的類，各類包含的動詞較少，其中最少的當爲「判斷動詞」，在現代漢語中它的典型成員其實只有一個「是」，其他非典型成員，我們都不將其看作是判斷動詞，而將其歸入「確認動詞」之內；除了判斷動詞以外的其他三個小類，成員也都不多，每一類常用的也不過就是一二十個。

其二，動詞的範疇類型內部的二級分類是按照語法範疇分的類，而並非按照語法功能分的類，因爲下文還有專門的語法功能分類，所以動詞的這八類範疇類型也只是爲了區別各類成員的行爲範疇而已。

其三，動詞的功能類型內部的一級分類是典型的語法分類，及物動詞與不及物動詞的劃分是國際上多種語言的慣例，但是漢語的這兩類動詞的劃分標準比較複雜，並非是簡單的「能否帶賓語」的標準，而是以「能否帶受事賓語」爲標準。這一點在上文已經有所涉及，在下文「動詞的語法特徵」一段內還將繼續加以闡釋。

其四，動詞的功能類型內部的二級分類也是獨特的語法分類，由於漢語動賓關係的與眾不同，及物動詞內部又有「單賓動詞」與「雙賓動詞」之分；不及物動詞內部又有「絕賓動詞」、「容賓動詞」和「自賓動詞」之別。這一點在上文已經有所涉及，在下文「動詞的語法特徵」一段內還將繼續加以闡釋。

其五，傳統語法的動詞中還有一類表示可能、必要、意願的動詞，叫作「能願動詞」，例如：能、能夠、願、願意、可、可以、應、應該等詞。而我們這裏所說的動詞屬於「核心成分詞」，考慮到「能願動詞」的語法特徵是「一般只能做狀語，不做其他成分」，這不符合我們對「核心成分詞」的界定，再加上它的其他語法特點與副詞有共性，故將其歸入「輔助成分詞」中的副詞，作爲其中的一個小類，稱爲「能願副詞」，具體內容詳見下文。

其六，傳統語法的動詞中還有一類表示動作行爲的**趨勢**或**方向**的動詞，叫作「趨向動詞」，例如：來、去、起來、下去、上來、過去、出來、出去等詞。而我們這裏所說的動詞屬於「核心成分詞」，考慮到「趨向動詞」的語法特徵是「一般只能做補語，不做其他成分」，這也不符合我們對「核心成分詞」的界定，故將其獨立成爲一類，歸入「輔助成分詞」中，就稱作「**趨向詞**」，具體內容詳見下文。當然如果這些詞在表達時不是表示**趨向**，而是表示實實在在的動作行爲，比如「他來了」、「他剛起來」，那麼就不是趨向詞，而應看作是行爲動詞。

四、動詞的語法特徵

由於漢語的動詞十分複雜，各類動詞的語法特徵又有許多不同之處，不便高度綜合概括，只能分門別類地加以舉例說明。

1、行爲動詞的語法特徵

行爲動詞是表示人或事物的動作行爲的動詞，它的主要語法特徵有如下四點：

其一，行爲動詞大多可在前邊出現「來」、「去」等動詞，構成「來 V」或「去 V」的形式，有些還可構成「V 來 V 去」的形式（V 代表動詞）。例如：來散步、去游泳、來上班、去旅遊、走來走去、說來說去、學習來學習去、編織來編織去……

其二，單音節的行為動詞大多可以重疊成「AA」、「A一A」、「A了A」、「A了一A」等形式。例如：走走、走一走、說了說、說了一說……

其三，雙音節的行為動詞可以重疊成「ABAB」的形式。例如：學習學習、修剪修剪、編織編織……

其四，行為動詞大多能受時間副詞「正、在、正在」的修飾。例如：正走著、在說呢、正在飛、正在學習、在修剪呢……

2、心理動詞的語法特徵

其一，心理動詞是表示人的心理活動的動詞，它們都能帶賓語，主要有以下三種情況：

（1）「愛憎類」心理動詞。這類心理動詞既能帶名詞性賓語，又能帶動詞性賓語、形容詞性賓語以及主謂短語形態的賓語，諸如：愛、熱愛、怕、懷疑、討厭、擔心、羨慕、贊成、同意、喜歡……例如：愛自然／愛勞動／愛乾淨，怕風／怕中暑／怕繁瑣，喜歡小孩／喜歡思考／喜歡清靜……

（2）「賞憐類」心理動詞。這類心理動詞只能帶名詞性賓語，不能帶動詞性或形容詞性賓語（包括主謂短語作賓語），諸如：欣賞、疼、疼愛、想念、感動、崇拜、領略、尊重、尊敬、敬重、同情、體貼、關心、信任……例如：欣賞照片、疼愛孫子、感動大家、尊重他人、同情弱者、信任對方……

（3）「意願類」心理動詞。這類心理動詞只能帶動詞性或形容詞性賓語（包括主謂短語作賓語），不能帶名詞性賓語，諸如：感覺、感到、覺得、認為、以為、樂意、希望、決意……例如：感覺震動／感覺孤獨／感覺天要下雨，認為可行／認為正確／認為此理不通，希望成功／希望幸福／希望你不要走……

其二，應注意的是表心理的動詞與表心理狀態的形容詞的區分，不要將表心理狀態的形容詞誤判為心理動詞。其識別方法如下：

（1）表心理狀態的形容詞可以在前邊加上以「很」為代表的程度副詞，卻不能在後邊帶賓語。例如：開心、興奮、愉快、快樂、驕傲、大膽、貪心、傷心、粗心、狂妄、急躁、謹慎、樂觀……這些詞前邊都能加「很」，後邊都不能帶賓語。

（2）表心理活動的動詞既能在前邊加上以「很」為代表的程度副詞，又能在後邊帶賓語。例如：懷疑、討厭、羨慕、感動、崇拜、同情、體貼、激動、

滿足……這些詞前邊也都能加「很」，然而後邊還都能帶賓語，比如說成「懷疑對方」、「激動人心」等。因此不要見到前邊能加程度副詞的就認為是形容詞，還要看一看它是否能帶賓語，形容詞是不能帶賓語的。

3、使令動詞的語法特徵

使令動詞是表示人的指使、命令的動詞，它的主要語法特徵表現在如下兩方面：

其一，表示促成意義的使令動詞。這類使令動詞能致使其賓語（兼語）再產生某種動作行為或性狀，但發生該動作的主體不參與兼語的動作行為或性狀。例如：

① 勸──我勸他出錢（我勸他，他出錢，我不出錢）

② 打發──你打發孩子回家（你打發孩子，孩子回家，你不回家）

類似的詞還有：奉勸、囑託、選拔、推薦、推舉、撫育、派、選派、制止、強迫、敦促、致使、任命、指定、指使、委派、派遣、委託、令、命令、傳喚、請、請求、要、使、求、逼、崔……

其二，表示陪伴意義的使令動詞。這類使令動詞能伴隨其賓語（兼語）再產生某種動作行為，並且發生該動作的主體也參與兼語的動作行為。例如：

③ 攙──我攙他上樓（我攙他，他上樓，我也上樓）

④ 陪伴──你陪伴他們遊覽（你陪伴他們，他們遊覽，你也遊覽）

類似的詞還有：扶、攙扶、押、陪、陪伴、押送、率領、領、引、拖、幫、帶、帶領、邀、邀請……

4、存現動詞的語法特徵

存現動詞是表示人或事物存在、有無、隱現的動詞，它的主要語法特徵有如下兩點：

其一，存現動詞能帶表示存在、出現或消失事物的存現賓語。例如：

① 教室前面有黑板。（存現動詞「有」帶存現賓語「黑板」）

② 天上出現了烏雲。（存現動詞「出現」帶存現賓語「烏雲」）

其二，存現動詞前有表事物存現處所的存現主語，其構成如下格式：

存現主語（處所詞語） ＋ 存現動詞 ＋ 存現賓語。例如：

① 教室前面（處所詞語）有（存現動詞）黑板（存現賓語）。

② 天上（處所詞語）出現（存現動詞）了烏雲（存現賓語）。

5、判斷動詞的語法特徵

判斷動詞是表示斷定意義的動詞，雖然它在現代漢語中只有一個詞「是」，但它的語法特徵卻是多方面的：

其一，判斷動詞只能作謂語或者動語（如：「這裏就是」、「他是中國人」），不能作其他成分。這裏說的「動語」是指帶有賓語的動詞性成分，詳見後文。

其二，判斷動詞常帶判斷賓語，但一般不能帶動態助詞（著、了、過）。例如不能說成：「他是了中國人」，「床是過木頭的」。

其三，現代漢語中的「是」的用法比較微妙，使用中可以有多種語法功能，有時是判斷動詞，有時不是判斷動詞。這主要有如下六種情形：

（1）用「是」表示等同。「是」的前後成分一般可以互換，而基本意思不變。例如：

① 中國的首都是北京。

② 《阿 Q 正傳》的作者是魯迅。

③ 朝鮮就是北韓。

④ 農曆五月初五是端午節。

也可以說成：魯迅是《阿 Q 正傳》的作者。　北韓就是朝鮮。

（2）用「是」表示歸類。這類意思的「是」，它的前後成分不能互換，「是」的後邊詞語表示「類」，「是」的前邊詞語表示「某類的成員」。例如：

① 他是一個黑人。

② 巴金是四川成都人。

③ 她是一個溫柔美麗的姑娘。

④ 蠶絲是一種高級纖維。

不可以說成：四川成都人是巴金。一個溫柔美麗的姑娘是她。

（3）用「是」表示特徵或有關情況。這類意思的「是」，它的前後成分不能互換，「是」的後邊詞語表示「是」的前邊詞語的特徵、質料、情況等。例如：

① 這孩子是雙眼皮。

② 這條項鏈是純金的。

③ 他是 90 分，我是 85 分。

④ 上午是漢語，下午是英語。

不可以說成：雙眼皮是這孩子。90 分是他。

（4）用「是」表示存在。這類意思的「是」，已經不是嚴格意義上的判斷動詞了，它可以用「有」來替換，可以看作存現動詞。例如：

① 後面是一座山。

② 村外是稻田。

③ 葉子底下是脈脈的流水。

④ 處處是急流險灘。

這些都符合「處所詞語 + 存現動詞 + 存現賓語」的存現句格式。

（5）用「是」表示暗喻。這類意思的「是」，也已經不是嚴格意義上的判斷動詞了，它可以用「像」來替換，可看作比喻動詞。例如：

① 雜文是投槍，是匕首。

② 事實就是科學家的空氣。

③ 孩子是祖國的花朵。

④ 黃河是中華民族的搖籃。

這些句子內的「是」都是表比喻的，都可以用「像」來替換。

（6）用「是」表示強調。這類意思的「是」，也已經不是嚴格意義上的判斷動詞了，它多用在謂語之前，即使省去也不影響基本意思，可看作表強調的副詞。例如：

① 他是來過。

② 天氣是熱了。

③ 他是打過仗。

④ 我是想不起來了。

第一句的「是」用在動詞之前，第二句的「是」用在形容詞之前，第三、四句的「是」用在動詞短語之前，這些「是」都表強調，都有「確實」的意思。

綜上所述，前三種用法的「是」屬於判斷動詞，後三種用法的「是」分別屬於存現動詞、比喻動詞和副詞。

6、確認動詞的語法特徵

確認動詞是表示確定、認知意義的動詞，常用的有：姓、等於、算作、稱爲、成爲等爲數不多的十來個，其語法特徵主要有二：

其一，一般只作動語，不作其他成分。這裏說的「動語」是指帶有賓語的動詞性成分，詳見後文。

其二，常帶確認賓語，說成「姓什麼、等於什麼、算作什麼、稱爲什麼、成爲什麼」。例如：

① 他姓王。

② 二加二等於四。

③ 這些禮物算作答謝。

④ 賓語的支配成分稱爲動語。

⑤ 她成爲大學生。

…………

7、比喻動詞的語法特徵

比喻動詞是表示比喻或類比意義的動詞，常用的有：像、好像、好比、如、如同、猶如、彷彿等爲數不多的十餘個，其語法特徵主要有二：

其一，一般只作動語，常帶比況賓語，說成「像什麼、好像什麼、好比什麼、如什麼、如同什麼、猶如什麼、彷彿什麼」。例如：

① 他的話像一股甘泉。

② 女孩好像一枝花。

③ 寫文章好比蓋樓房要先有圖紙。

④ 甜如蜜。

⑤ 他們如同親兄弟。

⑥ 上網猶如逛商場。

⑦ 黃河彷彿九曲迴腸。

…………

其二，常與比況助詞（似的、一樣、般、一般）呼應使用，構成「像……一樣」等格式。例如：

① 他的話像一股甘泉一樣。

② 女孩好像一枝花似的。

③ 寫文章好比蓋樓房似的要先有圖紙。

④ 甜如蜜一般。

⑤ 他們如同親兄弟一般。

⑥ 上網猶如逛商場似的。

⑦ 黃河彷彿九曲迴腸似的。

…………

比喻動詞與比況助詞搭配呼應使用，會使表達的比喻意味更加濃厚。

8、引導動詞的語法特徵

引導動詞是表示施加某種動作意義的先導性的動詞，其語法特徵主要有三：

其一，總是用在別的動詞之前起到引導作用，在語義表達上並不表示實在的動作行為，而真正表示動作行為的恰恰是它後邊的動詞。例如：

① 這個問題我們下午進行研究。

② 缺少的人員應當給予補充。

這兩句話中的引導動詞「進行」、「給予」完全可以省略不說，而直接說成：

① 這個問題我們下午研究。

② 缺少的人員應當補充。

可見其在語義表達上並不表示實在的動作意義，只是起到引導對方注意下文的作用。

其二，通常要求帶雙音節動詞作它的賓語，而它的後續動詞應為不帶賓語的及物動詞，不及物動詞不能充當它的賓語。例如：

① 選取典型經驗加以推廣。

② 對大家的工作進行量化。

③ 找出錯誤予以更正。

這幾句話中的引導動詞「加以」、「進行」、「予以」帶的都是雙音節賓語，而且作賓語的後續動詞「推廣、量化、更正」都是不帶賓語的及物動詞。不及物動詞是不能充當引導動詞的賓語的，例如（誤用例）：

加以休息／進行生氣／加以游泳／進行咳嗽……

「休息、生氣、游泳、咳嗽」都是不及物動詞，他們不能充當引導動詞的賓語。

其三，「加以」、「予以」這兩個引導動詞前邊如果有單音節的狀語，它自身就節縮成單音節的「加」或「予」。例如：

嚴加管束／不加考慮／橫加干涉／多加小心……

不予追究／應予重視／已予說明／准予通過……

9、及物動詞的語法特徵

如前所述，及物動詞是指能帶受事賓語的動詞，它的語法特徵主要有如下四種情形：

其一，漢語及物動詞的判別標準並不是「能否帶賓語」，而首先應該是能夠具有動作含義的動詞，像判斷動詞、確認動詞、比喻動詞、引導動詞等特殊動詞都沒有具體的動作含義，儘管它們都能帶賓語，例如：「是中國人」（判斷動詞「是」帶賓語「中國人」）、「稱作農民工」（確認動詞「稱作」帶賓語「農民工」）、「像一塊美玉」（比喻動詞「像」帶賓語「一塊美玉」）、「加以重視」（引導動詞「加以」帶賓語「重視」），但是因為它們都不表示具體的動作行為含義，故都不是及物動詞，因此也可以說「特殊動詞」都不是及物動詞。所以識別及物動詞的第一個標準是有沒有具體的動作含義。

其二，漢語及物動詞是指能夠帶受事賓語的動詞，所謂「受事賓語」是指表示動作承受者意義的賓語，例如：「吃飯」的「飯」承受「吃」的動作（飯被吃了），「騎馬」的「馬」承受「騎」的動作（馬被騎了），這兩例中的賓語「飯」和「馬」都是受事賓語，因此「吃」和「騎」都是及物動詞。然而「走路」的「路」就不是「受事賓語」，因為「路」只表示「走」的空間（在路上走），並沒有承受「走」的動作，故「路」不是受事賓語，「走」也不是及物動詞。所以識別及物動詞的第二個標準是能否帶「受事賓語」，而不是能否帶「賓語」。

其三，能夠帶受事賓語的動詞才是及物動詞，但及物動詞在使用時卻不一定要帶賓語。例如：「吃」和「騎」都是及物動詞，但有時它們卻可以不帶賓語，像「這個菜我不吃」和「他連馬都不騎」這兩句話中的「吃」和「騎」都沒帶賓語，但仍然是及物動詞。這就好比有子女的夫妻才可以稱為「父母」，但父母不一定要經常把子女帶在身邊，沒有帶子女的父母並不喪失父母資格。所以識別及物動詞的第三個標準是「能否」帶受事賓語，而不是「帶沒帶」受事賓語。

其四，及物動詞所能帶的受事賓語有時是一個，有時也可能是兩個，能帶一個受事賓語的及物動詞叫「單賓動詞」，能帶兩個受事賓語的及物動詞叫「雙賓動詞」。

10、不及物動詞的語法特徵

如前所述，不及物動詞是指不能帶受事賓語的動詞，它的語法特徵主要有如下三種情形：

其一，有些不及物動詞不能帶任何賓語，例如：醒、病、比賽、休息、看齊、來往……這一類不及物動詞可以稱作「絕賓動詞」。從這個意義上來說，識別不及物動詞的第一個標準是看它能否帶賓語，凡是沒有能力帶賓語的動詞（絕賓動詞）都是不及物動詞。

其二，有些不及物動詞可以帶非受事賓語，例如特殊動詞中的「判斷動詞」、「確認動詞」、「比喻動詞」、「引導動詞」以及一般動詞中的「存現動詞」（如：在、有、沒有、坐、住、死、走、逃走、出現、消失、奔馳……），這些動詞並不是不能帶賓語，只是不能帶「受事賓語」，我們可以把它們稱作「容賓動詞」。從這個意義上來說，識別不及物動詞的第二個標準是看它能否帶受事賓語，凡是沒有能力帶受事賓語的動詞，儘管它們也可以帶賓語（比如允許賓語存在的「容賓動詞」），但也是不及物動詞。

其三，有些不及物動詞自身可以擴展成為動賓短語，例如：游泳、敬禮、洗澡、握手、跳舞、打仗……可以擴展為「游過泳」、「敬過禮」、「洗了澡」、「握著手」、「跳著舞」、「打了仗」……這類動詞在構詞形態上稱作「離合詞」，它們可離可合，離時為動賓短語，合時為動賓式合成詞，在語法功能上則可以稱作「自賓動詞」，即它自身內部為動賓關係，自身包含有賓語性質的語

素。從這個意義上來說，識別不及物動詞的第三個標準是要識別「自賓動詞」，凡是自身包含有賓語性質語素的「自賓動詞」，因為它內部已經含有賓語成分，外部就不便再帶賓語了，所以不可能屬於及物動詞，只能是不及物動詞。

14. 漢語的外圍成分詞：代詞、數詞、擬聲詞

上兩節論及單詞中的「核心成分詞」，它們能單獨充當主語、謂語、動語、賓語、中心語等某種核心句法成分，包括名詞、形容詞、動詞三類；這一節來討論「外圍成分詞」，外圍成分詞也能單獨充當某種主要句法成分，但它們的語法功用不是表示具體的名稱、行為、性狀，而是在名稱、行為、性狀之外另有側重，或側重於指稱，或側重於記數，或側重於擬聲。因此「外圍成分詞」包括代詞、數詞、擬聲詞三類。

一、代詞

1、代詞的內部分類

代詞是在語言表達中起替代作用的詞，有些可以代稱人或事物等，有些可以代指時間、空間、性狀、方式、範圍等，有些可以代問人或事物、時間、空間、性狀、方式、數量等。也就是說，代詞有「代稱」、「代指」、「代問」三種不同的功能屬性，我們將具有「代稱」功能屬性的詞稱作「稱代詞」，將具有「代指」功能屬性的詞稱作「指代詞」，將具有「代問」功能屬性的詞稱作「疑代詞」，故代詞內部又可分為「稱代詞」、「指代詞」、「疑代詞」三種小的類型。

三個小類代詞的每一種內部又含有若干種更小的類型：「稱代詞」內部含有自稱、對稱、他稱、己自稱、旁稱、通稱等若干類別，「指代詞」內部含有指代事物的、指代時間的、指代處所的、指代性狀的、指代方式的、指代範圍的等若干類別，「疑代詞」內部含有問人的、問事物的、問時間的、問處所的、問性狀的、問方式的、問數量的等若干類別。現分別舉例圖示如下（括號內的詞是與之相對應的文言代詞）：

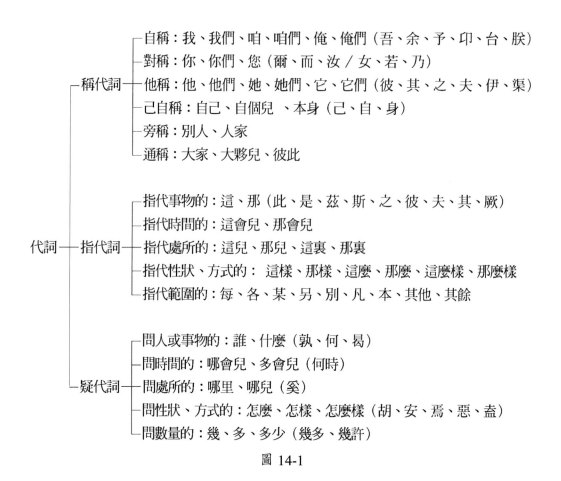

圖 14-1

2、關於代詞內部分類的幾點說明

（1）傳統語法將「稱代詞」稱作「人稱代詞」，但考慮到有些詞並非是用來稱代人的，例如「它」、「它們」或者不一定是用來稱代人的，例如「本身」，故將「人稱代詞」的「人」字略去，稱作「稱代詞」，以突出這種代詞的「稱代」特徵。

（2）「稱代詞」中的「您」與「恁」：「您」用於敬稱對方但不分單複數，可以用「您」稱呼一個人，也可以用「您」稱呼幾個人，敬稱幾個人時不必說成「您們」。另外北京話中還有一個敬稱第三方的「恁」（讀作 tān），但未能得到普及推廣，故本節不收。大概是由於說話人的現場心理所致：站在我面前的對方，我敬稱他為「您」，至於沒有在場的第三方，反正他也聽不到，就直稱作「他」，將敬稱用詞省免了。

（3）傳統語法將「指代詞」稱作「指示代詞」，但考慮到這些代詞側重於「指」，而不側重於「示」，同時也考慮到用三個字以便跟「稱代詞」相呼應，

故將「指示代詞」的「示」字略去，稱作「指代詞」，以突出這種代詞的「指代」特徵。

（4）傳統語法將「疑代詞」稱作「疑問代詞」，但考慮到有時使用這些代詞並不在疑問句中，例如：「他什麼都知道」、「你怎麼說他也不聽」、「誰也沒告訴她」，這三句話中的「什麼」、「怎麼」、「誰」只是表示疑而不確定的意思，並非在發問，同時也考慮到用三個字以便跟「稱代詞」、「指代詞」相呼應，故將「疑問代詞」的「問」字略去，稱作「疑代詞」，以突出這種代詞的「疑代」特徵。

3、代詞的語法特徵

稱代詞、指代詞、疑代詞這三類代詞並沒有共性的語法特徵，只能依據它們各自的「代稱」、「代指」、「代問」的語法功能，分別加以說明。

（1）稱代詞的語法特徵

稱代詞是用來代稱人或事物的稱謂的代詞，它的主要語法特徵有如下幾點：

其一，常作主語、賓語、定語，不作謂語、狀語、補語。

其二，漢語的稱代詞與英語、俄語等印歐語系語言的人稱用法有顯著的不同，那就是它通常沒有性的區別，因為漢語是缺少形態變化的語言，所以「他」、「她」、「它」、「他們」、「她們」、「它們」在口語表達中並無聽覺上的區別，只有在書面上寫成漢字的時候第三人稱才可顯示性的區別，而且就這一點也是「五四」以後模仿西洋語法才出現的，古代漢語並無「他」（文言中的「他」應為「其他」的意思）、「她」、「它」、「他們」、「她們」、「它們」這些稱代詞。

其三，「們」這個字所代表的語素也是「五四」以後模仿西洋語法才出現的，但是它的含義跟西洋語法還是有所不同，那就是它的使用雖然可以表示複數意義，但並不完全是為了表示複數意義，因為自古以來漢語的單複數界限並不嚴格。現代漢語使用「們」字除了表示對西洋語法的模仿之外，「們」還表示非計數形式，例如：可以說「三個學生」，卻不能說「三個學生們」，也就是說加了「們」只表示籠統的多數，並不能表示具體的多數，要表達具體的多數反而不能用「們」了，例如：「五位老師」、「六個朋友」，這樣的表達都不能加「們」。

其四，正因為自古以來漢語的單複數界限並不嚴格，有時漢語稱代詞的單數形式可以表示複數意義，複數形式也可以表示單數意義。例如：「我國、我方、

你處」實際是「我們國家、我們一方、你們那裏」的意思；一些個人獨撰的學術論文中的「我們認為」實際上是「我認為」的意思；而中文外交辭令中的「我提出嚴正抗議」的「我」則是「我們」的意思。

其五，有時，人稱代詞的稱代意義已經異化或消失，往往借助轉換、對舉、互用、遞用等方法，表現為虛化用法。例如：

a. 他一口咬定是我，老和你糾纏不休。（轉換）

b. 他跟我說的千真萬確，不由你不信。（轉換）

以上兩句屬於人稱的轉換，將「我」轉換為「你」，句子中的「你」實際表達的還是「我」的意思，卻使人產生親身受到的感覺。

c. 大家你一句，我一句，說個沒完。（對舉）

這一句屬於人稱對舉，句中的「你」和「我」都不是確切的稱代，只是為了極言其多。

d. 他們倆你望望我，我望望你，誰也沒說什麼。（互用）

這一句屬於人稱互用，句中的「你」和「我」也不是確切的稱代，表示雙方全部在內。

e. 這個消息，你告訴我，我又告訴他，不一會兒就傳開了。（遞用）

這一句屬於人稱「你——我——他」的遞用，同樣不是確切的稱代，而是虛指任何人。

（2）指代詞的語法特徵

指代詞是用來代指事物、時間、空間、性狀、方式、範圍等的代詞，它的主要語法特徵有如下幾點：

其一，代指事物、時間、空間、性狀、方式這五類情形的指代詞都有「近指」和「遠指」之別。它們的基本形態只有兩個詞：一個是「這」表近指，一個是「那」表遠指；其餘的「這裏、這兒、這會兒、這樣、這麼、這麼樣」都是由「這」衍生出來的近指代詞，而「那裏、那兒、那會兒、那樣、那麼、那麼樣」都是由「那」衍生出來的遠指代詞。

其二，指代性狀、方式的（這樣、那樣、這麼、那麼、這麼樣、那麼樣），可以作謂語；指代事物、時間、處所的（這、那、彼、此、這會兒、那會兒、

這兒、那兒、這裏、那裏），一般不作謂語；指代範圍的（每、各、某、另、別、凡、本、其他、其餘），有些常做定語，有些常作狀語，但也都不能作謂語。

其三，指代範圍的「每、各、某、另、別、凡、本、其他、其餘」等在所指的範圍方面又各有側重：「每、各」側重於分指，「某」側重於不定指，「另、別」側重於旁指，「凡、本」側重於原指，「其他、其餘」側重於餘指。

其四，「這、那、此、每、各、某」等在使用時可與量詞或數量短語、疑量短語組合成指量短語。例如，與量詞組合成指量短語的：這件、那雙、此種、每條、各位、某類；與數量短語組合成指量短語的：這兩天、那三年、每一天；與疑量短語組合成指量短語的：這幾樣、那幾箱、某幾次。

（3）疑代詞的語法特徵

疑代詞是用來代問人或事物、時間、空間、性狀、方式、數量等的代詞，它的主要語法特徵有如下幾點：

其一，主要功能是表示詢問、設問、反問等各種方式的疑問：其中問人、事物、處所、時間的，相當於名詞，一般不作謂語；問性狀、方式的，相當於動詞或形容詞，可以作謂語。

其二，問數量的疑代詞，其用法相當於數詞，並且可與量詞組合構成「疑量短語」，例如：幾隻、幾件、多少個、多少斤……

其三，疑代詞還有兩種表示指代的輔助功能，即疑代詞的指代用法：一種是「任指用法」，一種是「虛指用法」：

疑代詞的「任指用法」就是在表達中不表疑問，而用來指代任何人或任何事物，表示沒有例外的意思。例如：

① 誰也不知道他來過沒有。（誰 ＝ 任何人）

② 他人好心好，什麼都好。（什麼 ＝ 任何方面）

③ 他哪兒都不想去。（哪兒 ＝ 任何地方）

④ 他多會兒都忘不了你。（多會兒 ＝ 任何時候）

這種「任指用法」的疑代詞，前邊常可加「無論、不論、不管」一類的詞語，後邊常可加「都、全、也」一類的詞語。

疑代詞的「虛指用法」也是在表達中不表疑問，而用來指代不必說出、不能說出或不願說出的人或事物。運用中有特指和泛指兩種情形，例如：

　　① 不知是誰說了一句。（特指）

　　② 他們還在商量什麼。（特指）

　　這兩句中的疑代詞屬於特指的虛指用法，「誰」指的是因爲不清楚而不能說出的特定的某一個人，「什麼」指的是不必說出或不願說出的特定的表達內容。

　　③ 就是把傢具什麼的變賣了也不夠還賬。（泛指）

　　④ 他給我具體描述了那個人身材怎麼樣，面容怎麼樣，口音怎麼樣。（泛指）

　　這兩句中的疑代詞屬於泛指的虛指用法，「什麼」指的是不必說出的一些可以變賣的東西，「怎麼樣」指的是不願說出的一些具體的身材特徵、面容特徵、口音特徵。

二、數詞

1、數詞的內部分類

　　數詞是在語言表達中用來記數的詞，但是可記的數在理論上是無限多的，因此不能說所有能記數的語言單位都是數詞，那樣的話，數詞就有無數個，一本詞典沒有辦法將無數個數詞收進去，所以，數詞應該是個封閉的詞類，而且它的數量不會很多。

　　那麼，漢語的數詞究竟應該有多少個呢？漢語又不同於某些印歐語系的語言，有基數詞和序數詞兩套記數系統，漢語並沒有專用的序數詞。基數詞和序數詞是相輔相成的兩個概念，既然漢語沒有嚴格意義的「序數詞」，那麼「基數詞」這個概念也就沒有使用的必要了。

　　漢語的數詞可以分爲系數詞、位數詞、系位合詞、數量合詞四個小類：「系數詞」有 13 個：○、一、二、三、四、五、六、七、八、九、十、半、兩；「位數詞」有 6 個：十、百、千、萬、億、兆，其中「十」兼屬系數詞和位數詞，也就是說，「十」既是系數詞又是位數詞；「系位合詞」有 3 個：廿（相當於「二十」）、卅（相當於「三十」）、卌（相當於「四十」）；「數量合詞」有 2 個：倆（相當於「兩個」）、仨（相當於「三個」）。

　　這樣一來，漢語的數詞究竟有多少個就清楚了：一共有 24 個（「十」要算兩個）。現將漢語的 24 個數詞圖示如下：

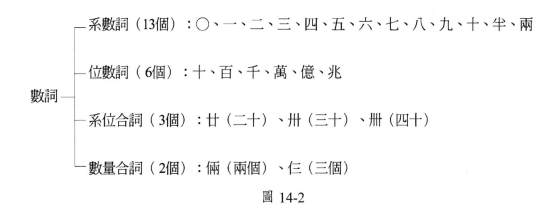

數詞
├─ 系數詞（13個）：○、一、二、三、四、五、六、七、八、九、十、半、兩
├─ 位數詞（6個）：十、百、千、萬、億、兆
├─ 系位合詞（3個）：廿（二十）、卅（三十）、卌（四十）
└─ 數量合詞（2個）：倆（兩個）、仨（三個）

圖 14-2

2、關於數詞內部分類的幾點說明

（1）漢語的數詞只有 24 個，這 24 個數詞當中，最基本的一共 19 個，那就是 13 個「系數詞」與 6 個「位數詞」，至於「系位合詞」與「數量合詞」只是幾個特例而已。漢語所有的數目記錄都是用這 19 個數詞組合而成的，其組合形式稱作「系位結構」，例如：十三、七十五、六百二十一、三千四百九十八……為了記錄無窮盡的數目，漢語理論上應該有無數個「系位結構」，這些「系位結構」不能看作是「數詞」，而應將它們看作是短語，可稱為「數詞短語」。

（2）「零、壹、貳、叁、肆、伍、陸、柒、捌、玖、拾、佰、仟」只是漢語數詞的漢字書面大寫形態，不是另外的數詞；「0、1、2、3、4、5、6、7、8、9」是漢語數詞的阿拉伯數字記寫形態，也不是另外的數詞。

（3）數詞是記錄數目的詞，量詞是記錄數目單位的詞，二者是兩類不同的詞，不應混為一談而稱作「數量詞」，數詞與量詞的組合稱作「數量短語」，不稱作「數量詞」。漢語只有兩個「數量合詞」（倆、仨），但它們屬於數詞，漢語沒必要另立「數量詞」一類。

3、數詞的語法特徵

數詞是用來記錄基本數目、順序數目、分數、倍數、概數的詞，它的主要語法特徵可從如下一些方面來把握：

其一，數詞在記錄基本數目的時候，常同量詞組合，構成數量短語。數詞與量詞的搭配使用是漢語區別於其他語言的一大特點，詳見後文第 16 節對量詞的解說。

其二，數詞在記錄基本數目的時候，有幾個特殊數詞的用法需要注意：

a.「○」──這是一個不能成為「方塊形」的特殊漢字，它是一個特殊的

數詞，表示沒有數目，用來補充百以上數目中的缺位，例如：「一○八」（不應寫成「一零八」或「一０八」）、「三萬○五百二十一」（其中的「○」也不應寫成大寫的「零」或阿拉伯數字的「0」），前一例用「○」來補十位的缺位，後一例用「○」來補千位的缺位。

b.「半」──這也是一個特殊的數詞，它不能單獨表示數目，常用在量詞之前或數量短語之後表示二分之一的數目。例如：「半斤」（用在量詞之前）、「二斤半」（用在數量短語之後）。

c.「兩」──這也是一個特殊的數詞，它相當於「二」又不完全等同於「二」。在表計量單位的量詞之前，可用「兩」也可用「二」（例如：「二尺」也可以說成「兩尺」，「二斤」也可以說成「兩斤」）；在其他量詞之前，一般只可用「兩」不可用「二」（例如：「兩件」不可以說成「二件」，「兩堆」不可以說成「二堆」），但也有例外，「兩位」有時也可以說成「二位」。

d.「兆」──國際上一兆相當於 100 萬，但根據中國傳統記數，「兆」是最大的位數詞，一兆相當於一萬億，因為漢語的記數，在萬位以內是「十進制」，在萬位以外是「萬進制」，萬萬為億，萬億為兆。

關於「億」與「兆」兩個位數詞的來歷，本來「兆」並不是最大的位數，萬以外也不是萬進制，仍然是十進制。據漢代《數術記遺》記載：「數有十等，若言十萬曰億，則十億曰兆，十兆曰京……」該書對大數單位（大的位數詞）的記載共有十個等級：億、兆、京、垓、秭、穰、溝、澗、正、載。按此說法「若言十萬曰億，則十億曰兆」，那麼「兆」還真的等於 100 萬，完全跟國際上的制式一致。按此說法，漢語中最大的位數詞是「載」，若推算下來，則「垓」相當於今天說的「億」，「澗」為萬億，才相當於今天說的「兆」，那麼，漢語中最大的位數詞「載」應該相當於一百萬億。大概是由於這樣記數（十個大數）位數詞太多了的原因，後來就只保留《數術記遺》記載的十個大數中的頭兩個，即「億」與「兆」，並將萬位以外躍升為「萬進制」，便成了萬萬為億，萬億為兆了。

e.「倆」、「仨」的用法：因為它們內含量詞性語素，故只能用於名詞之前，不能再同量詞組合。例如不能說成：「倆位」、「仨個」。

其三，數詞在記錄順序數目（表序數）時的用法。漢語沒有專門的序數詞，表示序數常用以下兩種方法：

a. 用漢語表序數的標誌「第、初（十以內）、老（十以內）」等來表示，例如：第四十三、初九、老三……

b. 直接用基數形式來表序數，例如：「二哥」、「四叔」、「三姑」（表排行），「二月二」、「八月十五」（表月日），「十二樓」、「二路汽車」（表編號），「一、二、三、……」（表列舉）等。

其四，數詞在記錄分數時的用法。

a. 通常形式：幾分之幾

b. 百分數形式：百分之幾、幾個百分點

c. 十分數形式：幾分、幾成

其五，數詞在記錄倍數時的用法。

a. 通常形式：多少倍

b. 級數形式：幾番

c. 適用範圍：只用於增加，不用於減少。例如可以說「增長了二倍」，不能說「減少了二倍」，因為通常說減少都是減到沒有為止，減少一倍就為○了，沒有可能減少二倍。

其六，數詞在記錄概數時的用法。

a. 用兩個數詞相連表示概數的範圍在兩數之間，例如：三五天、七八個、十二三歲……

b. 在數詞後邊加表示約略的詞語「多、來、把、左右、上下」，例如：三十多歲、十來個、百把塊錢、二十左右、六十上下……

c. 在數詞前邊加表示約略的詞語「約、近、成、上」，例如：約十天、近百人、成千上萬……

三、擬聲詞

1、擬聲詞的內部分類

擬聲詞是指摹擬人發出的語音、自然界中物體發出的聲音以及人類社會事件發出的聲音的詞，它的作用是在表達中對所涉及的聲音情態進行描摹，藉以表現聲音的實感性和增強語言的生動性。

擬聲詞在口語中數量眾多，在書面文學語言中也經常碰到，而且從漢語史的發展角度看，它更是源遠流長。從《詩經》中「坎坎伐檀兮」的「坎坎」，楚

辭中「風颯颯兮木蕭蕭」的「颯颯」、「蕭蕭」，到唐詩中「嘈嘈切切錯雜彈」的
「嘈嘈」、「切切」，再至明清以來的口語文學，乃至「五四」以來的白話作品，
數千年沿用，一脈相承，生命力相當持久。

　　擬聲詞是摹擬人或物體發出的聲響的詞，其內部可分別按範疇意義和語法
結構兩個標準加以分類：按擬聲詞的範疇意義，可將其分為「摹擬人聲的」（摹
擬人的語言中夾帶的聲音）和「摹擬物聲的」（摹擬物體或事件發出的聲音）兩
類；按擬聲詞的語法結構，可將其分為「A 式」、「AA 式」、「AB 式」、「AAA
式」、「ABB 式」、「AAB 式」、「ABAB 式」、「AABB 式」、「A 裏 AB 式」、「ABCD
式」等若干種類型。現簡要圖示如下：

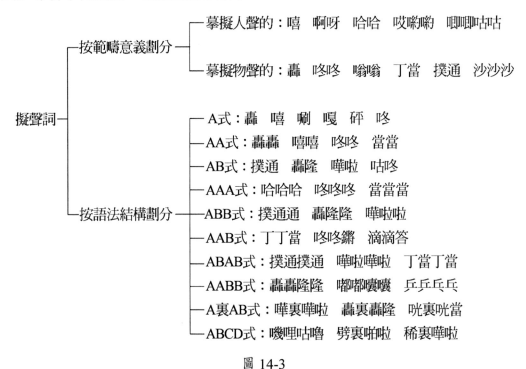

圖 14-3

2、關於擬聲詞內部分類的簡單說明

　　漢語裏的擬聲詞是一種很有生命力和表現力的詞。自然界與社會生活中有
多少種進入人們聽覺的不同聲音，語言中就應當有多少個表現這種聲音的擬聲
詞，因此它的數量是相當豐富的（可參見第 06 節《用獨立完形法構成的單純詞》
中的擬聲詞舉例）。只不過由於方塊漢字的限制，能寫到書面上的擬聲詞是有限
的，口語裏還有大量的擬聲詞是無法用漢字來表示的。上述對擬聲詞的內部分
類，並非語法意義上的分類，只能算是它的外在形態的概覽。

3、擬聲詞的語法特徵

擬聲詞大量地活在口語之中，它的生命力和表現力都是極強的，在表達中適當並且恰當地使用擬聲詞，往往能收到聲情並茂的修辭效果。即便從語法分析的角度來看，擬聲詞也具有功能全面的語法特點，它幾乎可以充當各種句法成分，甚至還能獨立成句，這正是它的主要語法特徵。擬聲詞的語法特徵體現在如下三點：

其一，擬聲詞可以充當單句的各種句法成分，例如：

① 「哎呀」有什麼用？（擬聲詞「哎呀」作主語）

② 船兩旁的水，嘩、嘩、嘩。（擬聲詞「嘩、嘩、嘩」作謂語）

③ 他打著呼嚕。（擬聲詞「呼嚕」作賓語）

④ 我聽著潺潺的水聲。（擬聲詞「潺潺」作定語）

⑤ 狗汪汪地叫著。（擬聲詞「汪汪」作狀語）

⑥ 這孩子哭得哇哇的。（擬聲詞「哇哇」作補語）

⑦ 「砰」，大門被踢開了。（擬聲詞「砰」作獨立語）

其二，擬聲詞可以獨立構成單句或分句。例如：

⑧ 「叮噹，叮噹。」鈴鐺兒聽了這番話，響得更加起勁了……（擬聲詞「叮噹，叮噹」獨立構成單句）

⑨ 到半夜，果然來了，沙沙沙！（擬聲詞「沙沙沙」獨立成為分句）

其三，擬聲詞的語法功能如此齊全，為什麼不將其歸入「核心成分詞」呢？其原因在於它與「核心成分詞」又有本質的區別：「核心成分詞」的詞彙意義是概括的，而擬聲詞的詞彙意義是描摹的。它只描摹聲音，而不概括聲音的具體含義，我們現有的語法理論通常認為詞義都具有概括性，然而擬聲詞是個例外。也就是說，擬聲詞在詞典中是沒有概括意思可解的，所以它只能作為「外圍成分詞」的一個成員。

綜上所述，本節討論了現代漢語中的代詞、數詞、擬聲詞這三種外圍成分詞的相關問題，它們一般都能單獨充當某種主要句法成分，但它們的語言功用不是表示最核心的名稱、行為、性狀等意義，而是在漢語外圍表意方面各有側重，代詞側重於指稱，數詞側重於記數，擬聲詞側重於對各種聲響的描摹，故統稱之為「外圍成分詞」。

15. 漢語的輔助成分詞：區別詞、副詞、趨向詞

　　我們在上幾節已經討論了「核心成分詞」與「外圍成分詞」，它們都是能單獨充當某種主要句法成分的詞；這一節來討論「輔助成分詞」，輔助成分詞一般不能單獨充當主要句法成分，而只能充當定語、狀語、補語這三種輔助成分中的某一種成分，故名輔助成分詞。輔助成分詞包括只能充當定語的「區別詞」、只能充當狀語的「副詞」、只能充當補語的「趨向詞」三類。下面將分別介紹這三類輔助成分詞各自的內部類型和語法特徵。

一、區別詞

　　「區別詞」又稱「屬性詞」，它是用來區分人或事物的特性、等級等屬性的詞，早期的傳統語法將其歸入形容詞一類，由於它跟形容詞的本質區別是不能做謂語，故又稱作「非謂形容詞」，後來將其獨立出來成為一個大類，稱作「區別詞」。

1、區別詞的內部分類

　　區別詞的來源各異：有的是由名詞演變而來，例如：男、女、雌、雄、公、母、單、雙、金、銀；有的是由形容詞演變而來，例如：主要、初級、大號、稀有、全能；有的是由動詞演變而來，例如：親愛、心愛、野生、法定、國產、外來、自動；有的是近幾十年出現的新詞，例如：微型、國營、私營、人工、袖珍、流線型、噴氣式。不管是由何種情形演變來的，它們都有一個共同的特點，就是喪失了充當主語、謂語、動語、賓語、中心語、兼語等核心句法成分的能力，而只保留了充當輔助句法成分「定語」的能力。正因為區別詞具有充當定語這一顯著的語法特點，因此我們將它定義為：區別詞是能夠並且只能作定語的成分詞。

　　區別詞是能夠並且只能作定語的成分詞，這種詞數量可觀，形態多樣。如果按詞的音節多少劃分，可以分為單音節的、雙音節的、多音節的三種類型；如果按詞的關聯成員劃分，可以分為單獨呈現的、成雙成對的、成組成群的三種類型。現簡要圖示如下：

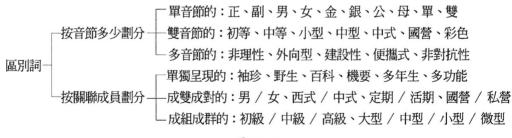

圖 15-1

2、關於區別詞內部分類的相關說明

根據「區別詞是能夠並且只能作定語的成分詞」這一定義，凡是除了能作定語之外還能做其他成分的詞都不納入區別詞之列，這是本書爲區別詞作內部分類的入選原則。

有些語法論著（例如錢乃榮的《現代漢語》）認爲區別詞有三種功能屬性：一是「唯定區別詞」，這種「區別詞」只能作定語，例如「金、銀、男、女、彩色、袖珍、長方、大型、感性、大號、多項、野生」等；二是「唯狀區別詞」，這種「區別詞」只能作狀語，例如「公然、自行、高聲、信手、快速、全力、大肆、大力、強行、穩步」等；三是「定狀區別詞」，這種「區別詞」既能作定語又能做狀語，例如「正式、硬性、定期、人爲、天生、共同、永久、局部、單方面、無記名」等。

我認爲像上述那樣分三種情況來認定「區別詞」是更加看重它們的「區別」特性，其實從某種意義上講，形容詞和副詞的本質都是爲了對核心成分詞加以區別，像「乾淨」和「骯髒」這樣的形容詞，像「經常」與「偶而」這樣的副詞不都是爲了「區別」而存在的嗎？那麼，如果看重它們的「區別」特性的話，大多數形容詞與副詞都將納入區別詞的行列，反而不利於劃清區別詞的界限。

本書主張不以是否能「區別」這一範疇意義來劃定「區別詞」，而是以詞的語法功能屬性來劃定詞性：能夠並且只能作定語的成分詞是區別詞，能夠並且只能作狀語的成分詞是副詞，既能作定語又能做狀語的成分詞，有些可能是形容詞，有些可能是動詞，個別的還可能是名詞（例如：歷史原因／歷史地看問題）。有鑒於此，本書不主張將「區別詞」區分爲「唯定區別詞」、「唯狀區別詞」與「定狀區別詞」，而只認可其中的「唯定區別詞」才是區別詞。

在上面按音節多少的分類中：單音節的區別詞並不多，而且大多比較常見，且沒有進一步增加的趨勢；雙音節的區別詞數量較多，還有繼續增加的趨勢；多音節的區別詞數量眾多，構詞形式獨特，隨著新詞語的出現，這類區別詞將繼續增多。

在上面按關聯成員的分類中：單獨呈現的區別詞很少；成雙成對的區別詞最多；成組成群的區別詞也有繼續增加的趨勢。這是因爲區別詞是用來表示人或事物的屬性、有分類作用的詞，「成雙成對」或「成組成群」更容易顯示區別性，更有利於達到分類的目的。

3、區別詞的語法特徵

區別詞是用來區分人或事物的特性、等級等屬性的詞，它的主要語法特徵有如下幾點：

其一，限制人或事物屬性，為事物分類。例如「西式服裝」的「西式」就將這種服裝的樣式限制在「西式」的類別之內，「慢性肺炎」的「慢性」就將肺炎區分為急性與慢性兩類，並將這種肺炎的屬性限制在「慢性」一類，「黑白電視機」的「黑白」則將這種電視機排除在「彩色」類型之外。

其二，大多有互相對立或互相對應的反義詞。例如：民用／軍用、精裝／簡裝、大陸性／海洋性、直線型／流線型……這些互相對立或互相對應的區別詞更容易區分人或事物的屬性。

其三，一般不能用「不」來否定，但大多可用「非」表否定。例如：「你這種做法是不正義的。」應該說成「你這種做法是非正義的。」

其四，一般只能作定語，不能作其他成分，但加上「的」字構成「的字短語」之後，可以憑藉短語的身份充當別的成分。例如：不能說「那家工廠國營」（區別詞「國營」作謂語），應該說「那家工廠是國營工廠」（區別詞「國營」作定語）或者「那家工廠是國營的」（區別詞「國營」構成「的字短語」整體作賓語）。也不能說「我們喜歡中式」（區別詞「中式」作賓語），而應該說「我們喜歡中式的服裝」（區別詞「中式」作定語）或者「我們喜歡中式的」（區別詞「中式」構成「的字短語」整體作賓語）。當然，在漢語口語表達中，有時也可能出現「那家工廠國營」或者「我們喜歡中式」這一類情形，那應該看作是省略句形態。

二、副詞

副詞，這一術語譯自英語的 adverb，意謂附於動詞或形容詞的詞類。馬建忠先生在 100 多年前仿傚西洋語法所著的第一部漢語語法著作《馬氏文通》一書，設立「狀字」一類，稱「凡實字以貌動靜之容者」曰「狀字」，相當於英語的 adverb。《馬氏文通》以後的語法著作，則改「狀字」為「副詞」，一直沿用到現在。

其實，馬氏的「狀字」命名還是很有道理的，所謂「狀字」應該是表達時位於動詞或形容詞之前，能限制動詞或形容詞之情狀的字，如果將馬氏「狀字」的「字」替換成「語」的話，那不就是今天所說的「狀語」嗎？可見，副詞就是在漢語表達時充當狀語的詞。

1、副詞的內部分類

副詞是在漢語表達時充當狀語的詞，然而，漢語中能夠充當狀語的詞並不都是副詞，但是其它能充當狀語的詞沒有副詞那麼專一，副詞是專心致志、絕不分心地專門充當狀語的詞，這就能與其它充當狀語的詞劃清界限了。所以，我們將漢語的副詞定義爲：副詞是能夠並且只能作狀語的成分詞。

副詞是能夠並且只能作狀語的成分詞，這種詞數量可觀，範疇廣泛，各種漢語論著對其歸納分類大同小異。本文擬將現代漢語的常用副詞分爲八類，即程度副詞、範圍副詞、時間副詞、頻次副詞、能願副詞、否定副詞、情態副詞、語氣副詞。每一類內部又有若干種分支情形，現分別舉例圖示如下：

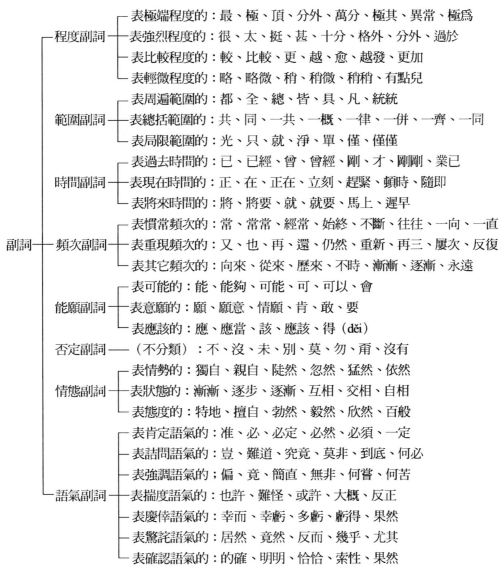

程度副詞
— 表極端程度的：最、極、頂、分外、萬分、極其、異常、極爲
— 表強烈程度的：很、太、挺、甚、十分、格外、分外、過於
— 表比較程度的：較、比較、更、越、愈、越發、更加
— 表輕微程度的：略、略微、稍、稍微、稍稍、有點兒

範圍副詞
— 表周遍範圍的：都、全、總、皆、具、凡、統統
— 表總括範圍的：共、同、一共、一概、一律、一併、一齊、一同
— 表局限範圍的：光、只、就、淨、單、僅、僅僅

時間副詞
— 表過去時間的：已、已經、曾、曾經、剛、才、剛剛、業已
— 表現在時間的：正、在、正在、立刻、趕緊、頓時、隨即
— 表將來時間的：將、將要、就、就要、馬上、遲早

頻次副詞
— 表慣常頻次的：常、常常、經常、始終、不斷、往往、一向、一直
— 表重現頻次的：又、也、再、還、仍然、重新、再三、屢次、反復
— 表其它頻次的：向來、從來、歷來、不時、漸漸、逐漸、永遠

能願副詞
— 表可能的：能、能夠、可能、可、可以、會
— 表意願的：願、願意、情願、肯、敢、要
— 表應該的：應、應當、該、應該、得（děi）

否定副詞 —（不分類）：不、沒、未、別、莫、勿、甭、沒有

情態副詞
— 表情勢的：獨自、親自、陡然、忽然、猛然、依然
— 表狀態的：漸漸、逐步、逐漸、互相、交相、自相
— 表態度的：特地、擅自、勃然、毅然、欣然、百般

語氣副詞
— 表肯定語氣的：准、必、必定、必然、必須、一定
— 表詰問語氣的：豈、難道、究竟、莫非、到底、何必
— 表強調語氣的：偏、竟、簡直、無非、何嘗、何苦
— 表揣度語氣的：也許、難怪、或許、大概、反正
— 表慶倖語氣的：幸而、幸虧、多虧、虧得、果然
— 表驚詫語氣的：居然、竟然、反而、幾乎、尤其
— 表確認語氣的：的確、明明、恰恰、索性、果然

圖 15-2

　　漢語文言中的副詞也很豐富，上圖 15-2 未能列入，特補充羅列一些，以見一斑。文言中常用的程度副詞還有：表嚴重程度的「甚」、「至」、「殊」、「絕」等，表一般程度的「良」、「頗」等，表比較程度的「益」、「愈」、「彌」、「尤」等。文言中常用的範圍副詞還有：表總括範圍的「悉」、「咸」、「皆」、「盡」、「畢」、「俱」、「備」、「並」等，表限制範圍的「但」、「徒」、「特」、「獨」、「直」、「止」、「惟」等。文言中常用的時間副詞還有：表曾經發生過的「向」、「曩」、「嘗」、「既」等，表正在發生的「方」、「會」、「適」、「鼎」等，表將要發生的「行」、「且」、「垂」、「欲」等，表初始或終結的「初」、「始」、「卒」、「終」、「遂」、「竟」等。文言中常用的頻次副詞還有：「複」、「屢」、「累」、「數」、「頻」、「仍」、「素」、「雅」、「旋」、「俄」、「尋」、「亟」、「遽」、「輒」、「頓」、「忽」、「徐」、「暫」、「聊」、「姑」、「恒」等。文言中常用的否定副詞還有：「弗」、「匪」、「毋」、「亡」、「靡」、「罔」等。文言中常用的謙敬副詞有：「竊」、「伏」、「辱」、「猥」、「敬」、「請」、「敢」、「謹」、「幸」、「惠」等。文言中常用的語氣副詞還有：表斷定語氣的「必」、「果」、「固」、「誠」、「實」、「信」、「乃」、「即」等，表反詰語氣的「豈」、「其」、「詎」、「寧」等，表祈使語氣的「唯」、「其」、「尚」、「庶」等，表測度語氣的「無乃」、「得無」、「得非」等。

2、關於副詞內部分類的幾點說明

　　（1）程度副詞主要用來限制形容詞和一部分心理動詞，大凡要說明性質、狀態、數量、心理等的程度時，就要用上程度副詞。在副詞中，程度副詞是一種非常重要的使用頻率相當高的副詞。由於漢語的形容詞沒有「級」的語法範疇，程度副詞就更顯得必要與重要，而且漢語的程度副詞又不僅僅是為形容詞服務的，它不僅可以限定形容詞所表示的事物性質狀態的程度，還可以限定動詞所表示的動作行為的程度，程度副詞可以具體限定這些程度的「比較級」、「輕微級」、「強烈級」與「極端級」的各種差異。

　　（2）範圍副詞的「範圍」主要是指施事、受事的全部或局部而言，將其限定為「局部」、「總括」與「周遍」等情形，它是思維邏輯中的全稱判斷與特稱判斷在語言表達中的必然體現。漢語的範圍副詞既可以用在謂詞性成分之前限定其施事或受事的行為本身（例如：「全都來了」、「一律禁止」），也可以用在體

詞性成分之前限定其施事或受事的主體（例如：「僅僅三個人」、「凡參加者」），但無論何種情況，它都是充當狀語。

（3）時間副詞是限定人或事物發生、發展、變化的進程的副詞，由於漢語是缺少時態變化語法範疇的語言，時間副詞就更顯得必要與重要。時間副詞並不具體表示某一時點或時段，而只是將時間進程大別爲「過去」、「現在」與「將來」三個段落加以限定性區分，藉以完成西洋語法中的過去時、現在時、將來時等「時態」範疇的語法功能。我們人的生命總是生活在時間裏，人們每時每刻都會感到時間無所不在，無所不包，可以說時間是運動著的物質的存在形式，無形的時間就是因爲運動著的物質而讓我們感知其客觀地存在，相應的語言表達也就必須對時間存在加以限定，這就需要時間副詞。

（4）頻次副詞是限定動作行爲的頻率與次數的副詞，英語中稱作「頻率副詞」，如 always（總是）、usually（通常）、often（經常）、sometimes（有時候）、never（從不）等，漢語的頻次副詞還要複雜一些，可大別爲「表慣常頻次」、「表重現頻次」、「表其它頻次」等情形，以便對動作行爲的頻次作更具體的限定。

（5）能願副詞原本稱作「能願動詞」，在傳統語法論著中都是歸入動詞中作爲一個小類而存在的，考慮到它只能做狀語這一語法特徵，跟副詞具有極其相似的語法功能，加上本書認爲動詞應該是能作漢語的主語、謂語、動語、賓語、中心語、兼語等核心成分的詞，而所謂的「能願動詞」卻不能，於是便將其剝離出動詞群類，而併入副詞當中。能願副詞往往從「可能性、意願性、理應性」三個角度對動詞、形容詞加以限定，使語言表達的理性認識更加強烈。

（6）否定副詞用於語言的否定表達，是許多語言都必不可少的一個詞類，漢語的否定副詞經常用在動詞或者形容詞之前，表示對動作行爲或性質狀態的否定，由於數量不多，常用的不過也就十餘個，故不作內部分類。

（7）情態副詞揭示的是表達者的一種情感態勢，漢語是一種情感豐富的語言，說話時注重情感和語氣，所以「情態副詞」和「語氣副詞」，還有大量的語氣詞都是爲此而設立的。嚴格說來，所謂「情態」是個說不清、理還亂的概念，本文人爲地將其分爲「表情勢的」、「表狀態的」和「表態度的」三

類，至於究竟有哪些副詞屬於情態副詞，可比照這三種情況加以鑒別，對於那些既不屬於這三種情況又不能歸入其他類別的副詞，也可以暫時歸入「情態」一類。

（8）語氣副詞也是漢語所獨具的一類副詞，而且內容還相當豐富。有鑒於此，本書將其分爲「表肯定語氣的」、「表詰問語氣的」、「表強調語氣的」、「表揣度語氣的」、「表慶幸語氣的」、「表驚詫語氣的」、「表確認語氣的」等七個小類，以便於識別記憶。嚴格說來，既然「肯定」和「確認」都屬於語氣，那麼「否定」也應該是一種語氣，「否定副詞」也就應該是語氣副詞的一種。其實，這樣認識並不錯，只是由於語言中的否定句獨具特色，故將否定副詞作爲語氣副詞的特例獨立出來自成一類，以便於適應各類否定表達的句型句式。

3、副詞的語法特徵

副詞儘管內部分類較爲複雜，但它的語法特徵卻相對簡單，最主要的有以下兩點：

其一，副詞通常只能修飾限制謂詞性成分，且只能作狀語。所謂「謂詞性成分」指的是以動詞、形容詞爲核心的能夠充當謂語的成分，也就是說，副詞通常是用來修飾限制謂語而作狀語的成分。至於「只能作狀語」的說法當然是指它除了作狀語之外不能做別的成分，這當中也有個別需要說明的情形。

其一便是「很」與「極」這兩個詞，它們除了作狀語（例如：「很好」、「極好」）之外，還可以作補語（例如：「好得很」、「好極了」）。我倒是覺得，這兩個詞作狀語時表示程度高，相當於「最」，是程度副詞；作補語時「很」相當於「厲害」，是形容詞，「極」含有「到了極點」的意思，是動詞。也就是說，作爲形容詞的「很」與作爲副詞的「很」是兩個不同的詞，作爲動詞的「極」與作爲副詞的「極」也是兩個不同的詞。因此這與我們前文對副詞的定義（副詞是能夠並且只能作狀語的成分詞）並不矛盾。

其二便是個別副詞除了作狀語之外還能充當「句首修飾語」或者位於句首的「獨立語」，比如「忽然，山上刮起了一陣風。」（句中的副詞「忽然」作句首修飾語）又如「的確，這個情況來得太突然了。」（句中的副詞「的確」作獨立語）

其實，「句首修飾語」和位於句首的「獨立語」都是特殊形態的狀語，傳統語法就是將它們稱作「句首狀語」，只是由於它限制或修飾的是整個句子，而不

是句中的謂詞性中心語這個語法成分，故與狀語的定義不符，本書才將其改稱為「句首修飾語」和「獨立語」的。因此，這種現象與我們前文對副詞的定義（副詞是能夠並且只能作狀語的成分詞）本質上也不是矛盾的。

其二，副詞一般不單獨使用，所謂「不單獨使用」的含義是指不能單獨成句，但「能願副詞」可以用肯定否定重疊的形式單獨提出問題，個別「否定副詞」還可單獨回答問題。也就是說，絕大多數副詞都是不能單獨使用的，這當中也有個別的例外情形。

其中的例外情形之一便是「能願副詞」可以單獨作謂語或者用肯定否定重疊的形式單獨提出問題，例如：「我願意。」「你可以。」（能願副詞作謂語）／「可能不可能？」「可不可以？」「願不願意？」「應不應該？」（用肯定否定重疊形式單獨提問）

其中的例外情形之二便是個別「否定副詞」可以單獨回答問題，例如：「你辭不辭職？不。」「你吃飯了沒有？沒有。」「他來了沒有？沒有。」

本書認為，像這一類的「單獨作謂語」、「單獨提出問題」或者「單獨回答問題」，其實並不是真正意義上的「單獨」：第一，它們要借助上下文語境才能實現表意；第二，它們都屬於有所省略的表達形式，無論是「提出問題」還是「回答問題」都省略了問題的中心語。上面所舉的「你辭不辭職？不。」一句中的「不」應該是「不辭職」的省略表達形式；上面所舉的「你吃飯了沒有？沒有。」一句中的「沒有」應該是「沒有吃飯」的省略表達形式。這樣看來，這種例外情形也不過是語言表達時的省略形態而已，本質上這樣用的副詞還是沒有脫離狀語的屬性。

4、副詞與名詞、動詞、形容詞的劃界問題

一般的名詞、動詞、形容詞並不會被誤認作副詞，但是有個別的名詞、動詞、形容詞則容易跟副詞的界線不清，這主要是指「時間副詞」與「時間名詞」的區分，「沒」或「沒有」用作副詞與動詞的區分，以及跟副詞的意思相近的形容詞與副詞的區分等情形，下邊分別來談：

（1）時間副詞與時間名詞的區分

因為時間副詞與時間名詞都是表時間的詞語，很容易混淆各自的身份，例如：「剛剛」與「剛才」，「即將」與「將來」，哪個是時間副詞，哪個是時間名詞呢？

識別的方法可用「在某某」或「某某是某某」的表達格式來檢驗：能放在這兩種語言表達格式中的詞是時間名詞，不能放在這兩種語言表達格式中的詞則是時間副詞。

在上面例子中，可以說「在剛才」，卻不可以說「在剛剛」，可以說「剛才是剛才」，卻不可以說「剛剛是剛剛」，可見「剛才」是時間名詞，而「剛剛」是時間副詞；可以說「在將來」，卻不可以說「在即將」，可以說「將來是將來」，卻不可以說「即將是即將」，可見「將來」是時間名詞，而「即將」是時間副詞。

這樣檢驗的理論依據是：名詞可以在前邊加上介詞構成介賓短語，副詞不能；名詞可以做主語和賓語，在「某某是某某」的格式中，前一個「某某」是判斷句的主語，後一個「某某」是判斷賓語，而副詞不能這樣用。

（2）「沒」、「沒有」用作副詞與動詞的區分

「沒」和「沒有」這兩個詞可能是否定副詞，也可能是表否定的確認動詞，這就很容易混淆各自的身份，例如：「沒時間」的「沒」與「沒聽懂」的「沒」，哪個是副詞，哪個是動詞呢？

識別的方法是可以看它後邊跟的是動詞、形容詞等謂詞性成分還是名詞、代詞等體詞性成分：能放在謂詞性成分之前的是否定副詞，能放在體詞性成分之前的是表否定的動詞。

那麼，上面提到的「沒時間」的「沒」就是表否定的確認動詞，因為它後邊的詞語「時間」是個名詞；而「沒聽懂」的「沒」就是否定副詞，因為它後邊的詞語「聽懂」是個動詞性的中補短語。又例如：「沒有槍」、「沒有炮」中的「沒有」就是表否定的確認動詞，因為它後邊的詞語「槍」和「炮」都是名詞（體詞性成分）；而「沒有說」、「沒有動」中的「沒有」就是否定副詞，因為它後邊的詞語「說」和「動」都是動詞（謂詞性成分）。

這樣檢驗的理論依據是：副詞只能用在謂詞性詞語之前作狀語，而動詞卻可以用在體詞性詞語之前構成動賓關係，於是我們可以判識：用在謂詞性詞語之前作狀語的是否定副詞，用在體詞性詞語之前構成動賓關係的是表否定的確認動詞。

那麼我們再來看：「沒有吃」、「沒有穿」中的「沒有」是什麼詞性呢？這個問題就不可以做簡單回答，因為從表面上看「吃」和「穿」都是動詞（謂

詞性成分），那麼這兩個「沒有」應該是否定副詞，這樣判識在通常意義上是正確的；可是漢語表達還有一個習慣，就是「吃」也可以代表「吃的東西」，「穿」也可以代表「穿的東西」，這種省略了中心詞而用謂詞性的定語代稱體詞性的事物的用詞習慣，可以使令本是動詞的「吃」和「穿」臨時具有名詞的屬性，那麼在這種表達意義上，這兩個「沒有」就又可能是表否定的確認動詞，「沒有吃」、「沒有穿」的意思就有可能是指沒有吃的東西、沒有穿的東西。因此，像這樣用於「吃」和「穿」前邊的「沒有」的詞性就要根據上下文的意思來裁決了。

（3）跟副詞的意思相近的形容詞與副詞的區分

某些含有相同的構詞語素的副詞與形容詞，它們的詞義也比較接近，這也很容易混淆各自的詞性身份，例如：「突然」與「忽然」，這兩個詞都能做狀語，哪個是副詞，哪個是形容詞呢？

識別的方法是看它除了能作狀語之外，還能不能作定語或者謂語：還能作定語或者謂語的是形容詞，不能作定語或者謂語的是副詞。

例如：「突然」與「忽然」都能做狀語（突然刮起一陣風／忽然刮起一陣風），但是「突然」還能作定語，說成「這是一次突然的事件」，甚至還能作謂語，說成「這件事很突然」；可是「忽然」卻不能這樣用，不能說成「這是一次忽然的事件」或者「這件事很忽然」。由此可見，除了能作狀語之外，還能作定語或者謂語的「突然」是形容詞，而只能作狀語不能作定語或者謂語的「忽然」是副詞。

三、趨向詞

趨向詞原本稱作「趨向動詞」，在傳統語法論著中都是歸入動詞並作為一個小類而存在的，我們認為動詞應該是能作漢語的主語、謂語、動語、賓語、中心語、兼語等核心成分的詞，而傳統所謂的「趨向動詞」所指的卻是習慣於作補語的表動作行為的趨勢方向的一類詞，考慮到它只能做輔助成分「補語」這一語法特徵，於是便將其剝離出動詞群類，讓它自成一類，作為現代漢語的輔助成分詞的一種，就直接稱作「趨向詞」。

1、趨向詞的內部分類

趨向詞是表示人或事物移動的趨勢或方向的輔助成分詞，如果從語法功能

的角度來給它下定義：趨向詞是能夠並且只能作補語的成分詞，這種詞數量不多，一共只有 25 個，是一個封閉的詞類。

趨向詞可大別為單純詞與合成詞兩類：單純詞形態的趨向詞都是單音節詞，即「來、去、上、下、進、出、回、過、開、起」，一共有 10 個；合成詞形態的趨向詞都是雙音節詞，即「上來、上去、下來、下去、進來、進去、出來、出去、回來、回去、過來、過去、開來、開去、起來」，一共有 15 個。現將這種分類圖示如下：

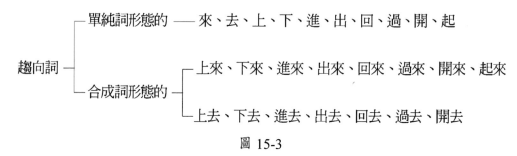

圖 15-3

2、關於趨向詞內部分類的簡要說明

最基本的趨向詞應該是「來」和「去」兩個詞，這是以說話者為立足點的兩個相反的行為趨向：「來」是回歸的意思，表示朝向說話者運動的趨向；「去」是離開的意思，表示背向說話者運動的趨向。

另外八個單純詞形態的趨向詞「上、下、進、出、回、過、開、起」也是基本的趨向詞，它們能夠分別跟最基本的趨向詞「來」和「去」組合出七個成對的與一個單獨的合成詞形態的趨向詞：「上來／上去」、「下來／下去」、「進來／進去」、「出來／出去」、「回來／回去」、「過來／過去」、「開來／開去」、「起來」（只有「起來」，沒有「起去」）。現將其所有成員再用圖表羅列如下：

	上	下	進	出	回	過	開	起
來	上來	下來	進來	出來	回來	過來	開來	起來
去	上去	下去	進去	出去	回去	過去	開去	

圖 15-4

「上來／上去」的含義是：說話者位於高處時說「上來」，說話者位於低處時說「上去」。

「下來／下去」的含義是：說話者位於低處時說「下來」，說話者位於高處時說「下去」。

「進來／進去」的含義是：說話者位於內部時說「進來」，說話者位於外部時說「進去」。

「出來／出去」的含義是：說話者位於外部時說「出來」，說話者位於內部時說「出去」。

「回來／回去」的含義是：說話者立足故地時說「回來」，說話者遠離故地時說「回去」。

「過來／過去」的含義是：說話者邀請對方時說「過來」，說話者前往對方時說「過去」。

「開來／開去」不是針對人的行為趨向的，而是指事物的運動趨向，例如「炸開來」、「講開去」。「開來」傾向於在近處擴散，「開去」傾向於向遠處擴散。

「起來」不需要立足點，是針對人或事物的自身運動由蹲臥或伏縮轉變為挺立或伸張的趨向而言，因為自身運動都屬於在近處擴散，不存在向遠處擴散的狀態，所以只有「起來」，沒有「起去」。

3、趨向詞的語法特徵

趨向詞的語法特徵相對簡單，最主要的有以下兩點：

其一，一般只能作補語，不作其他成分。例如：「駛來一輛汽車」、「剝去一層皮」、「登上山頂」、「走下舞臺」、「鑽進岩洞」、「走出峽谷」、「跑回家中」、「飛過大海」、「張開翅膀」、「擡起頭」……上述各例中的單純趨向詞「來、去、上、下、進、出、回、過、開、起」都是充當補語成分的。又如：「跑上來」、「飛上去」、「掉下來」、「落下去」、「爬進來」、「伸進去」、「露出來」、「透出去」、「走回來」、「寄回去」、「跟過來」、「追過去」、「說開來」、「講開去」、「坐起來」……上述各例中的合成趨向詞「上來、上去、下來、下去、進來、進去、出來、出去、回來、回去、過來、過去、開來、開去、起來」也都是充當補語成分的。

然而，有時這些詞似乎也在充當其他成分，例如：「他來了」（「來」作謂語），「我去的時候」（「去」作定語），「你進來說吧」（「進來」作連動性謂語的前一個謂語），「他不想出去」（「出去」作賓語），「起來，不願做奴隸的人們」（「起來」作倒裝句的前置謂語）……那麼，這樣豐富的用法該作何解釋呢？

本書認為，剛剛所舉的例句中的「來」、「去」、「進來」、「出去」、「起來」這些詞，並不是本節所講的趨向詞，而是此前在動詞一節中所談到的行為動詞，它們跟與之既同音又同形的趨向詞有著若隱若現的發展演變關係，也就是說，趨向詞是由它們虛化而來的。這正像介詞「在」是由「表存在意義」的動詞「在」虛化而來的、介詞「對」是由「表面對意義」的動詞「對」虛化而來的道理一樣。要劃清趨向詞與同音同形的行為動詞的界限：一個是屬於輔助成分詞的「趨向詞」，一個是屬於核心成分詞的「行為動詞」，二者不可混為一談，以前眾多的現代漢語語法論著都以「趨向動詞」的名義將表趨向的「行為動詞」和起輔助作用的「趨向詞」這兩種本質不同的詞一鍋煮，這是不可取的做法，不利於認識現代漢語中的只能充當補語的獨立的一種詞類。也就是說，本節所羅列的25個詞，只有在作補語的時候才是趨向詞，做其他成分的時候應該看作是與這25個趨向詞同形同音的行為動詞（詳見下文）。

其二，合成詞形態的趨向詞在含有賓語的句子中作補語的時候，可能會有三種位置：就拿趨向詞「出來」為例，一是位於動詞和賓語之間，趨向詞「出來」整體作補語，呈現「動——補——賓」的格式，例如「他拿出來一本書」；二是位於動詞和賓語之後，趨向詞「出來」整體作補語，呈現「動——賓——補」的格式，例如「他拿一本書出來」；三是自身拆分成兩個單音節的趨向詞，然後將賓語放在兩個單音節的趨向詞之間，趨向詞「出」與「來」分別作補語，呈現「動——補——賓——補」的格式，例如「他拿出一本書來」。

4、趨向詞跟與之詞音相同、詞形相同、詞義相近的行為動詞的劃界問題

上文已經提到，有些表趨向性運動的行為動詞，跟與之同音同形的趨向詞有著若隱若現的發展演變關係，也就是說，趨向詞是由它們虛化而來的。要劃清二者的界線，除了根據詞義是否有所虛化之外，可以根據二者的語法功能來判識。主要可以從如下兩個方面入手：

其一，趨向詞只能作補語成分，而行為動詞可以直接作謂語或者謂語中心。據此可以斷定，凡直接作謂語或者謂語中心的一定不是趨向詞，而是行為動詞。例如：

a. 月亮下去了，太陽還沒有出來。

句中的「下去」直接作謂語，「出來」也是謂語中心，這兩個詞都是行爲動詞。

b. 我們馬上上去。

句中的「上去」是謂語中心，這個詞是行爲動詞。

其二，趨向詞只能作補語成分，而行爲動詞還可以直接帶賓語或補語。據此可以斷定，凡直接帶有賓語或補語的一定不是趨向詞，而是行爲動詞。例如：

a. 洞裏出來一隻虎。

句中的「出來」直接帶賓語「一隻虎」，可見這個詞是行爲動詞；如果說成「洞裏跑出來一隻虎」，那麼這個「出來」就不是行爲動詞，而是趨向詞了，因爲「一隻虎」這個賓語並不是「出來」一詞直接關涉的，而是「跑出來」這個補充短語整體關涉的，「出來」在「跑出來」這個補充短語中作補語，因此是趨向詞。

b. 我們來不了了。

句中的「來」直接帶補語「不了」，這個詞也是行爲動詞，因爲作爲趨向詞的「來」只能自身作補語，並不能再帶補語。

綜上所述，本節討論了現代漢語中區別詞、副詞、趨向詞這三種輔助成分詞的相關問題，它們一般都不能單獨充當主語、謂語、賓語、中心語、兼語等主要句法成分，而只能充當定語、狀語、補語這三種輔助成分中的一種成分，故名「輔助成分詞」。具體來說，區別詞是能夠並且只能作定語的成分詞，副詞是能夠並且只能作狀語的成分詞，趨向詞是能夠並且只能作補語的成分詞，這就是這三類「輔助成分詞」的本質特性。

16. 漢語的依附關係詞：量詞、方位詞、比況詞

漢語單詞按照語法功能分類，它的第一級劃分標準應當是依據詞在它上一級語言單位（短語或句子）中的語法功能，某個詞在它上一級語言單位（短語或句子）中，是充當句法成分的，還是標示句法關係的，據此而將漢語的單詞分爲「成分詞」和「關係詞」兩個大類，每個大類各含 9 類不同語法屬性的詞。

此前，本書用了四節的篇幅討論了 9 類成分詞，它們分別是：屬於核心成分詞的名詞、動詞、形容詞，屬於外圍成分詞的代詞、數詞、擬聲詞，屬於輔助成分詞的區別詞、副詞、趨向詞。從這一節開始本書將再用四節的篇幅來討論 9 類關係詞，它們分別是：屬於依附關係詞的量詞、方位詞、比況詞，屬於聯結關係詞的介詞、連詞、助詞，屬於情態關係詞的動態詞、語氣詞、應歎詞。

關係詞是指不能獨立充當一般句法成分，但能用來標示特殊句法關係的詞，關係詞的職責是與成分詞組合形成特殊的句法關係，這些句法關係不是主謂、動賓、定中、狀中、中補、連動、兼語等一般句法關係，而是指聯合、稱量、方位、比況、介引、黏附、獨立等特殊句法關係。其中「應歎詞」（即傳統意義上的歎詞）可以充當獨立成分（特殊句法成分）或獨立成句，但因其不能充當一般句法成分，故不宜歸入「成分詞」，而將其歸入「關係詞」。

漢語的關係詞包括量詞、方位詞、比況詞、介詞、連詞、助詞、動態詞、語氣詞、應歎詞 9 類，這 9 類詞又可依據漢語單詞標示句法關係的性質，歸入「依附關係詞」、「聯結關係詞」和「情態關係詞」三類：「依附關係詞」在語言表達中緊密地依附於成分詞或短語，所構成的依附關係存在於以該詞為代表的短語內部；「聯結關係詞」在成分詞或短語之間起聯結作用，所表示的牽連關係存在於成分之間、分句之間或者句子之間；「情態關係詞」要麼附著在句子或句子成分之後表示某種動態或語氣，要麼獨立於句子或句子成分之外表示某種情感，所顯示的特定關係一目了然。

這一節來討論現代漢語的依附關係詞。依附關係詞是指依附於某種成分詞或短語之後並同該成分詞或短語構成特定的「關係詞短語」的詞，也就是說，這種詞憑藉它的特殊依附能力能夠組成以該詞稱謂命名的短語，我們把這種短語叫做「關係詞短語」，量詞短語、方位短語、比況短語就屬於這種「關係詞短語」。因此，依附關係詞也就包括量詞、方位詞、比況詞 3 類，下面將分別介紹這三類依附關係詞的內部構成和語法特徵。

一、量詞

量詞又叫「單位詞」，是表示人或事物的計量單位或稱呼單位的詞，理論上應該稱作「單位詞」，只是傳統習慣上把它叫做「量詞」。因為除了「計量詞」

之外，「名量詞」和「動量詞」都並不能準確地計「量」：同是一「座」橋，短的可以只有幾米，長的可以達到幾公里；同是一「間」房，演出大廳可以容納上千人，街邊電話亭卻只能容納一個人；同是讀一「遍」，讀一首詩的時間與讀一部小說的時間不等量……可見，像「座」、「間」、「遍」這樣的「量詞」並不是為了計「量」而設立的，而是為便於稱呼事物或行為的稱謂而搭配的。

1、量詞的內部分類

真正的量詞應該是能夠「計量」的詞，即便如此，它也不過是一個用以度量的單位而已。印歐語系的一些語言都是把它當作名詞來對待的，可是漢語卻不然，量詞是漢語中特有的詞類，它不僅成員豐富，而且門類眾多。首先可以大別為「計量詞」、「名量詞」、「動量詞」三類：計量詞是用來稱呼可以科學計量的事物的單位詞；名量詞是用來稱呼人或事物的單位詞；動量詞是用來稱呼動作行為的單位詞。在「計量詞」內部含有多種計量單位，在「名量詞」與「動量詞」的內部，又各有「專用的」與「借用的」兩種情形。現簡要圖示如下：

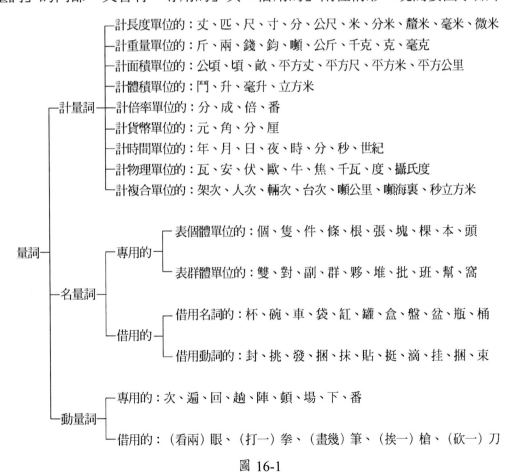

圖 16-1

2、關於量詞內部分類的相關說明

（1）本書對於漢語量詞的內部分類有別於傳統的漢語語法論著，傳統語法論著一般是將量詞分爲物量詞（或稱名量詞）、動量詞和複合量詞三類，而將表度量衡的量詞歸入「物量詞」之中。我們認爲，一個科學的分類應該是標準統一的分類，「物量詞」、「動量詞」是屬於使用範疇標準的分類，而「複合量詞」則是屬於構詞形態標準的分類，其中很少的幾個「複合量詞」也不過就是表度量衡的量詞而已。然而傳統語法論著恰恰忽略了表度量衡的量詞與其它量詞的本質不同，因爲它是可以眞正準確地計量的，更何況像這類「可以眞正準確地計量」的量詞還不僅限於長度、重量和容積的問題，其內部種類頗多，完全可以獨立出來自成一類，有鑒於此，本書用新的三分法爲量詞作內部區分，藉以反映它們各自不同的語法本質。

（2）量詞的第一個小類是「計量詞」。社會中可以精確計量的事物範疇很多：長度、重量、面積、體積（容積）、貨幣、時間、倍率、力學、電學、聲學、光學、熱學……都有一些基本的計量單位，本書將表示這些基本單位的詞統之爲「計量詞」，作爲量詞的一個分支，這樣既容易概括它們的共同語法特徵，又便於人們學習語言時更好地掌握它們的使用特點。

（3）量詞的第二個小類是「名量詞」。傳統語法論著稱它爲「物量詞」，本書認爲它跟「動量詞」的本質不同在於它是用來跟名詞性詞語搭配使用的，而「動量詞」是用來跟動詞性詞語搭配使用的，有鑒於此，將它稱爲「名量詞」更有道理。名量詞的內部有專用的和借用的兩種情形：其中「專用的」又包含表個體單位的和表群體單位的兩種類型；而「借用的」又包含借用名詞的與借用動詞的兩種情形。

（4）量詞的第三個小類是「動量詞」。動量詞的內部也有專用的和借用的兩種情形，但是各自的成員並不很多，也就沒有再細分的必要，而且，「借用的」又只能從名詞來借，不能從動詞來借。有些語法論著認爲動量詞也有從動詞借用的情形，例如：「踢一踢」、「甩一甩」的後一個「踢」和「甩」與數詞搭配使用，就屬於借用的動量詞，本書認爲這樣分析是不合適的，因爲這種說法太常見了，比如「嚐一嚐」、「笑一笑」之類，這完全是屬於單音節動詞的「Ａ一Ａ」格式的重迭用法，更何況，量詞是應該能同各種數詞組合的，絕不是僅限於

「一」，你可以說「踢一踢」、「甩一甩」，但是你不能說「踢兩踢」、「甩三甩」或者「踢五踢」、「甩八甩」，這就足以見得它不是量詞。

3、量詞的語法特徵

量詞又叫「單位詞」，是表示人或事物的計量單位或稱呼單位的詞，除了「計量詞」可以用於對事物的科學計量（例如：100 米、10 千克、5 毫升、220 伏、12 架次）之外，其他量詞的主要語法特徵有如下幾點：

其一，特定的量詞常跟特定的名詞相搭配，有各自約定俗成的習慣。像「一匹馬、一頭牛、一隻雞、一條魚、一口人」這些量詞都是不能隨便互換的。

「隻」大多用於單個的動物，例如：一隻雞、一隻鴨，然而成雙成對的東西中的一個也可以用「隻」作量詞，例如「一隻襪子」、「一隻手套」、「兩隻手」、「兩隻耳朵」；「頭」也大多用於動物，例如：一頭牛、一頭豬，然而成圓形的東西也可以用「頭」作量詞，例如「一頭蒜」、「一頭洋蔥」；「條」多用於細、長、窄的東西，例如：一條線、兩條腿、三條魚，然而進一步引申也可以用於江河街道，例如「一條大河」、「一條大街」，甚至還可以用於人，說「一條好漢」、「一條人命」。

「頂」用於有頂的東西，可以說「一頂帽子」、「一頂帳篷」；「座」用於較大或固定的物體，可以說「一座山」、「一座高樓」、「一座水庫」、「一座橋」；「縷」用於細而多的東西，可以說「一縷麻」、「一縷頭髮」、「一縷炊煙」；「面」用於扁平的東西，可以說「一面鏡子」、「一面鑼」、「兩面旗子」；「顆」多用於顆粒狀的東西，可以說「一顆珠子」、「一顆子彈」、「一顆牙齒」；「粒」用於小圓珠形或小碎塊形的東西，可以說「一粒米」、「一粒沙」。

橋是架起來的，就可以說「一架橋」；房子是有棟梁支撐的，就可以說「一棟房」；房屋是間隔開來的，就可以說「一間房」；牆是有阻隔功用的，就可以說「一堵牆」；古代的車是有兩個輪子的，就可以說「一輛車」；信寫好了是要封起來的，就可以說「一封信」；子彈、炮彈是要發射出去的，就可以說「一發子彈」或「一發炮彈」；古代的油燈是用「盞」來盛油的，就可以說「一盞燈」；駱駝有駝峰，就可以說「一峰駱駝」；窯洞遠看就像土坡上的一排孔，就說「一孔土窯」；被打耳光要留下印記，就說「一記耳光」。

中藥是用若干味藥配合起來的湯劑，就說「一劑藥」；中藥是用來口服的，就說「一服藥」；中藥是由各種味道的藥構成的，每一種藥就說「一味藥」；中藥是用手一味一味抓出來然後交給買者的，就說「一付藥」（「付」是用手抓取交付的意思）；膏藥是用來貼的，就說「一貼膏藥」。

其二，「個」是應用最廣的量詞，主要用於沒有專用量詞的名詞，有些名詞除了專用量詞之外也可以用「個」。但是「個」也不是萬能的，也要根據習慣使用。量詞「個」的使用習慣大致有如下各種：

（1）用於社會成員：一個人、兩個小孩、三個老師、五個球員、九個老闆
（2）用於人的器官：一個鼻子、兩個耳朵、一個下巴、五個手指頭
（3）用於水果蔬菜：一個蘋果、兩個橘子、三個桃、五個茄子、八個冬瓜
（4）用於星球天體：一個月亮、一個太陽、兩個衛星、幾個星星、一個流星
（5）用於山巒湖海：一個山峰、一個峽谷、一個湖泊、一個大海、一個水庫
（6）用於事件動作：一個事件、 一個動作、洗個澡、敬個禮、開個玩笑
（7）用於日期時間：一個小時、兩個月、三個星期、一個早晨、一個夜晚
（8）用於食品菜肴：三個饅頭、兩個麵包、一個蛋糕、一個炒菜、一個蒸魚
（9）用於生活用品：一個碗、一個盤子、一個枕頭、一個窗戶、一個箱子
（10）用於機構組織：一個政府 一個機關 一個辦公室 一個醫院 一個工廠
（11）用於公務議程：一個會議、三個議題、一個決議、幾個提案、一個報告
（12）用於理想想法：一個理想、一個辦法、一個主意、一個念頭、一個諾言
（13）用於文化娛樂：一個謎語、兩個故事、一個笑話、一個插曲、一個小品
（14）用於字詞語句：一個字、一個詞、一個短語、一個句子、一個句號

儘管量詞「個」的使用領域相當廣泛，但它也不是萬能的，有些詞語是不能隨便用「個」這個量詞的，例如：不能說「流一個血」、「淌一個汗」、「灑一個水」、「倒一個油」，這些表示液體的詞語就不能使用「個」這個量詞。

其三，有些量詞是含有或褒或貶的感情色彩，其使用語境不能用反了。

例如：用於人的量詞，在非敬意的一般場合可以用「個」，如若含有敬意則應用「位」，說成「一位先生」、「兩位老師」、「三位客人」；但若是不該尊敬的對象卻用了「位」這個量詞，那也是不妥的，記得曾在報紙上看到過一則新聞中有這樣一句話：「這位盜賊最終沒有逃脫群眾的追捕，落入了法網。」顯然，含有褒義的量詞「位」是不適合用在盜賊身上的。

　　類似的含有褒義的量詞還有一些，比如：「方」用於方形的東西就含有褒義，「一方手帕」、「兩方圖章」、「幾方石碑」這些說法都是含有欣賞的美意的；「輪」用於太陽、月亮等的時候也是含有圓滿的美意的，「一輪紅日」、「一輪明月」都是褒獎之詞；「尊」在用於神佛塑像的時候一定是含有褒義，「一尊佛像」、「幾尊銅佛」都是虔敬的說法；「席」用於談話、酒席的時候也是褒義的，「一席話」、「一席酒」都是稱美的說法；樹和草可以說「一棵樹」、「一棵草」，也可以說「一株樹」、「一株草」，口語化就用「棵」，文雅些就用「株」，這當中也是含有感情色彩的。當然也有一些量詞，特別是表群體單位的量詞，往往含有貶義的色彩，比如「幫、群、夥、窩」等，「一幫」、「一群」、「一夥」、「一窩」這一類說法往往習慣用在壞人身上，這裏就不一一例證了，有人說「群眾」（一群民眾）一詞就略含貶義，這也不無道理。

　　其四，常同數詞、指代詞、疑代詞、形容詞、方位詞等組合，構成各種形態的「量詞短語」。由量詞參與構成的「量詞短語」包括：由「數詞＋一般量詞」構成的數量短語，由「數詞＋序列量詞」構成的數量短語，由「指代詞＋量詞」構成的指量短語，由「疑代詞＋量詞」構成的疑量短語，由「形容詞＋量詞」構成的形量短語和由「方位詞＋量詞」構成的方量短語。量詞能與別的詞語組合成多種形態的「量詞短語」，這是量詞最主要的語法功能，現簡要圖示如下：

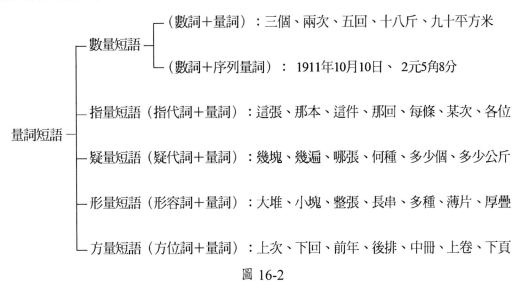

圖 16-2

　　其五，量詞經常以「量詞短語」的身份充當句法成分，它自己並不能獨立作成分，這也正是量詞不屬於「成分詞」而屬於「關係詞」的根本原因。量詞

一般不以原始形態單獨作句法成分，但是以重疊形式出現的量詞卻可以作主語、謂語、定語、狀語等成分。例如：

① 個個都很優秀。（重疊的量詞「個個」作主語）

② 白雲朵朵，春風陣陣。（重疊的量詞「朵朵」、「陣陣」作謂語）

③ 件件衣服都很好看。（重疊的量詞「件件」作定語）

④ 他把糧食一袋袋地扛上車。（重疊的量詞「一袋袋」作狀語）

⑤ 她把這部小說一章一章地讀給媽媽聽。（重疊的量詞「一章一章」作狀語）

⑥ 他回回都在場（重疊的量詞「回回」作狀語）

這種現象表明，「AA 式」的重疊形式可以表示遍指意義，「一 AA 式」或「一 A 一 A 式」的重疊形式可以表示逐指意義：「個個」就是每一個，「朵朵」就是每一朵，「陣陣」就是每一陣，「件件」就是每一件，「回回」就是每一回；「一袋袋」就是一袋接著一袋，「一章一章」就是一章接著一章。當量詞已經擁有了這些意義的時候，它已經不是原來意義上的「單位詞」了，而事實上所謂「遍指」或者「逐指」的功用已經將其轉換成一個指代詞了，所以我們不妨說這些獨立充當句法成分的是具有指代詞屬性的語法單位，這並不等於說量詞可以單獨做成分。

二、方位詞

方位詞是表示有參照物的事物的方向位置的關係詞。它在傳統語法論著中又叫「方位名詞」，屬於名詞的一個小類。但考慮到名詞屬於成分詞，可以獨立充當多種核心成分，而方位詞通常不能獨立充當句法成分，只能在跟別的詞組成「方位短語」之後，再以短語的身份充當句法成分，因此，方位詞應該從「名詞」中分離出來，作為「關係詞」的一個成員，不再稱為「方位名詞」，而徑直就叫作「方位詞」。

1、方位詞的內部分類

方位詞是個封閉的詞類，大約一共有 90 個左右不同形態的詞。方位詞的內部可以大別為單純詞形態的與合成詞形態的兩類：單純詞形態的都是單音節的方位詞，一共 16 個，其中有 8 個側重於表方向，它們分別是前、後、左、右、東、西、南、北；另外 8 個側重於表位置，它們分別是上、下、中、間、裏、

外、內、旁。這 16 個單純詞形態的單音節方位詞是漢語的基本方位詞；其餘的合成詞形態的都是以單純詞形態的方位詞作爲語素，或者彼此組合而成、或者添加別的語素組合而成的雙音節的方位詞，大約一共有 70 餘個，內部又可分爲「兩素對舉的」、「附加前綴的」、「附加後綴的」三種情形。現簡要圖示如下：

方位詞

單純的		合成的						
		兩素對舉	附加前綴的			附加後綴的		
			加「以」	加「之」	加其他語素	加「頭」	加「邊」	加「面」
側重於方向的	前	前後	以前	之前		前頭	前邊	前面
	後		以後	之後		後頭	後邊	後面
	左	左右	以左	之左			左邊	左面
	右		以右	之右			右邊	右面
	東	東西	以東	之東		東頭	東邊	東面
	西		以西	之西		西頭	西邊	西面
	南	南北	以南	之南		南頭	南邊	南面
	北		以北	之北		北頭	北邊	北面
側重於位置的	上	上下	以上	之上		上頭	上邊	上面
	下		以下	之下	底下	下頭	下邊	下面
	中	中間		之中	當中			
	間			之間				
	裏	裏外內外	以裏		頭裏	裏頭	裏邊	裏面
	外		以外	之外		外頭	外邊	外面
	內		以內	之內				
	旁			之旁			旁邊	

圖 16-3

2、關於方位詞內部分類的簡單說明

（1）方位詞是個封閉的詞類，然而由於人們的認識與取捨不同，各類語法論著所羅列的數目不太一致，上表所認定的大約一共 90 個方位詞已經接近上限，表中的空格基本上沒有什麼合成的方位詞可以填入了，這 90 個方位詞中最基本的就是那 16 個單音節的方位詞，其他的 70 餘個都是由這 16 個滋生出來的，只要記住了滋生的方式，很容易一目了然。

（2）「中間、底下、當中、頭裏」幾個方位詞，許多語法論著都是在介紹完了單純的方位詞與合成的方位詞之後，另外提及的，我們認爲這幾個詞也是屬於合成詞，故應歸入「合成的」一類，而且「中間」還應該屬於「對舉的」一類，因爲它的兩個構成要素「中」和「間」都屬於單純的方位詞，儘管前後、左右、上下、裏外、內外、東西、南北這些對舉的方位詞都是反義對舉，而「中間」屬於近義對舉，但近義對舉也是對舉，故不應將它排斥於「對舉」之外。至於剩下三個「底下、當中、頭裏」前加的語素並非是「以」或「之」，故只能將其以「加其他語素」的名目另類列出了。

3、方位詞的語法特徵

方位詞是表示有參照物的事物的方向位置的關係詞，它的主要語法特徵有如下兩點：

其一，所謂「方位」不僅僅是指空間的方位，也包括時間的方位（如：上課以前、太陽落山之後、十年之內）和數量的方位（如：100斤以上、1.2米以下、三種之內），括號內所舉的這些短語都應該看作是「方位短語」。

其二，方位詞最突出的語法特徵就是它們都可以依附於其他詞語之後構成方位短語。現將90個方位詞能夠構成方位短語的情形逐一舉例如下：

（1）由單純詞形態的方位詞構成的方位短語：

書桌前、大門後、前排左、第二排右、操場東、站臺西、入口南、出口北、電腦上、臺階下、思考中、轉瞬間、記憶裏、院落外、視線內、汽車旁

（2）由兩素對舉的合成詞形態的方位詞構成的方位短語：

入學前後、二十左右、馬路東西、大江南北、三十上下、同學中間、書包裏外、校園內外

（3）由前加「以」的合成詞形態的方位詞構成的方位短語：

畢業以前、散會以後、橫線以左、溝渠以右、處級以上、一米以下、小河以東、院牆以西、淮河以南、長城以北、紅線以裏、一年以內、工作以外

（4）由前加「之」的合成詞形態的方位詞構成的方位短語：

考試之前、下班之後、匾額之左、香爐之右、目標之東、秦嶺之西、大江之南、黃河之北、舞臺之上、目光之下、教室之內、會場之外、女人之中、朋友之間、臺燈之旁

（5）由加其他語素的合成詞形態的方位詞構成的方位短語：

眼皮底下、抽屜當中、隊伍頭裏

（6）由後加「頭」的合成詞形態的方位詞構成的方位短語：

老張前頭、小王後頭、跑道東頭、球場西頭、貨場南頭、倉庫北頭、板凳上頭、椅子下頭、衣櫃裏頭、車廂外頭、

（7）由後加「邊」的合成詞形態的方位詞構成的方位短語：

他們前邊、你們後邊、花壇左邊、魚缸右邊、村子東邊、縣城西邊、大樓南邊、立交橋北邊、茶几上邊、竈臺下邊、閱覽室裏邊、飯廳外邊、機場旁邊

（8）由後加「面」的合成詞形態的方位詞構成的方位短語：

列車前面、商場後面、座位左面、小區右面、陽臺東面、客廳西面、 展廳南面、圍欄北面、蛋糕上面、弔燈下面、字典裏面、衣服外面

以上分門別類地例舉了每一個方位詞構成方位短語的情形，需要指出的是，爲了使行文簡潔，上面所舉各例盡量從簡，而客觀語言表達時，有些方位短語卻可能較爲複雜，例如：「我們偉大遼闊的國土之上」、「讀了這一部催人淚下的紀實作品之後」、「這一對善良正直卻又命運坎坷的老夫妻與他們含辛茹苦地撫養起來的幾個子女之間」……這幾例引號裏邊的語言表達結構，都可以將其整體看作是一個方位短語，這就足以見出方位詞在構成方位短語時的重要作用。

4、方位詞跟與之詞音相同、詞形相同、詞義相近的時空名詞的劃界問題

有些語法論著認爲，方位詞還可以充當多種句法成分，例如：

a. 作主語：以上就是我要說的。（「以上」充當句子的主語）

b. 作賓語：教室在後面。（「後面」充當句子的賓語）

c. 作狀語：我以前是一名教師。（「以前」充當句子的狀語）

d. 作定語：之後的事他就不清楚了。（「之後」充當句子的定語）

e. 對舉運用，做主語：上有天堂，下有蘇杭。（「上、下」充當句子的主語）

我認爲，像這樣能夠獨立充當句子的各種成分的所謂的「方位詞」其實並不是在表方向或位置，因爲它沒有設置方位坐標（方位短語中位於方位詞前邊的詞語爲方位坐標），而是獨立地在表空間或時間：「以上」、「後面」、「上」、「下」

都是表空間處所的詞，「以前」、「之後」則是表時間的詞，因此這些詞都應該看作是空間名詞或時間名詞，而不應該誤判爲方位詞。

嚴格說來，要想表方向或位置，則必須有參照物，即所謂「方位坐標」，方位詞之所以要構成方位短語才能「表方位」，就是因爲在構成方位短語的時候，方位詞前邊的詞語是方向位置的參照物（什麼「上邊」？「茶几上邊」／什麼「裏面」？「字典裏面」──「茶几」與「字典」便是具體方位的參照物）。據此我們可以這樣認爲，凡是脫離了「方位短語」的所謂的「方位詞」，都不是眞正的方位詞，因爲它們缺少「方位坐標」，而只能看作是表時間或空間的名詞。

即便是像「在旁邊」、「從西面」、「向後」、「朝南」、「往東」……這一類的能夠用在介詞後邊的所謂的「方位詞」（旁邊、西面、後、南、東），也還是應該看作是表處所或空間的名詞，因爲它們同樣是缺少方位的參照物，不足以準確地表示「方位」。

即便是像「上上下下」、「左左右右」、「前前後後」、「裏裏外外」這些多見於口語和熟語的重疊形式的所謂的「方位詞」，或者像「由表及裏」、「南轅北轍」、「外強中乾」、「東奔西走」這樣的構成成語的所謂的「方位詞」，也同樣還是應該看作是表處所或空間的名詞，因爲它們同樣是缺少「方位坐標」，不足以準確地表示「方位」。

於是，這就涉及到方位詞跟與之詞音相同、詞形相同、詞義相近的時空名詞的劃界問題，劃界的標準只有一個，那就是除了極個別情形之外，要看它是否處在「方位短語」之中。魚兒離不開水，方位詞離不開方位短語，就是這麼一個道理，一旦離開了方位短語，絕大多數就不是方位詞，而是空間名詞或時間名詞。這就使我們進一步確認：方位詞是表示有參照物的事物的方向位置的關係詞，而不是沒有「方位坐標」的僅僅表示時空稱謂的成分詞，它通常不能獨立充當句法成分，只能在跟別的詞組成「方位短語」之後，再以短語的身份充當句法成分。認爲「方位詞還可以做多種句法成分」的說法混淆了方位詞跟與之詞音相同、詞形相同、詞義相近的時空名詞的界限，不利於對方位詞詞性本質的認識與理解。上文所說的極個別例外情形主要是指在「上回」、「下次」、「前段」、「後排」這一類「方量短語」中的前一個詞仍是方位詞，這需要另當別論，其理由是「方量短語」中的方位詞之所以可以認定爲「方位詞」，是因爲它存在方位的參照物，它後面的量詞就是它的方位坐標。

至於作爲行爲動詞的「上」（例如：「上山去」、「上天了」）與「下」（例如：「下樓吧」、「下課了」），因爲它們不會被誤認爲是方位詞，也就不再另立題目討論了。

三、比況詞

比況詞是具有比喻功能的關係詞，很多語法論著都將它稱作「比況助詞」。本書認爲，「助詞」的本質跟「介詞」、「連詞」類似，都屬於「聯結關係詞」，而「比況詞」的本質卻跟「量詞」、「方位」類似，都能依附於其他詞語構成以該詞稱謂命名的短語，量詞可以構成「量詞短語」，方位詞可以構成「方位短語」，比況詞也可以構成「比況短語」，故它們都屬於「依附關係詞」。因此，我們不將它歸入「助詞」一類，也就不將它稱作「比況助詞」，因而就徑直叫作「比況詞」，這樣更顯得直截了當。

1、比況詞的成員

比況詞是一個成員很少的封閉的詞類，其主要成員大約只有四個：「似的」、「一樣」、「般」、「一般」，即便是把「似的」的書面變化形態「似地」算上，也才只有五個。由於成員很少，也就不必再作內部分類了。

2、比況詞的語法特徵

比況詞是用在表示比喻的明喻句中具有比喻功能的關係詞，它的主要語法特徵有如下兩點：

其一，一般不單獨作句法成分，常附著在別的詞或短語之後，組成比況短語來表示比喻中的明喻。例如：「泥菩薩似的」、「觸電似地」、「花兒一樣」、「鋼鐵般」、「金子一般」。

其二，當被比喻的事物先於打比方的事物說出來的時候，比況詞常與表比喻的「比況動詞」搭配使用，例如：「像泥菩薩似的」、「猶如觸電似地」、「彷彿花兒一樣」、「如鋼鐵般」、「如同金子一般」……這樣會使明喻更加醒目，也使比喻的味道更加濃烈。

綜上所述，本節討論了漢語中的量詞、方位詞、比況詞這三種依附關係詞的一些相關問題，它們都是要依附於其他詞語之後，藉以構成以該詞稱謂命名的短語，故名「依附關係詞」。具體來說，量詞是用來構成「量詞短語」的關係

詞，方位詞是用來構成「方位短語」的關係詞，比況詞是用來構成「比況短語」的關係詞，這就是這三類「依附關係詞」的本質特性。

17. 漢語的聯結關係詞之一：介詞

上一節論及漢語單詞中的「依附關係詞」，包括量詞、方位詞和比況詞三類，它們都是要依附於其他詞語之後，藉以構成以該詞稱謂命名的短語，故名「依附關係詞」。具體來說，量詞是用來構成「量詞短語」的關係詞，方位詞是用來構成「方位短語」的關係詞，比況詞是用來構成「比況短語」的關係詞。這一節來討論漢語的聯結關係詞。聯結關係詞是指在成分詞或短語之間起聯結作用的詞，也就是說，這種詞憑藉它的特定聯結能力能夠將成分詞、短語、分句、句子等語法單位牽連成一個整體，藉以完成語言的流暢表達。聯結關係詞包括介詞、連詞、助詞三類，下面將分兩節來介紹這三類聯結關係詞的內部構成和語法特徵，本節先來談談介詞。

一、介詞的功用及相關說明

1、介詞的語法功用

漢語的介詞是將體詞性或相當於體詞性的語言成分介引給謂詞性的語言成分從中起到中介作用的詞。

介詞的「介」字有兩層含義：

一是「介引」的意思。所謂「介引」就是介紹並引導，介詞屬於「聯結關係詞」，它的聯結作用具有主動性，即運用它的介紹引導功能主動地將體詞性的成分介引給謂詞性的成分。

例如在「把書打開」這個語言片斷中，介詞「把」主動地將體詞性的成分「書」介引給謂詞性的成分「打開」，這樣用的介詞「把」與緊跟其後的體詞性成分「書」聯結得更為緊密，它要先跟體詞性成分構成介賓短語「把書」才能與之後的謂詞性成分「打開」接觸，進而完成其「介紹引導」的功能。

二是「中介」的意思。正因為介詞能夠將體詞性的成分介引給謂詞性的成分，於是它便起到了這兩種成分的聯結中介的作用。例如在「摘引自互聯網」這個語言片斷中，介詞「自」起到了動詞「摘引」與名詞「互聯網」這兩種成分的聯結中介的作用，這樣用的介詞「自」跟它前面的動詞性成分「摘引」聯

得更爲緊密，它要先跟動詞性成分構成動介短語「摘引自」，再讓後邊的體詞性成分「互聯網」作它的賓語，才能完成其「中介」的功能。

2、介詞的表意範疇

介詞雖然不是嚴格意義上的封閉的詞類，但常用介詞的數量也是有限的，漢語中的介詞充其量不會超過 100 個。介詞將名詞、代詞等體詞性的成分介引給動詞、形容詞等謂詞性的成分，根據被介詞所介引的體詞性的成分的表意範疇，可大致將介詞分爲介引時間處所的、介引方式依據的、介引原因目的的、介引施事受事的、介引關涉對象的等五個細目，現簡要圖示如下：

```
      ┌─ 介引時間處所的：從、自、在、向、往、朝、由、到、於、當、順著、沿著、隨著
      ├─ 介引方式依據的：按、用、依、據、以、憑、按照、根據、經過、通過、本著、憑著
介詞 ─┼─ 介引原因目的的：因、因爲、由於、爲、爲了、爲著
      ├─ 介引施事受事的：被、給、叫、讓、把、將、管、連
      └─ 介引關涉對象的：跟、和、給、替、向、同、把、比、對、對於、關於
```

圖 17-1

3、關於介詞細目的相關說明

（1）以上分類列舉了一些常用的介詞，其中有些介詞的功能是身兼多職的：像「從、自、在、向、往、朝、由、到、於、當」這些介詞就是既可以介引時間又可以介引處所；另外，「向」這個介詞就是既可以介引時間處所，又可以介引關涉對象，「給」這個介詞就是既可以介引施事受事，又可以介引關涉對象。

（2）有些雙音節的介詞，像「順著、沿著、隨著、本著、憑著、爲著、爲了、經過、通過」等，內含「著、了、過」這樣的類似動態詞的語素。需要指出的是，現代漢語中的這些詞都是雙音節的合成詞，整體作爲一個介詞來使用，不應將它們看作是一個單音節的介詞加上一個動態助詞，因爲介詞是不能帶動態助詞的，這些詞內所含的「著、了、過」並非獨立的動態詞，而是構成這些介詞的語素。（詳見下文「介詞的語法特徵」的相關說明）

二、介詞的語法特徵

介詞是在體詞性成分與謂詞性成分之間起到「介紹引導」性的「中介」作用的關係詞，它的主要語法特徵有如下兩點：

1、介詞的基本功用就是構成「介賓短語」或者「動介短語」這兩種「介詞短語」。

下面是一些常用介詞構成的介賓短語的例子：

介引時間處所的介詞構成的介賓短語：從北京、從現在、自家鄉、自去年、在外地、在晚上、向海洋、向明天、往天空、往昨天、朝前方、朝月底、由學校、由春季、到公司、到中午、於賓館、於 2000 年、當對方、當黎明、打鄉親那裏、打改革開放以後、順著山坡、沿著小路、隨著河床⋯⋯

介引方式依據的介詞構成的介賓短語：按順序、按大小、照此理、照計劃、用沉默、用鋼筆、依先後、依慣例、據民法、以附件、憑單據、按照規章、依據條約、依照憲法、根據調查結果、經過分析、通過實踐、本著禮讓原則、憑著模糊記憶⋯⋯

介引原因目的的介詞構成的介賓短語：因資金問題、因泥石流、因爲暴雨、因爲堵車、由於乾旱、由於水災、爲祖國、爲大家、爲了下一代、爲著未來⋯⋯

介引施事受事的介詞構成的介賓短語：被敵人、被親人、給各位、給孩子們、叫大家、叫河水、讓民眾、讓市場、把成績、把時間、將問題、將對手、管辣椒（叫海椒）、管版主（叫斑竹）

介引關涉對象的介詞構成的介賓短語：跟別人、和領導、給同學、替公民、向大家、同對方、把精力、比年輕人、對名人、對於這個問題、關於貸款利率⋯⋯

下面是一些常用介詞構成的動介短語的例子：

發源自、出發自、摘引自、安放在、設立在、鐫刻在、筆錄於、出生於、收藏於、行走於、遨遊於、爬向、奔跑向、奔馳向、跑到、來到、考慮到、飛往、寄往、贈以、奉獻以、尊稱爲、概括爲、遞交給、贈送給⋯⋯

2、介詞不能單獨作句子成分

介詞不能單獨作句子成分，它總是以「介賓短語」或「動介短語」這樣的介詞短語形式出現，魚兒離不開水，介詞離不開介詞短語，介賓短語經常整體作狀語，動介短語經常整體作動語。

介賓短語經常以短語的身份整體作狀語，例如（方括號內爲充當狀語的介賓短語，方括號後面是它修飾限制的中心語）：

〔從北京〕到拉薩 ／〔照計劃〕進行 ／〔爲大家〕謀福利 ／〔叫大家〕安

靜下來／〔跟別人〕吵架／〔對於這個問題〕不置可否／〔為了一點小事〕發生爭執……

動介短語經常以短語的身份整體作動語（動語是支配賓語的成分），例如（下加橫線的為充當動語的動介短語，它後面的成分是賓語）：

<u>發源自</u>喜馬拉雅山／<u>鐫刻在</u>石碑上／<u>出生於</u> 1989 年／<u>爬向</u>自己的同類／<u>考慮到</u>天氣變化／<u>寄往</u>貧困山區／<u>贈以</u>臨別留言／<u>尊稱為</u>閣下／<u>遞交給</u>領導／<u>取決於</u>你的考試成績／<u>走到</u>目的地……

三、關於介詞與動詞的區分問題

1、介詞大多是由動詞虛化而來的

現代漢語的介詞大多數是從古代漢語的動詞演變來的，如「在、到、朝、為、比、給、被、經過、通過」等詞還兼有介詞、動詞甚至於副詞等幾種屬性。例如：

（1）「在」的動詞、副詞、介詞屬性

① 他在家休息呢。（「在」是介詞，介賓短語「在家」位於動詞「休息」之前整體作狀語）

② 他在家呢。（「在」是表存在意義的存現動詞，「在家」不是介賓短語，而是動賓短語，整體作謂語）

③ 他在休息呢。（「在」是表示現在正在意義的時間副詞，它用在動詞「休息」之前作狀語，「在休息」不是介賓短語，而是狀中短語）

④ 他在不在？他在。（「在」單獨使用，先用肯定否定重疊形式提問，再單獨回答問題，「在不在」和「在」都是動詞作謂語）

（2）「到」的動詞、介詞屬性

① 我到過北京。（「到」是行為動詞，後邊跟著動態詞「過」，「到過北京」不是介賓短語，而是動賓短語，整體作謂語）

② 我到北京去旅遊。（「到」是介詞，介賓短語「到北京」位於動詞「去」之前整體作狀語）

（3）「朝」的動詞、介詞屬性

① 學校的大門朝南。（「朝」是動詞，「朝南」不是介賓短語，而是動賓短語，整體作謂語）

② 學校的大門朝南開著。（「朝」是介詞，介賓短語「朝南」位於動詞「開」之前整體作狀語）

③ 朝南的大門一直關著。（「朝」是動詞，「朝南」不是介賓短語，而是動賓短語，整體作定語）

④ 朝南開的大門一直關著。（「朝」是介詞，介賓短語「朝南」位於動詞「開」之前整體作狀語，然後「朝南開」這個狀中短語再整體作「大門」的定語）

（4）「為」的動詞、介詞屬性

① 他為誰？為大家。（「為」是動詞，「為誰」和「為大家」都不是介賓短語，而是動賓短語，整體作謂語）

② 我們為這件事著急。（「為」是介詞，介賓短語「為這件事」位於心理動詞「著急」之前整體作狀語）

（5）「比」的動詞、介詞屬性

① 今天我們比技巧。（「比」是動詞，「比技巧」不是介賓短語，而是動賓短語，整體作謂語）

② 你比他強。（「比」是介詞，介賓短語「比他」位於形容詞「強」之前整體作狀語）

（6）「給」的動詞、介詞、副詞屬性

① 我給你。（「給」是動詞，「給你」不是介賓短語，而是動賓短語，整體作謂語）

② 我給你這本書。（「給」是動詞，「給你這本書」是帶有雙賓語的動賓短語，整體作謂語）

③ 我給你添麻煩了。（「給」是介詞，介賓短語「給你」位於動詞「添」之前整體作狀語）

④ 玻璃給打碎了。（「給」是表強調意義的副詞，它用在動詞「打」之前作狀語，兼表被動意思）

（7）「被」的介詞、副詞屬性

① 他的東西被火燒了。（「被」是介詞，介賓短語「被火」位於動詞「燒」之前整體作狀語）

② 他的東西被燒了。(「被」是表強調意義的副詞，它用在動詞「燒」之前作狀語，兼表被動意思)

（8）「經過」的動詞、介詞屬性

① 一路上我們經過了許多地方。(「經過」是動詞，「經過了許多地方」不是介賓短語，而是動賓短語，整體作謂語)

② 他經過大家的開導轉變了情緒。(「經過」是介詞，介賓短語「經過大家的開導」位於動詞「轉變」之前整體作狀語)

（9）「通過」的動詞、介詞屬性

① 計劃通過了。(「通過」是動詞，它獨立使用，並帶有動態詞「了」，作謂語)

② 我們通過學習提高了認識。(「通過」是介詞，介賓短語「通過學習」位於動詞「提高」之前整體作狀語)

2、介詞與動詞的區分

通過上述諸例，我們可以看出介詞與動詞的區別在於：

（1）動詞能單獨作句法成分，還能用肯定否定相疊表示疑問，介詞不能。例如：

① 他在不在宿舍？他在。(「在」爲動詞，可以單獨作謂語，可以說成「在不在」)

② 他在黑板上寫了幾個字。(「在」爲介詞，它存在於介賓短語「在黑板上」之中，並且不能改爲「在不在」)

（2）看「□＋賓」結構的後邊是否還有別的動詞，若有別的動詞，「□」是介詞，「□＋賓」結構爲介賓短語；若沒有別的動詞，山中無老虎，猴子稱大王，那麼「□」就是動詞，「□＋賓」結構爲動賓短語。例如：

① 葵花向太陽。(「向太陽」這個「□＋賓」結構的後邊沒有別的動詞，所以爲動賓短語，「向」是動詞)

② 葵花向太陽開放。(「向太陽」這個「□＋賓」結構的後邊還有別的動詞「開放」，所以爲介賓短語，「向」是介詞)

（3）大部分動詞能帶動態詞「著、了、過」，介詞不能。例如：

① 他給了我一本書。(「給了我一本書」這個「□＋賓＋賓」結構不但後邊沒有別的動詞，而且「給」還帶有動態詞「了」，所以爲帶雙賓語的動賓短語，「給」是動詞)

② 他給我買了一本書。(「給我」這個「□＋賓」後邊還有別的動詞「買」，而且「給」不能帶動態詞「了」，說成「給了我買了……」，所以「給我」是介賓短語，「給」是介詞)

需要注意的是，介詞不能帶動態詞「著、了、過」，並不意味著介詞內部不能含有帶「著、了、過」的語素，如「沿著、爲了、通過」等介詞本身含有動態語素，則另當別論。

四、對「介賓短語作定語」和「介賓短語作補語」說法的質疑

傳統語法論著中通常認爲：介賓短語經常作狀語或補語，個別時候也可以做定語。「介賓短語經常作狀語」，這是沒有疑問的，那麼介賓短語是否也可以作補語或者定語呢？例如：「在學校的時候，他經常把書放在教室裏。」一句話，通常被分析爲：介賓短語「把書」用在動詞「放」之前作狀語，介賓短語「在學校」用在名詞「時候」之前作定語，介賓短語「在教室裏」用在動詞「放」之後作補語。這樣一來，介賓短語除了能做狀語之外，就還具有充當定語成分與補語成分的功能了。

毫無疑問，介賓短語「把書」用在動詞「放」之前作狀語是成立的，而本書恰恰只承認介賓短語可以並經常作狀語，現在我們甚至還可以說得更肯定一點：介詞是只能以「介賓短語」和「動介短語」兩種形態存在於語言鏈條中的，當它以「介賓短語」的形態存在的時候經常作狀語；當它以「動介短語」的形態存在的時候只能作動語並且帶賓語。

我對「介賓短語作定語」和「介賓短語作補語」這兩種說法表示懷疑，我認爲「介賓短語作定語」和「介賓短語作補語」的說法是由於認識視角的不同而發生的誤解。特提出以下個人看法，以求切磋：

1、對「介賓短語作定語」說法的質疑

我們先來說一下「介賓短語作定語」的問題。許多語法論著都認爲，像「在學校的時候」、「在桌子上的書」、「對歷史人物的評價」這一類說法是介賓短語「在學校」、「在桌子上」、「對歷史人物」以介賓短語的整體身份充當後面詞語

的定語。其理由有二：一是它們所限定的後邊的詞語都是體詞性的詞語，體詞性的詞語充當中心語，它前邊的修飾限製成分就應該是定語；二是它們同後邊的詞語之間含有結構助詞「的」，而「的」是定語的標誌。

這兩條理由太厲害了，誰能說不是呢？然而，眞的是這樣嗎？經過仔細思考與比對，我只好不無遺憾的說，事實的眞相不全是這樣。「的」是定語的標誌，沒錯；體詞性的詞語充當中心語，它前邊的修飾限製成分就應該是定語，也沒錯。不能不承認，如果孤立地將「在學校的時候」、「在桌子上的書」、「對歷史人物的評價」作爲短語來分析，它們確實都是「定中短語」，又都像是由「介賓短語」作定語的「定中短語」：「什麼時候？」──「在學校的時候」；「在哪兒的書？」──「在桌子上的書」；「對誰的評價？」──「對歷史人物的評價」⋯⋯這不是「介賓短語作定語」又是什麼呢？

但是，從某些細微的地方我們還是看到了漢語表達的微妙之處，難道像上面例子中的「在」與「對」就一定是介詞嗎？它們不可以是表示處在意義和表示針對意義的動詞嗎？我覺得，不將其看作介詞而將其看作動詞反而更爲合理一些。正因爲它們所限定的後邊的詞語都是體詞性的詞語，所以它們沒有完成介詞的「介引」與「中介」的語法功能，它們沒有將體詞性的詞語介紹給謂詞性的詞語，它們就沒有資格稱爲「介詞」。據此，我認爲，像「在學校的時候」、「在桌子上的書」、「對歷史人物的評價」這一類短語應該看作是由動賓短語作定語的「定中短語」。

前文我在談到介詞的語法特徵的時候舉到的一個例子也很能說明問題，現在再來回味一下：「朝」的動詞、介詞屬性

　　① 學校的大門朝南。（「朝」是動詞，「朝南」不是介賓短語，而是動賓短語，整體作謂語）

　　② 學校的大門朝南開著。（「朝」是介詞，介賓短語「朝南」位於動詞「開」之前整體作狀語）

　　③ 朝南的大門一直關著。（「朝」是動詞，「朝南」不是介賓短語，而是動賓短語，整體作定語）

　　④ 朝南開的大門一直關著。（「朝」是介詞，介賓短語「朝南」位於動詞「開」之前整體作狀語，然後「朝南開」這個狀中短語再整體作「大門」的定語）

可以看出，例②與例④中的「朝」是介詞，因爲它把體詞性的成分「南」介紹引導給了謂詞性的成分「開」，完成了介引功能，是介詞；而例①與例③中的「朝」，沒有把體詞性的成分「南」介紹引導給謂詞性的成分，沒有完成了介引功能，因此它是動詞，「朝南」不是介賓短語，而是動賓短語。

所以，像「在學校的時候」、「在桌子上的書」、「對歷史人物的評價」、「朝南的大門」這一類貌似「介賓短語作定語」的現象，其實是「動賓短語作定語」。

2、對「介賓短語作補語」說法的質疑

我們再來談談「介賓短語作補語」的問題。許多語法論著都認爲，像「放在教室裏」、「工作到深夜」、「出生於 1989 年」這一類說法是介賓短語「在教室裏」、「到深夜」、「於 1989 年」作補語，他們分別用在動詞之後，對前邊的動詞「放」、「工作」、「出生」作補充說明。這種觀點甚至也包括此間剛剛表述的這句話中的「用在動詞之後」這個語言片斷，也是將其看作是介賓短語「在動詞之後」對前邊的動詞「用」加以補充說明，應該看作是補語。

眞的是這樣嗎？回答是否定的，事實的眞相不是這樣。我們前面在「動詞與介詞的區分問題」一段中提到：大部分動詞能帶動態詞「著、了、過」，介詞不能。試想，像「放在教室裏」、「工做到深夜」、「出生於 1989 年」這一類說法，前兩例中的「在」和「到」之後都可以帶動態詞「了」，說成「放在了教室裏」、「工做到了深夜」，可見這「在」和「到」不是構成「介賓短語」的介詞，而是另有所指的動詞性的成分，至於「出生於 1989 年」不能說成「出生於了 1989 年」，那是因爲「於」還保留有古漢語文言用法的屬性，因爲古漢語中沒有帶動態詞「了」的表述，故不便於使用。

我們在前文「介詞的語法特徵」一段中特別提出：介詞的基本功用就是構成「介賓短語」和「動介短語」這兩種「介詞短語」；介賓短語經常整體作狀語，動介短語經常整體作動語。而且我們還專門列舉了一些常見的「動介短語」，例如：發源自、出發自、摘引自、安放在、設立在、鑴刻在、筆錄於、出生於、收藏於、行走於、遨遊於、爬向、奔跑向、奔馳向、跑到、來到、考慮到、飛往、寄往、贈以、奉獻以、尊稱爲、概括爲、遞交給、贈送給……

原來「放在」、「工做到」、「出生於」都是常見的「動介短語」，可見這當中的「在」、「到」、「於」雖然都是以介詞的身份出現的，但它們並不先跟後邊的

體詞性成分構成「介賓短語」，而是先跟前邊的謂詞性成分構成「動介短語」作動語，它們後邊的體詞性成分「教室裏」、「深夜」、「1989 年」都是前邊的「動介短語」所關涉的對象，也就是由動介短語充當的動語所帶的賓語。

再換一個角度來觀察，從停頓語感上來看，「放在教室裏」、「工做到深夜」、「出生於 1989 年」這幾個語言片斷，也應該是停頓為「放在 / 教室裏」、「工做到 / 深夜」、「出生於 / 1989 年」，而不應該停頓為「放 / 在教室裏」、「工作 / 到深夜」、「出生 / 於 1989 年」，因為如果要對其發問的話，只能這樣問：「放在哪裏？」、「工做到什麼時候？」、「出生於哪一年？」，而絕不會問：「放得怎麼樣？」、「工作得怎麼樣？」、「出生得怎麼樣？」可見後面不是補充說明前面內容的補語，而恰恰是以賓語的身份成為前面內容的關涉對象。

據此，我們對「介賓短語作補語」的說法提出質疑，我們認為，許多語法論著所說的「介賓短語作補語」其實應該分析為「動介短語帶賓語」，藉以承認漢語「動介短語」的合法地位。

18. 漢語的聯結關係詞之二：連詞、助詞

本節繼續討論現代漢語的聯結關係詞。聯結關係詞是指在成分詞或短語之間起聯結作用的詞，也就是說，這種詞憑藉它的特定聯結能力能夠將成分詞、短語、分句、句子等語法單位牽連成一個整體，藉以完成語言的流暢表達。聯結關係詞包括介詞、連詞、助詞三類，上一節我們分析了介詞的語法功能、語法範疇和語法特徵，這裏再來談談連詞與助詞的相關問題。

一、連詞

連詞又稱連接詞，是用來連接單詞、短語、分句、句子等語言單位，藉以表示某種邏輯語法關係的聯結關係詞，連詞可以表示並列、承接、遞進、選擇、轉折、條件、假設、因果、目的等多種邏輯語法關係。

1、連詞的內部分類

依據連詞能聯結的語言單位的性質，可將其分為「連接造句單位的連詞」與「連接表達單位的連詞」兩大類，前者用在單詞或者短語之間起連接作用，後者用在分句或者句子之間起連接作用；依據連詞能表示的邏輯語法關係的種類，除了「表示解說關係」不需要連詞之外，可將其分為「表示並列關係的連

詞」、「表示承接關係的連詞」、「表示遞進關係的連詞」、「表示選擇關係的連詞」、「表示轉折關係的連詞」、「表示條件關係的連詞」、「表示假設關係的連詞」、「表示因果關係的連詞」、「表示目的關係的連詞」等 9 種類型，現簡單舉例圖示如下：

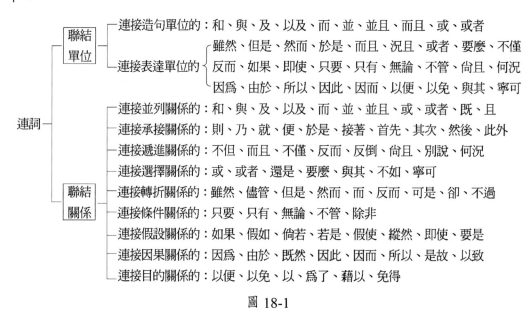

圖 18-1

2、各類連詞的舉例說明

（1）連接單詞、短語等造句單位的連詞

連接造句單位的連詞，主要功能是將單詞連接成短語，將簡單短語連接成複雜短語，或者將單詞、短語連接成單句，另外漢語的成語中也凝固了一些連詞，也可以看作是連接造句單位的連詞。現分類舉例如下：

1）將詞連接成短語的情形：城市和農村 / 教師與學生 / 過程及原因 / 平坦而寬闊 / 閱讀並思考 / 高級並且新潮 / 正直而且謙遜 / 今天或明天 / 贊成或者反對 / ……

2）將簡單短語連接成複雜短語的情形：高速公路、快速鐵路、城市公交和地鐵 / 刻苦學習、認真思考與深入探索 / 在外國洗盤子、送外賣及修草坪 / 或者同意或者反對或者保持中立 / ……

3）將詞、短語連接成單句的情形：

① 片面地強調讀書，而不關心政治，或者片面地強調政治，而不努力讀書，都是極端錯誤的。」（這句話中儘管使用了「而」、「或者」等連詞，但

它整體來看只是一個單句，因此這裏的「而」、「或者」是連接造句單位的連詞）

② 在這些日子裏，我們一天比一天更加認識到，只有這種知識，這種意志，才是世界上最可寶貴的財產。」（這句話中儘管使用了「只有……才」等相呼應的關聯詞語，其中的「只有」是連詞，「才」是副詞，但它整體來看也只是一個單句，因此這裏的「只有」只能是連接造句單位的連詞）

4）成語中含有連詞的情形：三思而行／半途而廢／避而不談／不辭而別／聲情並茂／恩威並重／相提並論／……（需要說明的是，只有個別的含有文言色彩的連詞才有這種功能）

（2）連接表達單位（分句、句子）的連詞

連接表達單位的連詞，主要功能是將分句連接成複句，或者將句子連接成句群。現分別舉例如下：

1）將分句連接成複句的情形：

① 我們不應該盲從，而應該思索。（用連詞「而」將兩個分句連接成並列關係的複句）

② 他首先講到團結，然後講到紀律。（用連詞「首先」、「然後」將兩個分句連接成承接關係的複句）

③ 他不但不聽勸，反而鬧得更厲害了。（用連詞「不但」、「反而」將兩個分句連接成遞進關係的複句）

④ 明天要麼你去，要麼我去。（用連詞「要麼」將兩個分句連接成選擇關係的複句）

⑤ 我們一再邀請，可是他堅決不參加。（用連詞「可是」將兩個分句連接成轉折關係的複句）

⑥ 只有自己動腦筋，才能消化理解。（用連詞「只有」和副詞「才」將兩個分句連接成條件關係的複句）

⑦ 如果你相信我，那麼就說實話。（用連詞「如果」、「那麼」將兩個分句連接成假設關係的複句）

⑧ 詩歌之所以要押韻，是因爲便於誦讀和記憶。（用連詞「所以」、「因爲」將兩個分句連接成因果關係的複句）

⑨ 下車時請帶好自己的物品，以免忘在車上。（用連詞「以免」將兩個分句連接成目的關係的複句）

2）將句子連接成句群的情形：

① 不論遇到多麼不愉快的事情，只要採取積極的向前看的態度，腦內就分泌出對身體有益的荷爾蒙。不論自己所處的環境多麼優越，只要心情怨怒憎恨、憂愁苦悶，腦內就分泌出對身體有害的物質。（借助連詞「不論」在兩句之首造成呼應，將兩個句子連接成為並列關係的句群）

② 她甚至孩子氣地想：如果能把腳下這顆小石子一腳踢到前邊那個小土坑裏，馮書記就會馬上回來；如果踢不進，今天就不回來。於是，她就提心弔膽地躲這顆小石子，真的像這顆小石子能決定馮書記回來不回來似的。（用連詞「於是」將兩個句子連接成承接關係的句群）

③ 彷彿從這一天起，未莊的女人們忽然都怕了羞，伊們一見阿Q走來，便個個躲進門裏去。甚而至於將近五十歲的鄒七嫂，也跟著別人亂鑽，而且將十一歲的女兒都叫進去了。（用連詞「甚而」、「至於」將兩個句子連接成遞進關係的句群）

④ 我又模糊地睡去了嗎？或者我在嘻嘻地笑你的愚蠢嗎？或者我在憐憫你的痛苦嗎？（用連詞「或者」將三個句子連接成選擇關係的句群）

⑤ 沙漠是人類最頑強的自然敵人之一，有史以來，人類就同沙漠不斷地鬥爭。但是從古代的傳說和史書的記載來看，過去人類沒有能征服沙漠，若干住人的地區反而為沙漠所吞併。（用連詞「但是」將兩個句子連接成轉折關係的句群）

⑥ 沒有辮子，該當何罪，書上都一條一條明明白白寫著的。不管他家裏有些什麼人。（用連詞「不管」將兩個句子連接成條件關係的句群）

⑦ 你對於那個問題不能解決嗎？那麼，你就去調查那個問題的現狀和它的歷史吧！（用連詞「那麼」將兩個句子連接成假設關係的句群）

⑧ 作品的句子有長有短，短句子可以一口氣讀完，而長句子有時候則需要分成幾段來讀。因此，停頓是有聲語言表情達意必不可少的手段。（用連詞「因此」將兩個句子連接成因果關係的句群）

⑨ 我學習勤奮，刻苦鍛鍊。**爲的是**奪回失去了的寶貴時間。（用連詞「爲的」將兩個句子連接成目的關係的句群）

⑩ 戶籍制度也曾經在社會管理中起到一定的作用。**首先**，戶籍可以通過公民身份證登記，從而證明身份，並確立民事權利和行爲能力；**其次**，可以爲政府制定國民經濟和社會發展規劃、勞動力合理配置等提供基礎數據和資料；**此外**，對於公安機關來說，戶籍管理是治安管理的基礎和重點，在維護治安、打擊犯罪方面起到了巨大作用。（用連詞「首先」、「其次」、「此外」三項分說來解釋前一個句子，將兩個句子連接成解說關係的句群）

3、連詞的語法特徵及其與介詞的區分

連詞是用來連接單詞、短語、分句、句子等語言單位，藉以表示某種邏輯語法關係的聯結關係詞，它的唯一的語法特徵就是不能單獨作任何句法成分，只起連接作用。

如何區分連詞與介詞的詞性，先看兩個例子：

① 我和她都去。

② 和她去的是誰？

例①的「和」是連詞，它只起連接作用，將「我」、「她」兩個代詞連接成爲一個聯合短語充當句子的主語；例②的「和她」是介賓短語，整體作動詞「去」的狀語，然後這個狀中短語再加上結構助詞「的」構成「的字短語」充當句子的主語，可見這個「和」是介詞。

由此可知，區分連詞與介詞的詞性的首要辦法就是根據連詞的語法特徵「只起連接作用，不能單獨作任何句法成分」，而介詞是可以構成介賓短語，充當「介賓」關係中的一種句法成分的。

其實，大多數連詞是不會被誤認作介詞的，因爲它們沒有介詞的功能，而不容易區分的主要是「和」、「與」這兩個連詞，因爲有些時候它們會被用作介詞，例如：

③ 我和她說不明白。（這句話中的「和」是介詞，意思是：我跟她說不明白）

④ 我和她都說過了。（這句話中的「和」是連詞，意思是：我說過了，她也說過了）

為此，我們提出區分連詞與介詞詞性的輔助辦法：

其一，用作連詞時，前後的詞語可以互換位置；用作介詞時不能。例如：「我和她都說過了」可以說成「她和我都說過了」，而「我和她說不明白」卻不能說成「她和我說不明白」，那樣意思就反了。

其二，用作介詞時前邊可以加狀語，用作連詞時不能。例如：「我和她說不明白」可以在「和」的前邊加狀語，說成「我怎麼也和她說不明白」。因此，像例④如果將「我和她」後面的副詞「都」移至「和」的前邊，說成「我都和她說過了」，那麼「和」也就用作介詞了。

其三，用作介詞時可以位於句首，用作連詞時不能。例②的「和」就可以位於句首，可見其是介詞。但有些時候還是有難以區分之處，例如：

⑤ 說明文和議論文與記敘文一樣重要。

這句話可能會有兩種理解：第一種理解認為「說明文」是主語，它「和議論文與記敘文一樣重要」；第二種理解認為「說明文和議論文」這個聯合短語是主語，它「與記敘文一樣重要」。根據第一種理解，「和」是介詞，「與」是連詞；根據第二種理解，「和」是連詞，「與」是介詞。

建議：將「和、與」專用作連詞，將「同、跟」專用作介詞，分工明確，就不會出現這樣的問題了。這樣分工以後，「說明文和議論文與記敘文一樣重要」就有兩種不同的表示法了：

按照第一種理解，就說成：「說明文跟議論文與記敘文一樣重要」或者「說明文同議論文與記敘文一樣重要」；按照第二種理解，就說成：「說明文和議論文跟記敘文一樣重要」或者「說明文和議論文同記敘文一樣重要」。

二、助詞

根據傳統的語法論著，助詞的成員有多種：至少來說，結構助詞、動態助詞、比況助詞、語氣助詞都是助詞大家族的主要成員。然而，本書對傳統助詞的內涵與外延持審慎態度，經過語法功能方面的重新界定，我們對傳統助詞的這些成員進行了必要的清理和剝離，讓傳統的動態助詞、比況助詞、語氣助詞都獨立出去自成一類，刪去名稱中的「助」字，就直接叫做「動態詞、比況詞、語氣詞」，並分別將「比況詞」歸屬於「依附關係詞」（參見第

16 節的論述），將「動態詞」和「語氣詞」歸屬於「情態關係詞」（詳見下一節的論述）。

1、助詞的內部成員

這樣一來，原來的助詞大家庭中就只剩下「結構助詞」了，其中包括現代常用的「的、地、得、所」和現代不常用的「之、底」；然而，我發現在傳統語法看作是結構助詞的這幾個詞中，有一個「所」是現代與古代都常用的，而且它與「的、地、得、底、之」幾個結構助詞在語法功能方面有著本質的不同，那就是它不能表示定語、狀語、補語等附加成分跟中心語之間的結構關係，而只能用在動詞性的詞語之前起強調作用，所以應該讓它獨立出來，自成一類，不再叫「結構助詞」，而叫做「強調助詞」。

另外，我認為還應該有一種詞也可以歸到助詞裏面來，那就是表數助詞，其中包括表示複數的助詞「們」和表示概數的助詞「多、來」。這樣一來，本書所說的助詞就又有「結構助詞」、「強調助詞」、「表數助詞」三個小類了，現將這三類助詞圖示如下：

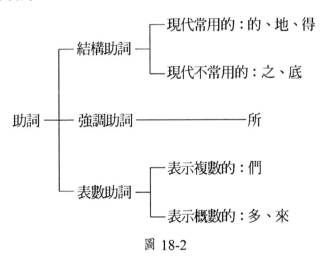

圖 18-2

2、結構助詞的語法特徵

結構助詞是表示定語、狀語、補語等附加成分和中心語之間的結構關係的助詞，「的、地、得、底、之」都是這樣的助詞，只是「的、地、得」現在常用，「底、之」現在不常用而已。依據漢語普通話讀音，其中現在常用的「的、地、得」都讀 de（輕聲），它們的分工僅僅是書面上的，口語中不能區分。在書面上，定語與中心語之間用「的」，狀語與中心語之間用「地」，中心語與補語之間用「得」。

結構助詞的語法特徵是不能單獨充當任何句法成分，只起結構作用，依據各自的分工，可以輔助成分詞構成定中短語、狀中短語、中補短語、的字短語等。下面分別加以介紹：

（1）「的」——用於定中短語的定語和中心語之間，也可隱去中心語直接跟定語構成「的字短語」。

在定中短語中，「的」是定語的標誌，用在定語和中心語之間。例如：蔚藍的天空 / 廣闊的原野 / 睡不著覺的時候 / 外面的世界 / 陰雲密佈的夜晚 / 安然自得的姿態 / 他的老師和同學 / 新鮮的葡萄與哈密瓜……

如果將定中短語的中心語省去，「的」能跟前邊的定語構成體詞性的「的字短語」。例如：我的 / 他的 / 男的 / 撿的 / 吃的 / 喝的 / 紅的 / 黑的 / 大的 / 主要的 / 過去的 / 塑料的 / 賣菜的 / 看熱鬧的 / 睡不著覺的 / 美得如詩如畫的……

（2）「地」——用於狀中短語的狀語和中心語之間。

在狀中短語中，「地」是狀語的標誌，用在狀語和中心語之間。例如：坦誠地表示 / 公正地處理 / 眼睜睜地看著 / 不動聲色地說 / 急匆匆地跑 / 不停地吵鬧 / 有組織地進行調查 / 放心大膽地遊玩 / 夜以繼日地苦幹……

（3）「得」——用於中補短語的中心語和補語之間。

在中補短語中，「得」是補語的標誌，用在中心語和補語之間。例如：飛得很高 / 打掃得乾乾淨淨 / 講得眉飛色舞 / 嚇得面如土色 / 變得堅強起來 / 高興得不知說什麼才好 / 表達得條條有理……

（4）「底」——「五四」前後用在表領有關係的定語之後，現在已經不用，一律用作「的」了。

在「五四」時代的現代白話文中，「的」與「底」都是定語的標誌，它們的分工是：「的」用於修飾性的定語（如：清新的空氣、美好的明天），「底」用於表領有關係的限制性定語，例如：我底祖國 / 國家底前途 / 學校底操場 / 大家底信念……

（5）「之」——用於定中短語的定語和中心語之間。

「之」的使用範圍大於「的」，在文言中還有代詞、動詞、取消主謂獨立性的語法標誌等多種功能（詳見本論五、本論六《漢語文言特殊語法》）。在現代漢語中，當它用作結構助詞的時候，其作用相當於「的」，但不能像「的字短語」那樣

構成「之字短語」。例如：春之聲／秋之韻／小康之家／側隱之心／彼此之間／高明之處／幸福之旅／自由之聲／憲政之路／華夏之瑰寶／國家之棟梁……

3、強調助詞的語法特徵

強調助詞只有一個「所」，它是用於動詞性詞語之前能與動詞性詞語構成「所字短語」的助詞，他的語法功用十分專一，就是對後邊的動詞性詞語加以強調，以構成「所字短語」的手段來提升動詞性詞語的表意力度。例如：所見／所聞／所想／所知／所得／所料／所需／所發現／所領導／所掌握／所不知／所低估／所厚愛／所不曾預料／所無法避免／所不斷追求……

傳統的漢語語法論著認為，「所」用在動詞前面，組成名詞性的「所字短語」，表示動作行為的受事。我們認為這樣理解有失偏頗，不能說「所」用在動詞前面，組成的是名詞性的「所字短語」。「所字短語」應該是保持並提升了它後面的動詞性詞語的本質屬性，故此我們才認為它有強烈的強調作用，才將它獨自成為一類助詞，並命名為「強調助詞」。

這裏需要澄清的至少有如下三點：

一是拿「所愛」和「所愛的」這兩個短語來比較：作為「所字短語」的「所愛」不等同於作為「的字短語」的「所愛的」；同理，「所恨」也不等於「所恨的」。因為前者是「所字短語」，具有動詞屬性，後者是「的字短語」，具有名詞屬性。

二是「所字短語」可以作為被動句的動作中心成分，例如可以說「被人所愛」、「被人所恨」、「被人所譴責」、「被人所遺忘」等，能作為被動句的動作中心成分的「所字短語」怎麼會是名詞性的呢？

三是像「所說的話」、「所做的事」、「所想的問題」等由「所字短語」來作定語的情形，那也是很正常的，因為動詞性的成分本來就是可以作定語的，例如「說的話」、「做的事」、「想的問題」，不要一見到定語就往名詞上想。動詞、形容詞都是可以作定語的，怎麼能說本可以作定語的動詞（說、做、想），前邊加上一個「所」字（所說、所做、所想）就失去了動詞屬性了呢？

可見，「所」是一個貨真價實的「強調助詞」，它的唯一的語法功用就是對後邊的動詞性詞語加以強調，強調的目的是為了提升其原有的動詞性，而絕不是為了改變其原有的動詞性。（詳見本書第 51 節《「所字結構」不是名詞性結構》）

4、表數助詞的語法特徵

表數助詞是用來表示人的複數形式或者事物的概數形式的黏附性助詞，它們的語法特徵是不能單獨充當任何句法成分，只能依附於名詞、代詞、數詞等起表數作用，依據各自的分工，有表複數與表概數兩種功用，下面分別加以說明：

（1）表複數的「們」的語法特徵

「們」依據漢語普通話的讀音，這個字不應該讀作陽平聲「mén」，它有兩個讀音：一個讀音是用作表數助詞的時候讀作輕聲「men」（例如：學生們），另一個讀音是用作構詞語素的名詞後綴的時候讀作兒化音「mer」（例如：爺們、哥們）。

「們」是一個附著在指人的普通名詞、人稱代詞或聯合短語後面表示複數意義的助詞。它的主要語法特徵有如下幾點：

其一，附著在指人的普通名詞、稱代詞或聯合短語後面表示複數意義。例如：我們／你們／他們／咱們／人們／兄弟們／孩子們／朋友們／鄉親們／戰士們／經理們／董事們／會議代表們／老師同學們／哥哥姐姐們／爺爺奶奶們／父老兄弟姐妹們……

值得注意的是，「們」不等同於英語的複數詞尾，恰好相反，如果名詞前邊加有數量短語反而不能用「們」了，例如：可以說「兄弟們、朋友們、同學們」，卻不可以說「兩個兄弟們、三個朋友們、五個同學們」，只能說「兩個兄弟、三個朋友、五個同學」，但是可以說「各位兄弟們、諸位朋友們、全體同學們」。

其二，用在指人的專有名詞後面表示「這一類人」的意思。例如：孔夫子們／陳勝吳廣們／李白杜甫們／成吉思汗們／遺老遺少們／孝子賢孫們／黃口小兒們……

其三，用在指物的名詞後面可使事物擬人化。例如：老虎們／大象們／燕子們／猴子們／青蛙們／星星們／雨點們／氣泡們／鍋碗瓢盆們……

（2）表概數的「多、來」的語法特徵

作為表數助詞的「多」跟作為形容詞的「多」是同形的同音詞，儘管它們意義上有一定的聯繫，但語法功能上有所不同；作為表數助詞的「來」跟作為動詞的「來」也是同形的同音詞，它們在意義上的聯繫已經弱化，語法功能就更是不同。它們的主要語法特徵有如下幾點：

其一，「多」、「來」用在數詞後面，都可以表示大概的數目。「多」表示略超出前邊的數目，例如：五十多（人）／二百多（天）／四千多（份）／五萬六千多（斤）。「來」表示接近前邊的數目，例如：十來（次）／三十來（位）／六十來（個）／一千來（米）……

其二，「多」、「來」還可以用在數量短語後面，表示略超出前邊的數量或接近前邊的數量，後面可以跟形容詞或者名詞。例如：一碗多（飯）／兩米多（長）／五斤多（重）／四畝多（田）／六年多（時間）／三尺來（長）／兩斤來（重）／一米多（深）／八分來（地）／二斤來（酒）……

其三，有時，「多」、「來」是用在量詞前還是用在量詞後純屬習慣。例如：「三米多（深）」不能說成「三多米（深）」，而「三十多米（深）」也不能說成「三十米多（深）」；「兩斤來（重）」不能說成「兩來斤（重）」，而「二十來斤（重）」也不能說成「二十斤來（重）」。

19. 漢語的情態關係詞：動態詞、語氣詞、應歎詞

　　漢語的關係詞按照語法功能分類可以分為依附關係詞、聯結關係詞和情態關係詞三類：「依附關係詞」在語言表達中緊密地依附於成分詞或短語，所構成的依附關係存在於以該詞為代表的短語內部；「聯結關係詞」在成分詞或短語之間起聯結作用，所表示的牽連關係存在於成分之間、分句之間或者句子之間；「情態關係詞」要麼附著在句子或句子成分之後表示某種動態或語氣，要麼獨立於句子或句子成分之外表示某種情感，所顯示的特定關係一目了然。

　　前幾節討論了漢語的依附關係詞與聯結關係詞，這一節來討論漢語的情態關係詞。情態關係詞是指附著在句子或句子成分之後表示某種動態或語氣以及獨立於句子或句子成分之外表示某種情感的詞，情態關係詞包括動態詞、語氣詞、應歎詞三類，以下分別介紹這三類情態關係詞的內部構成和語法特徵。

一、動態詞

　　漢語的動態詞是指連綴於謂詞性詞語之後表示動作進程狀態的詞，即通常所說的動態助詞，本書將其從助詞中剝離出來，劃入情態關係詞，稱為「動態詞」。

1、動態詞的內部成員

現代漢語中常用的動態詞不多，主要有：「著」、「了」、「過」、「看」、「的」、「來著」、「著呢」等，這些詞在口語中一般讀輕聲。

2、動態詞的語法特徵

動態詞的語法功能就是連綴於謂詞性詞語之後表示動作進程的狀態，有輔助顯示表達內容的時態的語法作用。每個詞的語法特徵各有不同，現分別敘述如下：

（1）「著」——附著在動詞後面表示動作行為的「進行態」或者附著在形容詞後面表示性狀的「持續態」。例如：

　　a. 她正唱著歌。（附著在動詞「唱」後面，表示「唱」這個行為正在進行）

　　b. 我給你準備著呢。（附著在動詞「準備」後面，表示「準備」這個行為正在進行）

　　c. 天正熱著呢。（附著在形容詞「熱」後面，表示「熱」這個性狀正在持續）

　　d. 屋子裏安靜著呢。（附著在形容詞「安靜」後面，表示「安靜」這個性狀正在持續）

（2）「了」——附著在動詞後面表示動作行為的「完成態」或者附著在形容詞後面表示性狀的「實現態」。例如：

　　a. 她講了一個故事。（附著在動詞「講」後面，表示「講」這個行為已經完成）

　　b. 河上架設了一座木橋。（附著在動詞「架設」後面，表示「架設」這個行為已經完成）

　　c. 街上的燈亮了。（附著在形容詞「亮」後面，表示「亮」這個性狀已經實現）

　　d. 總算讓我清靜了。（附著在形容詞「清靜」後面，表示「清靜」這個性狀已經實現）

（3）「過」——附著在動詞後面表示動作行為的「經歷態」或者附著在形容詞後面表示性狀的「已然態」。例如：

　　a. 她到過這個地方。（附著在動詞「到」後面，表示「到」這個行為過去曾經發生過）

　　b. 這個城市舉辦過大型運動會。（附著在動詞「舉辦」後面，表示「舉辦」這個行為過去曾經發生過）

　　c. 天剛剛還黑過一陣。（附著在形容詞「黑」後面，表示「黑」這個性狀曾經出現過）

　　d. 他也曾為此鬱悶過。（附著在形容詞「鬱悶」後面，表示「鬱悶」這個性狀曾經出現過）

　　（4）「看」──附著在動賓結構之後或者重疊的動詞之後，表示動作行為的「嘗試態」。例如：

　　a. 你先走兩步看。（附著在動賓結構「走兩步」後面，表示「走兩步」這個行為可以嘗試進行）

　　b. 如果不行就先退一步看。（附著在動賓結構「退一步」後面，表示「退一步」這個行為可以嘗試進行）

　　c. 你想想看。（附著在重疊的動詞「想想」後面，表示「想想」這個行為可以嘗試進行）

　　d. 讓我試試看。（附著在重疊的動詞「試試」後面，表示「試試」這個行為可以嘗試進行）

　　（5）「的」──「的」本是結構助詞，有時用於動詞之後（「的」字後不能再補出它所修飾的中心詞），可以用作動態詞，表示動作行為的「完成態」。例如：

　　a. 他 6 點鐘起的床。（用在動詞「起」後面，「床」並不是「起」所修飾的中心詞，而是「起」的賓語，表示「起床」這個行為已經完成）

　　b. 我昨天進的城。（用在動詞「進」後面，「城」並不是「進」所修飾的中心詞，而是「進」的賓語，表示「進城」這個行為已經完成）

　　（6）「來著」──用於句末，表示動作行為的「經歷態」。例如：

　　a. 你昨天幹什麼來著？（表示「幹什麼」這個行為發生在不久之前）

　　b. 他剛才還在這兒來著，怎麼一轉眼就不見人影了？（表示「在這兒」這個行為發生在不久之前）

（7）「著呢」——用在形容詞或形容詞性短語後面，表示性狀的「持續態」，略含誇張意味。例如：

    a. 珠穆朗瑪峰高著呢！（表示「高」這個性狀在持續維持著）

    b. 他的生意好著呢！（表示「好」這個性狀在持續維持著）

    c. 他神氣著呢！（表示「神氣」這個性狀在持續維持著）

    d. 他的身體結實著呢！（表示「結實」這個性狀在持續維持著）

二、語氣詞

漢語的語氣詞是指依附於有獨立作用的成分、分句、句子之後表示某種語氣的詞，即通常所說的語氣助詞，本書將其從助詞中剝離出來，劃入情態關係詞，稱為「語氣詞」。

1、語氣詞的內部類型

現代漢語口語中的語氣詞比較豐富，但很多都是有音無字，書面語中能夠記寫出來的語氣詞並不很多。語氣詞內部可以按兩個角度來劃分：根據語氣詞的構成形式，可以分為單純語氣詞、合成語氣詞與合音語氣詞三類；根據語氣詞在語句中的位置，可以分為句中語氣詞與句末語氣詞兩類。現簡單舉例圖示如下：

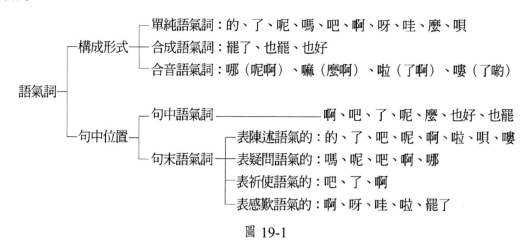

圖 19-1

2、語氣詞的語法特徵

語氣詞是依附於有獨立作用的句子成分、分句、句子之後表示某種語氣的詞，它的語法特徵主要有如下幾點：

其一，一個語氣詞可以表示一種語氣，也可以表示多種語氣。可以表示多種語氣的有「啊」、「了」、「吧」、「呢」、「啦」等，其中「啊」幾乎可以表示陳述、疑問、祈使、感歎等各種語氣。例如：

　　a.「啊」表示陳述語氣：我正是這麼想啊。（表示肯定的陳述語氣）

　　b.「啊」表示疑問語氣：你到底上不上啊？（表示正反問的疑問語氣）

　　c.「啊」表示感歎語氣：他講得真棒啊！（表示讚美的感歎語氣）

　　d.「啊」表示祈使語氣：別放槍啊。（表示否定的祈使語氣）

其二，通常位於句末，可以表示陳述、疑問、祈使、感歎等各種語氣。

語氣詞用在句末是最常見的情形，它可以表達各種語氣。例如：

　　a. 錢不夠了，就只好先不買唄。（語氣詞「唄」表陳述語氣）

　　b. 這天可真熱，到四十度了吧？（連用語氣詞「了吧」表疑問語氣）

　　c. 你可要小心，別上他的當啊！（語氣詞「啊」表祈使語氣）

　　d. 她一個人可真不容易呀！（語氣詞「呀」表感歎語氣）

其三，用在句末或者分句末，除了表達各種語氣之外，有時還有輔助成句的作用。

語氣詞用在句末除了表達語氣的功能外，有時還能起到幫助成句的語法作用。一般來說，大多數成分詞或短語加上語調就能成句，但有時還需要語氣詞的幫助才行。例如：

　　a. 問題被他找到了。（語氣詞「了」具有輔助構成單句的作用）

　　b. 都十七八歲了，還這麼不懂事。（語氣詞「了」具有輔助構成分句的作用）

其四，有時位於句中停頓處，發揮輔助表達的功能。

有時，語氣詞也可以用在句中停頓處，句中語氣詞表示停頓時，含有列舉、假設或引起注意等功能。例如：

　　a. 什麼語言啊、文學啊、寫作啊、外語啊，一大堆課程呢。（用語氣詞「啊」表示列舉功能）。

　　b. 你要願意呢，就回個電話；不願意呢，就算了。（用語氣詞「呢」表示假設關係）

c. 他啊，從小就愛到處跑。（用語氣詞「啊」引起聽話人的注意）

其五，語氣詞可以單用，也可以連用，連用時位於後面的語氣詞顯示主要語氣。

幾個語氣詞可以連用，連用的語氣詞之間沒有結構關係，處於不同的層次，分別表示不同的語氣，句末的語氣詞所表達的語氣是全句語氣的重點。例如：

a. 你們今天都怎麼了啊？（連用的兩個語氣詞「了」與「啊」，「了」表示動作或行爲已經發生變化，「啊」表示舒緩的疑問語氣，全句以疑問語氣爲主，是個疑問句）

b. 這件事就這麼決定了吧。（連用的兩個語氣詞「了」與「吧」，「了」表示陳述語氣，「吧」表示祈使語氣，全句以祈使語氣爲主，是個祈使句）

c. 這個姿勢挺舒服的啊！（連用的兩個語氣詞「的」與「啊」，「的」表示陳述語氣，「啊」表示感歎語氣，全句以感歎語氣爲主，是個感歎句）

d. 這樣一來，工作問題不就解決了嘛。（連用的兩個語氣詞「了」與「嘛」，「了」表示陳述語氣，「嘛」是個由「麼＋啊」合音的語氣詞，也表示陳述語氣，全句是個陳述句）

其六，語氣詞的連用是有層次關係的。

語氣詞的連用是有層次性的。現代漢語普通話中經常發生連用的語氣詞主要有「的、了、呢、吧、嗎、啊」六個，根據它們在句子中連用時的前後順序，可以將它們歸屬爲三個層次：

第一層：「的」表示陳述語氣：「他是瞭解我們的。」

第二層：「了」表示陳述語氣：「我們等好幾天了。」

　　　　　　表示祈使語氣：「你別去了！」

第三層：「呢」表示陳述語氣：「今天天氣才好呢。」

　　　　　　表示疑問語氣：「他怎麼還不來呢？」

　　　「吧」表示疑問語氣：「你餓了吧？」

　　　　　　表示祈使語氣：「上來吧！」

　　　「嗎」表示疑問語氣：「這是你的書嗎？」

「啊」表示陳述語氣：「他不太想去呀。」「我可不是這麼想啊。」

表示疑問語氣：「上不上啊？」「來不來呀？」「滿不滿哪？」「高不高哇？」

表示感歎語氣：「眞棒啊！」「多整齊呀！」「眞氣人哪！」「眞高哇！」

表示祈使語氣：「快來呀！」「快幹哪！」「快跑哇！」

（上面例句中的「哪」、「呀」、「哇」是語氣詞「啊」音變後的書面形式）

這三個層次的語氣詞在連用的時候，可以實現如下 a、b、c 三種組合情形：

a. 第一層與第二層連用：「的了」

b. 第一層與第三層連用：「的呢」、「的吧」、「的嗎」、「的啊」

c. 第二層與第三層連用：「了呢」、「了吧」、「了嗎」、「了啊」（啦）

3、語氣詞「了」與動態詞「了」的辨識

語氣詞「了」與動態詞「了」二者的讀音和書寫形式相同，但語法意義和語法功能不同。語氣詞「了」用於句末，前面可以是名詞性成分，例如「她吃飯了」。

動態詞「了」經常用於句中，而且緊跟在動詞之後，表示情況的變化已經實現，例如「他吃了飯」。這句話也可以加上句末語氣詞說成「他吃了飯了。」位於句中的緊跟在動詞「吃」後面的是動態詞、位於句末的緊跟在名詞「飯」後面的是語氣詞。

有時緊跟在動詞後的「了」也可能出現在句末，是語氣詞還是動態詞要根據具體情況進行識別。這主要有如下兩種情形：

其一，由於動態詞「了」是附著在動詞後面表示動作行爲的「完成態」的，如果「了」在語義上表示的是未然的事實，並不表示行爲變化已經實現，這時的「了」應該是語氣詞，而不是動態詞。例如：

a. 一場大雷雨就要到來了。（表示的是未然的事實，「了」是語氣詞）

b. 我再也不能讓父母爲自己的事兒操心了。（表示的是未然的事實，「了」是語氣詞）

c. 快點把飯吃了。（表示的是未然的事實，「了」是語氣詞）

d. 去把衣服洗了。（表示的是未然的事實，「了」是語氣詞）

其二，如果「了」表示事態已經發生變化或動作行爲已經實現這種「已然

的事實」,當「了」緊跟在動詞後面時,它是動態詞兼具語氣詞的作用;當「了」緊跟在名詞或代詞後面時,它就只能是語氣詞了。例如:

a. 老張一大早就出去了。(表示的是已然的事實,「了」緊跟在動詞後面,它是動態詞兼語氣詞)

b. 隊伍已經集合了。(表示的是已然的事實,「了」緊跟在動詞後面,它是動態詞兼語氣詞)

c. 她幾天前就去廣州了。(表示的是已然的事實,「了」緊跟在名詞後面,它是語氣詞)

d. 我很久沒見到他了。(表示的是已然的事實,「了」緊跟在代詞後面,它是語氣詞)

4、語氣詞「的」與結構助詞「的」的辨識

結構助詞「的」有時也出現在句末,容易與經常出現在句末的語氣詞「的」混淆。例如:在「她是知道的。」一句中,「的」是語氣詞,在「她是四川的。」一句中,「的」是結構助詞。

區分「的」是語氣詞還是結構助詞時,應注意以下三點:

其一,看去掉「的」之後能不能影響句子的結構和意義的表達。

語氣詞「的」如果去掉的話,仍然成句,不會影響原句的基本意思(她是知道的→她是知道);結構助詞「的」是構成「的字短語」的必備要素,因而不能省略(她是四川的→*她是四川)。

其二,看後面是否能夠加上適當的名詞性的中心語。

處於句末的結構助詞「的」後面往往可以加上適當的名詞性的中心語(她是四川的→她是四川的居民 / 農民);語氣詞「的」沒有結構功能,它的後面不能添加相應的名詞性的中心語。

其三,看否定詞的位置。

否定副詞能加在「是」前面,證明「是」是判斷動詞,句末的「的」是結構助詞(她是四川的→她不是四川的);否定副詞不能加在「是」前面,證明「是」不是判斷動詞,句末的「的」是語氣詞(她是知道的→*她不是知道的);否定副詞只能加在「是」後面,證明「是」是副詞,句末的「的」是語氣詞(她是知道的→她是不知道的)。

有時候孤立的一個句子會有歧義，還需要根據具體語境和語義表達來辨別。

例如：「他是想來的。」

甲種理解：他想來。（「是」「的」可省略，原句中「是」重讀，句末的「的」是語氣詞）

乙種理解：他是想來的人。（「是」不重讀，稍停頓，後面可加上名詞「人」，句末的「的」是結構助詞）

三、應歎詞

漢語的應歎詞是獨立於句子之外表示呼喚應答或感慨歎息的詞，即通常所說的歎詞或感歎詞。因為它不僅可以表示感歎，還可以表示呼喚應答，故將其稱為「應歎詞」。

1、應歎詞的內部類型

應歎詞可以從功能上分為表示呼喚應答的和表示感慨歎息的兩類。如下圖所示：

圖 19-2

2、應歎詞分類舉例

（1）表示呼喚應答的應歎詞舉例：

a. 表示呼喚的應歎詞：喂，你是哪位？／唉，昨天你上哪去啦？

b. 表示應答的應歎詞：啊，啊，好吧。／哦，我想起來了。／哎，我明天一定來。

（2）表示感慨歎息的應歎詞舉例：

a. 表示驚訝或讚歎的應歎詞：咦？還要我來教你？／嘿！怕什麼？他見的世面多了！／喲，還挺厲害啊！／譴，你小子還真行啊！／奧，原來是你呀。

b. 表示喜悅或譏諷的應歎詞：哈哈，我終於學會開車啦！／呵呵，他也能考上大學？

c. 表示悲傷或惋惜的應歎詞：唉，要是當時你在場多好哇！／唉，為此把工作都耽誤了。／嗐，你可真糊塗哇！／哎呀！你怎麼不早說呢！

d. 表示憤怒或鄙視的應歎詞：呸！簡直是胡說八道！／哼，你竟然敢騙大家。／啐，他的下場是自找的！

e. 表示不滿或異議的應歎詞：誒，你說的我還就是不同意！／嚇，你怎麼能這麼做呢？

f. 表示醒悟或明瞭的應歎詞：嘔，我明白了。／奧，原來我們還是校友呢。

3、應歎詞的語法特徵

（1）一個應歎詞讀不同的語調時可能表示不同的意義。例如：

a. 啊，這地方可真美！（「啊」讀陰平，全句表稱譽）

b. 啊，我也要去呀？（「啊」讀陽平，全句表詫異）

c. 啊，原來如此呀。（「啊」讀上聲，全句表醒悟）

d. 啊，我知道啦。（「啊」讀去聲，全句表應允）

（2）在表達時獨立性很強，可以獨立成句或做句子的獨立成分。例如：

a. 哎喲！我可不是故意的呀！（應歎詞「哎喲」獨立成句）

b. 哎呀，這是誰給你抹的？（應歎詞「哎呀」做句子的獨立成分）

（3）既不依附於別的詞語，也不同別的詞語發生結構關係，不能做一般成分。

如果像下面這些能充當一般句法成分的情形，就都不是應歎詞，而應看作是擬聲詞：

a. 他哼了一聲。（擬聲詞「哼」作動語，不應視為應歎詞）

b. 門外傳來喂喂的聲音。（擬聲詞「喂喂」作定語，不應視為應歎詞）

c. 他唉呀唉呀亂叫。（擬聲詞「唉呀唉呀」作狀語，不應視為應歎詞）

d. 他疼得直哎喲。（擬聲詞「哎喲」作補語，不應視為應歎詞）

e. 啊！她大聲地「啊」了一聲啊。（第一個「啊」獨立成句，應視為應歎詞；第二個「啊」充當謂語的中心語，應視為擬聲詞；第三個「啊」位於句末，缺少獨立性，應視為語氣詞）

綜上所述，我們將現代漢語的情態關係詞做了第二個層面上的區分，即：連綴於謂詞性詞語之後表示動作進程狀態的詞稱為「動態詞」，依附於有獨立作

用的成分、分句、句子之後表示某種語氣的詞稱爲「語氣詞」，獨立於句子之外表示呼喚應答或感慨歎息的詞稱爲「應歎詞」。這三類情態關係詞在漢語表達中都各自有著既豐富又細微的語法語義功能。

20. 換個角度看成分詞：體詞、謂詞、加詞、兼類詞

漢語單詞按照語法功能進行的一級分類，是依據單詞在它上一級語言單位（短語或句子）中，是充當句法成分的，還是標示句法關係的，據此而將漢語的單詞分爲成分詞和關係詞兩個大類。成分詞都能獨立充當一般句法成分，它包括名詞、動詞、形容詞、代詞、數詞、擬聲詞、區別詞、副詞、趨向詞九類。

如果從另一個角度來看這九類成分詞，那麼，還可以按語法功能劃分爲「體詞」、「謂詞」、「加詞」三類；另外總還有些詞的語法功能是身兼二任或身兼幾任的，這些詞可以稱作「兼類詞」。下面分別加以說明。

一、體詞、謂詞、加詞

1、體詞、謂詞、加詞的劃分依據

將九類成分詞分爲「體詞」、「謂詞」、「加詞」三類，這是依據它們充當句法成分的語法功能進行的分類。這種語法功能可以用兩個標準來篩選：第一個標準是用來篩選「謂詞」的，那就是看其「能否單獨作謂語或動語」，能單獨作謂語或動語的詞稱作「謂詞」，不能單獨作謂語或動語的詞就是「體詞」或「加詞」；第二個標準是用來篩選「體詞」的，那就是在不能單獨作謂語或動語的詞中，看其「能否單獨作主語或賓語」，能單獨作主語或賓語的詞稱作「體詞」，不能單獨作主語或賓語的詞稱作「加詞」。現將上述劃分圖示如下：

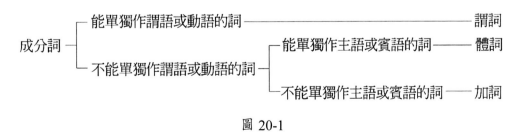

圖 20-1

體詞、謂詞、加詞在語法功能上的主要區別是：謂詞主要作謂語或動語，

但也可以作主語或賓語，而且還能作定語、狀語、補語；體詞主要作主語或賓語，還可以作定語或兼語，但一般不作謂語、動語、狀語、補語；加詞只能作定語、狀語、補語中的某一種成分，不作主語、謂語、動語、賓語。

2、體詞、謂詞、加詞的內部成員

（1）體詞的內部成員

體詞是用來指稱作為客體敘述對象的人或事物的詞，它主要用來單獨作主語或賓語，其功用是指稱作為客體的敘述對象。體詞包括名詞、稱代詞、指代人或事物的指代詞、問人或事物的疑代詞、數詞。

（2）謂詞的內部成員

謂詞是用來描述或判定客體性質、特徵或者客體之間關係的詞，它主要用來單獨作謂語或動語，其功用是指出「做什麼」、「是什麼」或「怎麼樣」。謂詞包括動詞、形容詞、指代性狀方式的指代詞、問性狀方式的疑代詞、擬聲詞。

需要特別說明的是，指代詞與疑代詞的內部成員有屬於體詞的也有屬於謂詞的：當它們指代體詞或者針對體詞提問的時候，就具有體詞屬性，具體來說，一些指代人或事物的指代詞、一些問人或事物的疑代詞都應該屬於體詞；當它們指代謂詞或者針對謂詞提問的時候，就具有謂詞屬性，具體來說，一些指代性狀方式的指代詞、一些問性狀方式的疑代詞都應該屬於謂詞。有鑒於此，不便於將指代詞與疑代詞籠統地歸入體詞或者謂詞，或者可以說，有些指代詞與疑代詞屬於體詞，而有些指代詞與疑代詞屬於謂詞。

（3）加詞的內部成員

加詞是用來限制、修飾、補釋謂詞或體詞的詞，它主要用來單獨作定語、狀語、補語中的某種成分，其功用是為謂詞或體詞所表示的內容添加區別特徵。加詞包括只作定語的區別詞、只作狀語的副詞、只作補語的趨向詞。

「加詞」本是中國第一部漢語語法著作《馬氏文通》中的重要術語，馬氏在《文通》中雖然沒有對「加詞」作專門的論述，但是「加詞」這一概念卻在《馬氏文通》一書中作為重要「界說」多處涉及。下面是該書中「正名卷之一」和「實字卷之三」中的相關解釋：

「介字與其司詞，統曰加詞。」（商務印書館 1983 年版第 28 頁）

「用如加語者，式有六：凡名、代、動、靜諸字所指一，而無動字以爲連屬者，曰加詞。」（商務印書館 1983 年版第 106 頁）

「凡官銜勳戚諸加詞先後乎人名者，皆曰加詞。」（商務印書館 1983 年版第 106 頁）

「凡諸詞相加，所稱雖同，而先後殊時者，亦曰加詞。」（商務印書館 1983 年版第 107 頁）

「約指、逐指代字，加於名代諸字之後，以爲總括之辭者，曰加詞。」（商務印書館 1983 年版第 107 頁）

「凡先提一事而後分陳者，亦曰加詞。」（商務印書館 1983 年版第 108 頁）

「凡動字、名字歷陳所事，後續代字以爲總結者，亦曰加詞。」（商務印書館 1983 年版第 109 頁）

可見，《馬氏文通》中提到的「加詞」有若干種，馬氏在《文通》中，並沒有對「加詞」給出一個明確的界定，而且前後卷次對「加詞」的論述也迥然不同，後世語法學家對「加詞」的理解、分析與闡述也不盡相同。我們這裏使用「加詞」這一概念，只是借其名而不用其實，藉以指稱成分詞中的既不屬於謂詞也不屬於體詞的區別詞、副詞、趨向詞這三種詞的共性功能範疇。

現將體詞、謂詞、加詞的內部成員簡單圖示如下：

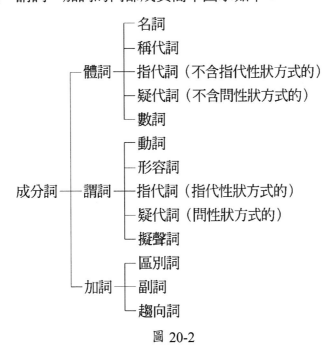

圖 20-2

　　體詞與謂詞的劃分在專家語法研究領域由來已久，區分體詞與謂詞，確實是根據語法功能進行的分類，在現代漢語語法學上有著重要的理論意義，對於掌握短語的功能屬性和句子的功能屬性都有重要的基礎鋪墊作用。因為句法成分有「體詞性成分」和「謂詞性成分」之異，短語中有「體詞性短語」和「謂詞性短語」之分，單句中也有「體詞性謂語句」和「謂詞性謂語句」之別。漢語的成分詞有體詞與謂詞之分，從某種意義上說是揭示了漢語語法的一個本質奧秘：正像事物有陰陽之別、人有男女之分一樣，它將制約什麼性質的語法單位可以進入什麼性質的語法環境。體詞在句法結構中經常作主語、賓語、定語等體詞性成分，而一般不作謂語、狀語、補語等謂述性成分，謂詞則經常作謂述性成分，但也可以作體詞性成分，明於此則用詞造句就不會越過陰陽之大限。至於「加詞」乃是介於體詞與謂詞的中介狀態，既然不便於將成分詞強行一分為二，那麼將成分詞分為體詞、謂詞和加詞這樣一分為三的處理則更能接近事物本來的真實。

二、成分詞中的兼類詞

　　所謂漢語成分詞中的「兼類詞」指的是某個成分詞的「詞性」兼屬於不同的幾個「詞類」，這就必然要涉及到「詞類」與「詞性」這樣兩個基本概念。

1、漢語單詞的詞類與詞性

　　「詞類」是對語言中所有的詞所作的語法功能分類，指的是一種語言中所有的詞根據語法功能劃分出來的類別；「詞性」是對語言中個別的詞所作的語法功能歸類，指的是一種語言中個別的詞根據語法功能所歸屬的類別。某個詞屬於哪種「詞類」，它就具有哪類詞的「詞性」。

　　這就是說，詞的分類是以全體詞作為對象的，得出的結果是「詞類」；而詞的歸類是以個別詞作為對象的，得出的結果是「詞性」。從分類的角度看，各類詞都有自己的特性，類與類之間的區別是明顯的。從歸類的角度看，有的詞經常具備兩類或兩類以上詞的語法特性，且詞義又有聯繫，這種詞就是兼類詞。

　　例如：「報告」一詞它能受數量短語修飾（一份報告），能出現在介詞之後

（把報告交上去），可見它具有名詞的語法特性；而它又能受「不」修飾，能帶賓語（不報告這件事），能帶動態詞（報告了、報告過），可見它又具有動詞的語法特性。因此，「報告」是一個兼類詞，兼屬名詞和動詞兩種詞性。

2、成分詞的詞性兼類

（1）什麼是「詞性兼類」

某個詞經常具備兩類或幾類詞的主要語法功能，這個詞就叫兼類詞，這種語法現象就叫詞性兼類。漢語詞性的兼類現象十分常見，兼類詞也特別多，以至於漢語詞典很難像英語詞典那樣為每個詞都標明各自的詞性。

漢語裏詞性兼類比較常見的有三種情形：第一種是名詞與動詞的兼類，比如「經歷」既是名詞又是動詞；第二種是名詞與形容詞的兼類，比如「錯誤」既是名詞又是形容詞；第三種是形容詞與動詞的兼類，比如「豐富」既是形容詞又是動詞。當然也有少數一些詞是兼屬於名詞、動詞、形容詞三類的，比如「方便」一詞便是。

兼類詞產生的原因主要也有三種情形：一是由於漢語自身缺乏形態變化造成的；二是語言詞彙發展的必然結果；三是語言表達中經常發生的詞類活用現象也會導致兼類詞的形成。

（2）兼類詞的判別標準

第一，兼類詞必須具備兩類或多類詞的主要語法特點或功能，在不同的語言環境中，它可以有不同的語法特點，例如「經濟繁榮」的「繁榮」和「繁榮經濟」的「繁榮」，前一個「繁榮」能受程度副詞的修飾，說成「經濟很繁榮」，具有形容詞的語法特點或功能；後一個「繁榮」帶有賓語還能添加動態詞，說成「繁榮了經濟」，具有動詞的語法特點或功能。

第二，兼屬的兩類或幾類詞必須讀音相同，發生音變的異音同形詞不屬于兼類，例如「生長」的「長」和「長短」的「長」，這兩種讀音的「長」屬於兩個異音的同形詞，不屬于兼類詞。

第三，兼屬的兩類或幾類詞雖然詞性不同，但意義必須有一定的聯繫，如果意義不相關，則屬於同形同音詞，是不同的兩個詞，例如「花朵」的「花」和「花錢」的「花」，這兩種意義的「花」屬於兩個同形的同音詞，不屬于兼類詞。

第四，兼類詞分屬於不同詞類意義必須具有穩定性，否則屬於詞性活用現象，例如「一頭牛」的「牛」和「牛一次」的「牛」，這兩種用法的「牛」屬於詞性活用現象，不屬于兼類詞。

（3）兼類的適用範圍

詞的兼類常在名詞、動詞、形容詞這三類核心成分詞中發生。例如：

動詞兼名詞的：病、鏽、畫、建議、決定、代表、通知、領導、指示、計劃、翻譯、訪問、損失、編輯、工作、報告、決定

名詞兼形容詞的：水、火、左、科學、經濟、道德、理想、精神、經濟、矛盾、困難、幸福、標準

形容詞兼動詞的：彎、紅、亮、熱、緊、低、豐富、端正、明白、明確、辛苦、密切、充實、突出、活躍、繁榮、鞏固

兼屬名詞、動詞、形容詞的：好、錯、麻煩、方便、便宜

請看下面的例子：

① 「好」——這個地方很好。（形容詞） ／ 他的病好了。（動詞） ／ 向他問個好。（名詞）

② 「錯」——字寫錯了。（形容詞） ／ 他錯了一道題。（動詞） ／ 這都是我的錯。（名詞）

③ 「麻煩」——這件事很麻煩。（形容詞） ／ 我就不麻煩你了。（動詞） ／ 今天又給您添麻煩。（名詞）

④ 「方便」——交通很方便。（形容詞） ／ 要盡量方便群眾。（動詞） ／ 您老行個方便。（名詞）

⑤ 「便宜」——東西很便宜。（形容詞） ／ 這回便宜了他。（動詞） ／ 讓她撿了個便宜。（名詞）

（4）詞性活用不屬於詞性兼類

某個詞臨時具備另一類詞的主要語法功能，這種語法現象叫詞性活用。例如：「孔子登東山而小魯，登泰山而小天下。」這裏的「小」屬於古漢語形容詞的意動用法，它臨時帶了賓語「魯」和「天下」，是「認爲魯國小」、「認爲天下小」的意思，然而「小」還是形容詞，不是兼屬於形容詞與動詞的兼類詞。

「詞性活用」與「詞性兼類」的區別在於：

其一，兼類屬於語法現象，兼類的詞具有多種詞性；活用屬於修辭現象，活用的詞並不改變其詞性。例如「我們總算同學了一回」，其中的名詞「同學」臨時帶了補語，活用作動詞了，但它仍然只是一個名詞，並不是兼類詞；又如「這個人很流氓」其中的名詞「流氓」臨時能受程度副詞「很」的修飾，活用作形容詞了，但它仍然只是一個名詞，並不是兼類詞。

其二，兼類的詞是長期兼職，經常具有另一種詞的語法功能；活用的詞是臨時借用，偶而具有另一種詞的語法功能。例如「他比阿 Q 還阿 Q」，其中的後一個名詞「阿 Q」臨時能受副詞「還」的修飾，活用作動詞了，但它仍然只是一個名詞，並不是兼類詞；又如「這個人牛得很」其中的名詞「牛」臨時帶了程度補語「很」，活用作形容詞了，但它仍然只是一個名詞，並不是兼類詞。